SHANGHAI CAPSULE

btr 著

上海胶囊

北京日报出版社

目　　录　　CONTENTS

展览开始 →

EXHIBITION
STARTS HERE

赤鱲角之夜

鳜鱼，体长四寸左右，侧扁，背部灰暗，两侧银白色，雄鱼带红色，有黑色斑纹，生殖季节色彩鲜艳。生活在淡水中。也叫桃花鱼。

——《现代汉语词典》

（商务印书馆1996年7月修订第三版）

巨兽同时张开它的三十张嘴。吐出一些人又吞进另一些。满满的三十口。但它仍然不满足地张着嘴。一个男人在下行的钢铁传送带上奔跑，抢在巨兽的大嘴合拢前冲了进去。警报声以更快的节奏鸣响，密集的点状声音几乎要连成一根线。

看见那个男人的脸。是我。

闯入巨兽腹中的前三秒，我感觉所有声音都消失了。就像纵身跃入海里。巨兽向地下深处游去。双眼射出锐利的光，在漆黑的土壤层辟出一条通道。游经之后，土壤再纷纷愈合，像一切不曾发生。

我在巨兽腹中。

巨兽腹中灯火通明，上演着一场永不落幕的派对。内壁的矩形屏幕上循环播放着一幅幅抽象画：亮黄底色上，黑色箭头指向各种各样的方向。有点像罗伯特·劳森伯格的 *Grand Black Tie*

Sperm Glut，也可能是在显示巨兽游动的路径——因为，当我注意到其中一个箭头是这样的（<——>）时，头顶的内壁似乎低了好几公分，就好像巨兽正拉长自己的身躯。进行重力测试的青年熟练地用拇指将手里的彩色纸片捻向空中，观察它们落向下壁的速度。硬币收集二人组像阿基里斯和乌龟一样亦步亦趋：不怕被踩的乌龟在前面开路，阿基里斯则拿着星巴克纸杯，踩着乌龟的脚后跟紧紧跟着。旁座的一对男女在分享芝诺披萨，芝士像承诺一样把他们连在一起。*他们好恩爱*。注视着这对男女的金发小伙刚刚萌发这样的想法，他的鼻子就变长了，戳到身前少女的后背上。少女厌恶地往前挪了几十厘米，在手机里吐了一通匹诺曹。

手机信号很快消失了。巨兽潜入了江底。

这是最难熬的时刻。手机信号消失就等于我们不再存在。乘客们掏出包里的书读起来，努力与存在的世界继续保持联系。我从第50页起继续读：“要是没有他，我的思维、我的感觉，恐怕永远也就局限在平庸的细碎小事中了，局限在养家糊口的俗事中——根本就没什么要紧的。至于什么才是至高无上的美，至高无上的善，至高无上的真，我真是无法企及，我也知道自己根本不配……”我身旁的女人读出了声：“一个鬼魂经常出没在这栋房子里，老人解释道。接着是一段短暂的沉默。什么鬼魂？她问道。*就是你*，老人说完轻轻关上了门。”

巨兽的腹语在这一刻传来，盖过其他所有声音。“下一站，尖沙咀……请小心月台空隙……Please mind the gap。”

我没有像往常一样思考“mind the gap”里暗指的东西，因为“尖沙咀”三个字让我吃了一惊。我像背诵乘法口诀表一样在心中默念了一遍巨兽线路图：静安寺一南京西路一人民广场一南京东路一陆家嘴。明明应该是陆家嘴啊，怎么变成了尖沙咀?

Side A

Y 惊醒时以为自己睡了很久，然而机场快线才刚刚驶离九龙站。他看了眼双层车窗玻璃映射出的两个恍惚的自己，抽出一张纸巾擦去嘴角淌出的口水。他机械地、本能地打开手提电脑，继续敲打那篇尚未完成的代笔作文。

“未来的媒体趋势可以归纳为六个 T。”他写道。

他还没有想好究竟是哪六个 T，但他知道老板们都喜欢六个 T 之类的东西。“1. Teppanyaki（铁板烧），”大概是饿了，Y 不由自主地随手打出一行字，再努力自圆其说，“21 世纪的新闻像铁板烧一样热气腾腾，但技术含量其实不高，主要依靠材料本身的质量。”

“2. Tactile（可触的）：以触屏为主要媒介。”他很快想出了第二个。

“3. Teeming（暴雨如注的）：充满海量资讯。”Y 觉得再写什么 Teamwork（团队协作）实在既陈词滥调又讽刺，因为现在他所谓的团队只剩下了他一个。——三位同事在去年报社结构重组时被重组掉了，剩下的两个，一个辞职一个生了抑郁症。如今办公室里只剩下一位实习生每天六点像发射火箭一样准点发送微信公号。

“4. Tomography（断层扫描术）：像断层扫描一样，通过任何可穿透的波，对物体进行分段成像。”加入一两个深奥的科学词语作为隐喻是必须的，Y 谙熟这类技巧。

“5. Tracking（跟踪）: 未来的媒体做不到第一眼就真相大白，需要不断跟踪调查。”

轰鸣的雷声打断了 Y 的思路。虽然只是下午四点，窗外的天色已像夜晚。远处闪电不断，如同一次次接踵而来的顿悟。Y 打开手机，发现列车正行在青马大桥上。手机地图上的蓝色圆点平滑地移动着。

雨越来越大。雨点在飞驰的列车车窗上划出近乎水平的线条。只要保持一定速度，便足以抵抗重力；正是这些线条的斜率使速度变得可见。Y 用手机拍了起来。所谓媒体，就应该展示这些线条吧，他思忖道。

到了赤鱲角香港国际机场站。两边车门同时打开，人群像新年烟花一样从车厢里喷涌而出。Y 左转下车，来到一号客运大楼。他已在中环预办登机手续并托运了行李，现在仅随身背着一只也可以拎的电脑包。他迈开大步，步履轻快地朝“离港”口走去。他看了看手机（离预定的登机时间还有足足一个小时），又望了一眼显示屏（KA872航班登机口：待定），他像驾驶F1赛车般灵巧地穿过人流有些密集的出发大堂（无印良品门口的短发女人有点面熟），抵达了安检口（一位中年男子端着相机站在脚凳上，旁侧的少女们举着不知写了什么的标语牌安静地等候着谁）。像进入一个已经启动的程序，他带着某种游戏感（表演性）继续执行这套仪式：把瓶里的水转移到肚子里；走七段方向完全相反的折线；把藏青色小本子递给坐在半透明方块里的机器人并在它注视你时回以“我也是机器人”的眼神；脱下外套；把背包里的电脑、充电宝和裤袋里的手机平放在塑料筐里，并孤身（Y一直在构思一篇名为《离开电子产品的孤独》的论文，因此他敏感地觉察到这段即使只有几秒钟的分离）穿过一扇人类经过时会鸣叫的门；在黑色传送带的尽头与电脑、充电宝、手机重逢（短暂分离后的重逢，即使完全在意料之中，也在意识深处埋下“可能再次分离”的不安的种子）。最后，踏进候机楼。

踏进一个悬空的微缩世界。人们在其中进食、购物、排泄、等待。尤其是等待。理论上，他们已经离开了出发地（有通行证上的章为证），却还没有开始朝向各自目的地的旅程。他们既在也不在赤鱲角上：原先的赤鱲角村已经迁移至东涌，此地独有的卢文氏树蛙也搬去了南丫岛栖息。如今作为香港国际机场而存在的赤鱲角更像一个虚构的地方，或按照法国人类学家马克·欧杰的说法，一个“非地方”（non-place）。“如果地方的定义是归属感，包含人际关系且拥有历史性，那么一个不具归属感，没有人际关系亦非历史性的空间，便可以定义为‘非地方’。”马克·欧杰写道。在他看来，带来“超载”性的“旅人的空间”已不限于机场，而是当代日常生活的常态。

Y一边在大家乐摊位前排队一边思考着这些读过的深奥理论，但他很快用幽默感替代了枯燥的理论。“吃腊角”——他将想象的字幕叠加到现实图景上（“鱲”字按普通话应读 [lie]，但在粤语里读 [laap]）。他本想点H1香浓咖喱牛腩饭，但当柜台前的阿姨问他“食咩呀”时，却报出了B3叉烧油鸡饭。这是他抵抗“选择的幻觉”的方法。在Y看来，无论H1还是B3都可以证明赤鱲角机场最大的好处：可以平价吃到具有一定水准的餐食（哪怕只提供一次性餐具）。

叉烧肥瘦相宜，油鸡香浓入味，右手一筷接一筷，左手刷动着手机屏幕。一个坏消息——Y后来认定的一连串坏消息中的第一个——在某次刷新中诞生了。这是社交媒体时代新闻诞生的标准姿势。“香港天文台发出红色暴雨警告，雷暴警告同时亦生效，有效时间为下午5时15分起。香港广泛地区已录得或预料会有每小时雨量超过50毫米的大雨，且雨势可能持续。有需要外出的人士应小心考虑天气及道路的情况及注意安全措施。”

在香港机场候机楼聚集着免税店和餐厅的全然封闭的三角形

区域里很难看清外面的天色。需要走到从20/21号登机口起一路向前延展的Y型登机区域，才能透过巨大的落地玻璃窗看见停机坪、跑道、远处的大屿山和海。Y快步朝那个区域走去，顺道瞥见了巨大的显示屏上一整列红色的“DELAY”（延误）字样。虽然登机时间与所有其他航班一样待定，但KA872的登机口信息此时已经显示了出来（511号）。几乎在看见“511”三个数字的同一时刻，Y凝固一般停下了脚步——他发现：就在大显示屏右侧后方，星巴克绿色招牌的字母“B”上，停着一只白色的鸽子。

Y本能地朝鸽子方向迈动了几步，他感觉鸽子也在看他。一种俯视的甚至略带轻蔑的眼神。机场里怎么可能有鸽子呢？Y记得读过一篇文章，文中科普了飞鸟，乃至任何动物对机场可能造成的安全隐患。他还清晰记得文中提及美国有个机场里闯进一只鹅，结果被吸入发动机造成整个发动机报废的故事。机场一般都有专门的驱鸟队，把鸟类赶出同样致力于飞翔的沉重的庞然大物们占据的区域。然而在这里，在赤鱲角机场的候机楼里，竟有一只鸽子。

Y本该更快地掏出手机，拍下这不可思议的一幕。拍下这位意外的闯入者，作为证据。就像拍下其他任何令人惊奇的事物一样。他本该将“机场里是否可能有一只鸽子”的思考暂且搁置，甚至不必靠得那样近，以确认他原本已经看清的东西。他本可以在向机场工作人员报告那只鸽子时出示照片，以证明这一切并非自己的幻觉。然而现在，他只能面对着一张表情介于“你是不是疯了”和

“WTF”之间的脸，默默擦去这位彬彬有礼的工作人员自信地发出“Impossible”的爆破音时不慎喷在他右臂上的口水。

Y 不甘心。他走回星巴克，但白鸽全无踪影。他侦探似的低头搜寻：连一根鸽毛也没有。排队买咖啡的队伍很长，但他还是决定站到队尾。他打算问问店员是不是在这儿看见过一只白鸽，但他不想直截了当地跑过去问（太过突兀），而是打算在点单之后（通常会有的社交时段里）貌似漫不经心地探查一番。毕竟，消费是在这地方迅速构建人际关系（且不论多快就会过期）的最快、最自然、最有效的方法。于是，在点了杯大杯本日咖啡后，Y 用看来随意的聊天式的口吻（也就是店员用来问“要不要搭配一个巧克力麦芬”的口吻）用英文问道：“对了，刚才你有没有在这儿看见一只鸽子？”店员没有像 Y 预料的那样露出意外的表情，相反，他的回答倒出乎 Y 的意料。“Not my pigeon。”他用《2001太空漫游》里计算机 HAL9000的语调说道。随后，目光像光标一样朝后迅速跳过一格，如提示符般激活了 Y 身后一直在默默刷手机（21世纪的爱因斯坦由此发现了相对论）的顾客。

词语真是让人迷惑，语言可能是一切误解的起源，Y 想（他曾经写过一篇名为《光是光就让人很头疼了》的文章，详细分析了“上帝说，要有光，于是就有了光”这段话背后蕴藏的悖论。在空虚混沌、渊面黑暗的世纪之始，上帝怎么知道后来出现的那种他确信是“光”的东西就是他此前所说“要有”时的那种“光”呢？

他要么不知道，要么“光”是早就有了的、早就被一个叫“光”的词指着了的。后来这篇文章收录在一本名叫《不光是光让人头疼》的杂文集里，报社老板最初把他招进来，或许就是看中了他不怕头疼在词语的迷宫里如堂吉诃德般战斗的乐观主义精神，相信他每周代笔的专栏文章一定能够为他的成功企业家形象增添些许文化的灵光）。Y拿着热烫的纸杯，坐到落地玻璃窗前此刻唯一还空着的小桌子前。他还没有来得及进一步思考咖啡店员那三个简洁却意味深长的单词（“Not my pigeon”事实上是一个双关语：可以按字面意义理解为“不是我的鸽子”，暗示店员可能看见过那只鸽子，但鸽子不是他的；这也是一个非常老派的英文俗语，意思是“不是我的责任”或者“我可管不着”，暗指他正忙于工作，不想理会职责范围之外的事。无论做何解释，都仍然没能回答那个最表层、最字面的问题，即那只鸽子是否真的出现过、是否真的存在。如果说词语让人迷惑的话，双关语简直就是双倍的迷惑啊，Y后来这么想），裤袋里的手机就振动了起来。振动迅速在他脑海里激活了两种可能性；而这一次，两种都成了现实。其一是实习生发来的微信催稿通知。离六点火箭发射升空时间只有17分钟了，代笔的专栏文章却还无影踪。其二是香港天文台更新的预警通知，暴雨红色警报已升至黑色，“香港广泛地区已录得或预料会有每小时雨量超过70毫米的豪雨，且雨势可能持续”。Y觉得任何可以量化的东西（比如暴雨警报里的降雨量）都教人心安，哪怕这意味着航班起飞仍遥遥无期。也好，他打开手提电脑：只差最后一个T了。

“6. TMD。”Y的脸上泛出坏笑。“(Truly, Madly, Deeply。真诚地、疯狂地、深刻地。)未来受欢迎的媒体必定是既真诚又疯狂又深刻。还充满了其他可能。TMD也可以是：Theoretical Maximum Density(具有最高的密度)、Transport de Matières Dangereuses(转移危险材料)、Too Much Drama(充满戏剧性)、The Merciless Dead(像这支英国重金属乐队一样有力)、Tagged Material Detector(标签材料侦查器)……”你够了。只剩7分钟了。Y按下“保存文档”的图标(Y惊讶于这个保存图标竟然是3.5英寸软盘的样子，简直可以入选“大英博物馆100件文物中的世界史”了)，用AirDrop扔到自己的手机上，用微信打开，搜索“本哑名”(那位实习生的ID)。“Send to: 本哑名，[File] 未来媒体的七个特征.docx”，按下发送按钮。正好5:56 PM。

然而文件始终显示“发送中”。就像《黑客帝国》里射出子弹的刹那(或者麦兜动画片里那座只有一根指针、一千年才转360度的慢钟)，时间开始以一种更细微的方式划分。当然也可能是网络出了错，Y将思维从哲学面向导回现实层面。他确认手机的网络连接正常(已连接到机场Wi-Fi)，但试图打开网页时却总显示“404 Not Found”。他在地址栏里更换了好几个网页，无一例外无法打开。应该是机场网络与外界通信出了问题，Y想，可能是因为暴雨？他试着断开 Wi-Fi，用4G 数据连接，同样什么都打不开。

直到此时，直到把注意力从六个 T、白色鸽子、暴雨警报和无法连接的网络上移开，Y 才注意到他身处其中的空间已经发生了变化。这种变化里同时包含着几个彼此冲突的元素。首先是人更密集了。所有航班无法起飞，机场里聚集起越来越多的人。座椅早就被占满，窗台边、墙边，乃至任何可以部分支撑疲惫身躯的角落都铺满了人。然而这更浓稠的空间内部却正以一种加速度运行：星巴克里的食物销售一空，其他餐厅也渐渐只剩下饮料，连出售酒类和巧克力的免税店柜台前都排起了长队。显示电子设备电量不足的“耷拉”声此起彼伏。一些旅客为争夺充电插口争吵起来。还不会说话的孩子们嗅到了这非同寻常的空气，以哭闹声加入这场尚难定义的交响乐。某几个登机口前，人们自发排起长队，仿佛试图通过某种仪式来达成超现实的影响力。另几个登机口前，身穿制服的青年被人们团团围住，他们无辜地、一遍遍解释着天文台的预警，却无法说出网络失联的原因或航班预计起飞的准确时间。更多人选择观望：有人看书，有人补妆，有人打游戏，有人挖鼻屎，有人开始扔三只苹果表演杂技，人数足够的开始打牌消磨时间，独自一人的打起了瞌睡……还有两个背着吉他的年轻人唱起歌来。他们一人一句，仿佛在对话，又仿佛在自言自语：“依我看来，这并不太难。万事开头难。必须做出决定。没错。帮我一个忙。我在寻找呢。当我们寻找时，我们听见。这就妨碍了寻找。这就妨碍了思索。照样可以思索。哦不，不可能。我们不必冒险思索了。”接下去的一连串事件以更快的速度发生（尽管叙述有先后，但它们更接近同时发生）。首先是一群穿着统一制服、疑似乘务人员的欧洲人拖着拉杆箱快步朝Y型候机楼的右侧顶端走去（应该是68—71号登机口中的某一个），他们之所以引人注目，很可能是因为他们的步行速度大大超过了这一空间里此刻的平均速度（毕竟，所有航班都延误，还有什么事那么紧急呢？难道他们能飞？），也可能是因为他们脸上的表情（某种统一的、抹杀了个体性的无表情），或兼而有之。接着，有几个人开始朝反方向奔跑，同时，有一声闷响从远处传来（无法判断声音的具体来源，但响声很大，且一定发生在某个密闭空间里，像在门窗紧闭的夏夜听见来自远处的闷雷），更多人仅仅因为看见有人奔跑而开始奔跑起来。起初还是默默地跑，夹杂了一些疑惑（诸如“怎么了”“不知道”之类的对话声）；渐渐地，惊慌的萌芽像感冒一样迅速传播、生长，有尖叫声，有催促声，一些人摔倒，一些人从原先的座椅上弹起，躲到座椅下方。Y所在的星巴克片区前此时已空出一大块区域，而不明就里的Y随着一位抱着婴儿的母亲躲进了柜台内侧。Y朝婴儿微笑了一下，婴儿哭了起来。很快，一群同样穿着统一制服的人（看起来不像乘务人员，制服上也没有“POLICE”字样）踏着整齐的步伐赶来。他们四处查看，可能在寻找着谁或寻找着什么，又很快兵分两路，朝

Y 型候机楼的两个尖端走去（“走”或许不是一个准确的词，他们移动的速度比我们通常认为的“走”要快一些，但又否定了任何“追逐”的意思。照 Y 事后的说法，他们的步伐里有某种冰冷的东西，某种程序性）。几十分钟后，这阵突如其来的扰攘才渐渐平息。惊魂甫定的人们开始在这块先前空出的区域重新分布，像下起另一盘围棋。

若带着某种后见之明，我们或许可以说这几十分钟是整夜最激动人心、最接近愉悦，甚至最富有意义的时刻；尽管在发生那一切的当时，几乎没有人这样认为。只有当夜更深（几乎没有人预见到，当天深夜机场的整个电力系统崩溃，只有极少数人还能用电子设备里残存的电力照明或获知时间），当筋疲力尽的人们不再期待获得来自航空公司的正式解释或准确预报时（最初获知延迟时的愤怒、不安的猜测、后来的无奈，此刻都被某种接近认命的情绪所取代，“先睡一觉吧，先喝点酒吧”，人们彼此安慰），只有当人们终于不得不将等待作为眼前困境的唯一解药时（事实上，这种类似不可抗力的等待促使人们从更广阔的维度把握生活，比如 Y 就不再担心本哑名有没有收到他的文章，更何况他就要——虽然他两年前就萌发了这个想法甚至常常因此做噩梦，但据他所知，人们从萌发这个想法到将之付诸实施平均需要三年，更多人将这一想法作为维护这一想法所抵抗的东西的一部分，因而加大了付诸实施的难度——辞职），对于先前这几十分钟的回忆才成了某种可以抓住、值得重估并一再依靠的东西，哪怕这样的回忆里不可避免地掺杂了想象和虚构的成分，或多或少只是所谓现实的歪歪斜斜的投影。黑暗里的人们将乐于回忆或谈论——假如他们还有力气回忆或谈论的话——那不远的过去的几十分钟里那些弥足珍贵的东西：彼时尚存的、对周围发生之事的敏锐感受力，仍然试图弄清因果、在不断袭来的各个事件中构建联系并努力在充满各种猜测的迷雾中找到线团另一头的决心，哪怕有些盲目地奔跑着、努力逃离那些尚不确切的未知威胁时反而显得更真切的“我正活着”的存在感，哪怕有些盲目地奔跑和逃离时与那些同样在奔跑和逃离的人之间形成的默契、团结和同志情谊。然而现在，只剩下一片近乎静默的漆黑。外面的风雨似乎正渐渐平息，但电力仍然没有恢复。几位戴着夜光机械表的人声称已接近凌晨三点。Y 望着落地玻璃窗外，觉得远处的山上似乎有一点光。

“明天会是新的一天。”黑暗里有个声音传来。

“但也有可能更糟。”另一个声音回应道。

B Side

这道半煎蒸双鳜鱼，有两种食法，一面煎至金黄香脆，另一面则蒸至嫩滑清淡……

——《App日报》
（2010年5月12日）

“所以那晚真的停电了吗？”小说家问。

“你不是说过‘人是不能在小说里说谎的’吗？”我反问。

他笑了笑，像对上某种接头暗号般接道：“但……”

“但小说里的真实不同于现实里的真实。”我抢过他的台词。这是我们之间经常做的游戏——作为编辑的我与小说家之间的排演。

我告诉他那一夜发生的事。红色暴雨、白色鸽子、偶遇的 Y、延迟的航班和突如其来的奔跑引发的一场小骚动。“事实上，在机场的那几个表演远比主会场上那些作品有趣，会展中心简直就是个卖场啊。而且，要不是有这些表演，那段误机的时间该有多难熬……”

“所以小说里写的那几个场景都来自 AIA（Art in Airport，艺术在机场）单元吧。”小说家问道，语气却用了肯定句式。

小说家不务正业已经很久。自从那本意外畅销的小说《过马路要走对角线》后，他已经整整三年没有出版过任何作品。这几年里，他只是每年为我们报纸的夏季小说专号贡献一个短篇，更像某种为彼此友谊的进贡。一些评论家认为他的才华被高估了，甚至发明出奇奇怪怪的术语来揶揄他，什么“畅销书后漫长的宿醉期”“斜边作家”“沉默小说家”……如此种种。但他不以为然，甚至把社交账号的个人介绍干脆改成了“沉默小说家”。“我没有写作的焦虑，”他一次次告诉记者，“在我看来，如今只有一件事比写小说更有意思：那就是不写。”有时还补上一句：“沉默是这个时代真正的美德。”

但他没有真的沉默。小说家开始对当代艺术感兴趣。他换用了一个只有少数人知道的笔名，开始创作当代艺术评论。他的评论经常以千字小小说的形式出现，通常只在艺术圈的小范围内引起关注。一家葡语艺术媒体评论人将他的这类文体命名为“创意评论”，他觉得还算准确。年初，他写了一篇关于英国艺术家安东尼·葛姆雷香港个展的文章，引发了艺术家本人的兴趣。在安东尼·葛姆雷的“视界香港”项目中，有三十一座以葛姆雷本人为模型、一比一等比例铁制或玻璃纤维制的雕塑出现在香港中西区：其中四座在地面，另外二十七座藏匿于维多利亚港与太平山间密集矗立的高楼上。其中最显眼的一座，位于中环香港大会堂公共图书馆天台东南角的边缘处——离开干诺道中的文华东方酒店及遮打大厦不足50米。从和平纪念碑或皇后像广场的地面仰望，很容易引发“有人要跳楼”的联想——尤其当人们的记忆档案里包括这两桩事件时：（1）2003年4月1日，张国荣从中环干诺道中5号文华东方酒店24楼纵身跃下；（2）2014年1月，摩根大通的前外汇销售员、33岁的李俊杰带着大量信用卡和欠条从干诺道中8号的遮打大厦跳楼身亡。当地新闻称，真有不少香港市民发现雕塑后打去报警电话。在小说家再创作的版本里，安东尼·葛姆雷在展览最后一天穿上银灰色的紧身衣登上天台，替代了那个等比例的雕塑。当市民们又一次拨打报警电话时，他们被告知“不用担心，那只是一个雕塑，只是艺术”。“但是他在动啊。”“那也只是艺术。”据说葛姆雷本人对这篇《只是艺术》颇为赞赏，打算在下次展览时将之付诸实施。在给小说家的电邮里，他这样写道：“我想通过这些艺术装置提醒人们去思考人与世界的关系，令观众在寻找和发现的过程中，反思我们自身于这个世界上的存在状态。而你的小说将艺术本身引入这一过程，艺术不仅成为人与世界之间的介入者，而且在这虚与实的镜厅里完成了对自身的思考。”

所以我怀疑这一次，他是早有预谋的。早在我出发去香港采访这个艺术展会前，他就曾半开玩笑地说，若到时他无法按时写完小说约稿，“你也可以自己杜撰一篇”。他甚至半真半假地表扬了一通我为老板代笔的专栏，认为其中几篇“既可以在最表层成立，又有更深刻的东西”。我一度怀疑他试图让我代笔小说只是因为偷懒或为了愚弄一下那些怀有恶意的评论家；但后来渐渐发现，他的确想做某种写作实验。“作者总是试图与叙事者保持距离，”有一次他这样向我解释，“以为叙事者可以完全抛弃作者的束缚，自由自在地创造一个仿佛只属于叙事者‘自己’的世界；但我渐渐发现那是不可能的，那个世界总会带有作者的痕迹，哪怕多么隐晦。所以我在想，如果我把叙事权完全交给你会怎么样。你要考虑我过往的写作风格，我的小说你都看过，当然你也可以完全把自己交给潜意识。但总之，你写的时候要明确意识到自己是叙事者，是我的叙事者。”截稿日前两天，当我在香港向他催稿时，他又进一步鼓励我尝试一下“小说代笔”。他需要一个共谋者。他提醒我：“在机场的 AIA 单元可能会给你启发。”

他是对的。AIA 单元的那几件作品，不但拯救了我在赤鱲角机场等待起飞的漫漫长夜（直到凌晨三点，才终于开始登机），更给予了我灵感，令我写出了那篇后来被小说家称为“仿佛是我的Alter-Ego执笔的小说”（我听从了小说家的建议，将之取名为《赤鱲角之夜》）。

我开始向他讲述AIA的每件作品。首先是“地下室的马戏团”小组的《房间里的大象》（*Elephant in the Room*）。艺术家用一根细得几乎不可见的长绳将一只白色鸽子拴在星巴克招牌上，吸引注意到的人们拍摄，并在社交媒体上根据地理位置寻回人们上传的鸽子图像，将之重新拼贴成大象的样子。第二个作品是韩国艺术家朴扑的《失联》（*Disconnect*），机场的Wi-Fi服务器与外网的链接被中断了五分钟，艺术家试图捕捉人们由此产生的焦虑反应。引起最大骚动和争议的（毕竟不是每位乘客都仔细阅读了安检入口提供的那份中英双语《当代艺术出没注意书》）当属来自伦敦的艺术团体“躲”（Hidden）的《恐慌袭击》（*Panic Attack*），四个打扮成旅客的演员在机场里开始奔跑叫喊，以揭示恐慌情绪是如何在某种特定语境下被放大、传递给更多人的。当晚唯一轻快的作品，是香港本地艺术团体“我的小香肠”（My Little Sausage）的《是如何》（*Comment C'est*），一对男女弹唱着一些有时似有隐晦呼应、有时却又全无意义甚至显得荒诞的歌词。正像小说家推荐时所说，在美术馆外发生的表演艺术（Performance Art）作品更加能够在“激发观众真实体验的同时，不断提出关于‘什么是艺术’‘何时或在哪儿才能成为艺术’的元命题”。“这些问题也可以向小说提出。”小说家当时曾这么说。

“所以小说什么时候才成为小说？”我顺着未出声的思绪有些突兀地问道。

“当它声明自己是小说的时候？”小说家用疑问句不置可否地答道。他顿了一下，反击似的朝我抛出了另一个问题。“小说里为什么没有写到你的艳遇？虽然……”

“虽然什么？”我追问。

“虽然不写是正确的选择。”他补充说。

他消息真灵通。Y 其实正是我遇见的那个女孩的名字。那名字颇为中性，我便用来命名我小说里的那位男性编辑。过境前，我曾在机场无印良品门口瞥见过她，当时觉得有几分眼熟。但直到在第20号登机口旁的星巴克再次遇见她，我才顿悟般想起此前与她的所有偶遇。她是参加艺术展会的其中一个画廊的公关，我们在会场里曾有过短暂交谈。她的表情谈吐与人们刻板印象里的公关形象相去甚远：她充满了一种后来我将之命名为“少女力”的东西。没有公关通常的熟练和妥帖，反而直率，对好恶（哪怕是自己供职的画廊的作品）毫不掩饰，笑起来就像重新发明了光。但在展会主会场里（有无数张面孔掠过眼前），我并未完全意识到这些。第二次见到她，是在士丹利街的一乐烧鹅。她坐在我斜对面，一个人啃着一盘烧鹅腿饭。有些脸盲的我当时并没有立刻认出她，只是对她满脸洋溢的“真好吃”表情记忆深刻。赤鱲角那足足九个小时的误机等待没有显得太过漫长，的确主要归功于与她的偶然再遇。

“那是另一个小说了，”我说道，“就好像…… 在这篇小说边境线的另一边。”

“你现在是真正的小说家了！”小说家有些夸张地调侃道，却也没有放弃追问八卦，“那你和 Y 现在如何了？”

“现在，她成了…… 我的实习生。”

“原先的那个呢？”

“被老板炒掉了。”

“她不是和……？”

“老板公私很分明的！”

我们同时笑了起来。傍晚的阳光此刻恰好通过对街的玻璃窗折射进咖啡馆，咖啡上像涂了一层金箔。

“所以你真的是一开始就想好要来培养我做小说家的？你其实一个字也没写？”轮到我来追问了。这是我们之间对话的常态。就好像有一种默契，让我们交替站上问与答的高地。

“那怎么会。”

“所以你写了点什么？”

他笑嘻嘻地刷了几下手机，给我看他的另一个社交账号——一个我以为他早已弃置不用的网络废墟。那是一连串没有配图的、接近于“金句”（有些是段子）的句子——

不说明不会懂的事，是说明了也不会懂的。

如果要有证据才肯相信，那还是相信吗？

瑜伽的境界是两只手都用来剥大闸蟹时还可以用腿来挠后背的痒。

瞎猫撞到死老鼠，也是它的业绩。

再不睡觉，就要来不及失眠了。

弱台风“彩虹”已于今天凌晨2时20分前后在海南省文昌市龙楼镇沿海登陆，登陆时中心附近吹翻了一碟文昌鸡。

陈冠希为什么头发那么多？

文化冲突：他们讨论出海的时候，我们讨论出梅。

只要你定力强、有毅力，就一定能制服诱惑。

我们变了的时候一切看上去都变了。

猫发出“喵”为什么是“象”声词？

我来了。我看见。我忘了。

……

发布时间一律在凌晨。

“你现在怎么写得像btr啦？”我嘲他。我知道小说家看不上btr，他说过那“不过就是些小聪明和抖机灵”。

“我可写得好多了！”果然，小说家音量有点大，周围几桌的人吓了一跳，转过头来。他喝了口咖啡，另起一段似的说道：“其实可以说，我写了小说。”他露出惯有的、表示“这可能是真的但也可能只是逗你玩”的表情，朝我使了个眼色。我有点惊讶他用了“可以说”这个最近被滥用的流行语——他不是一直对任何时下的流行语避之不及的吗？——另外，小说没写就是没写，写了就是写了，什么叫“可以说”呢？

但我相信他。小说家比他看上去的样子勤奋。他总不见得每天熬夜就为了构思那么寥寥几行字吧。

“不给我看看吗？”我直截了当地要求。

“还要再等一等。”他确定地说。

“还没有写完吗？”

“可以说写完了，但还要再等一等。”他用同样的措辞重复了一遍，仿佛暗示他的表达是经过深思熟虑的，是“正式的”。

“是等待恰当的时机发表吗？”我问。

“不是，是等待它被活出来。”

“活出来？”我追问。

“对，就这么说吧，等待它在现实世界里发生。”他说。

“所以你写了一个预言？”

“倒也不是。”小说家转而解释起他的理论。他认为大部分小说都在写过去已经发生的事，而科幻小说在写未来可能发生的事，至于现在发生的事，人们就写在社交媒体上，时过境迁后有些成为小说的素材，有些则被迅速遗忘。总而言之，人们除了可以在现实生活中阅读小说，作为某种让人从现实里分心的手段外，“小说和现实就好像属于两个完全不同的世界”，哪怕一个是另一个的投影、镜子，甚至寓言，都无法改变被二分法隔离开来的宿命。所以他想做一个尝试。他的计划是这样的：根据现实中的真实人设来写一个小说，再把小说交给那个人，让他把小说“活出来”。

“你知道苏菲·卡尔吗？”小说家问我。

“听说过。”不久前读到一则新闻，这位法国艺术家在纽约布鲁克林的一处墓地里竖了一块方尖墓碑，人们可以把自己的秘密或者忏悔写在纸上，投进碑内。就好像把那句英文俗语“把秘密带进坟墓”（carry a secret to the grave）具象化了。

“苏菲·卡尔曾向美国作家保罗·奥斯特提议，”小说家说道，“请他写一本关于她的小说，构想她未来一年的生活，只要不是杀人放火什么的就好，而她允诺将他的小说活出来。”

“奥斯特答应了吗？”

“没有。事实上，早在保罗·奥斯特1992年的小说《巨兽》（*Leviathan*）里，就出现过一个叫玛丽亚的人物，她的故事部分取材于苏菲·卡尔的真实生活，但奥斯特也夹入了一些私货。随后，苏菲·卡尔用小说里提及的想法做了一系列新作品。这一次，就好像苏菲·卡尔干脆想让奥斯特为自己的生活撰写剧本。奥斯特之所以婉拒了这个新提议，照他自己的说法，是无法对苏菲·卡尔‘活出’他的‘剧本’时可能发生的事负责。所以奥斯特写了一篇《对 SC 如何提升在纽约的生活的个人指南（因为她要求……）》的文章作为替代。后来，苏菲·卡尔根据这篇个人指南创作了一个名叫‘高谭手册’（Gotham Handbook）的项目，贝浩登画廊也将之译为‘纽约手札’，并将整个过程记录在一本叫《双重游戏》（*Doubles-jeux*）的书里。一切到这里还没有结束。保罗·奥斯特的好友、西班牙小说家恩里克·比拉－马塔斯得知整个事件后，又写了一本名叫《因为她从没有要求》的小说……”

看我露出迷惑的表情，小说家继续道：“总之，你不觉得这是一个很好的想法吗？”

我沉默了一会儿。需要时间仔细思考一番。我试图设想这个构想里最积极的一面：人们貌似可以掌控自己的生活，有所谓的“自由意志”；但更多时候，难道不是巨大的惯性在推动人们温和地走进下一天吗？这种自主选择的自由会不会只是幻象？而按着别人的小说、按照某种事先写好的剧本来活，有点类似在现实世界里演出为自己度身定做的剧本，说不定会开拓出什么新的人生可能性呢？

“但真有人会答应你的这个要求吗？”我反问。

“其实不必答应的，”小说家解释道，“你可以更形而上地理解我这个计划。我只需要确定对于某个人的构想，那好比就是我的小说，然后再通过某种更婉转、更巧妙、更不引人注意的方式影响他的现实生活……”

也太扯了吧，我心中默想，说了半天小说还是没有写！一定是这样。

“所以刚才你说‘可以说’小说写好了，就是指你已经有了这个构想，已经想好了那个人咯？”我决定拆穿他。

“对。”他简洁而坚定地说。

“所以那个人是谁？”我本能地追问。

几乎在同一个瞬间，我意识到了答案。小说家一定也从我的表情变化里看出了这一点。

一段默契的沉默。要等待先前的那些词语如尘埃般落下。

“昨天冒雨爬山，真是累死了。”小说家打破沉默，没头没脑地。

“下雨天爬什么山……”

“爬到一半下雨了啊。”

又一阵沉默。

“哎，我们还走不走呢？”小说家说。

“我们走吧。”

他们坐着不动。

Q&A

[Q]

自问自答是小说的一部分吗？自问自答是谁在问谁在答？是先有问还是先有答？是为读者而问还是作为读者而问？是为问的那个自己答还是为读者而答？你更认同“在自问自答里可以讨论自问自答本身”“在自问自答里最好不要讨论自问自答本身”“在自问自答里必须讨论自问自答本身”还是“在自问自答里难以避免讨论自问自答本身”？

[A]

自问自答可以是，也可以不是小说的一部分。假如是，它可能使小说变得更好（偶然情况下）或更糟（大部分情况下）或更像薛定谔的小说（据说老薛已弃文从医）；假如不是，它也可能使小说变得更好（更模棱两可）或更糟（谷阿莫化或带鱼化或提供标准解读）。自问自答可能发生在作者、叙事者、小说里的人物、小说人物的原型、作者想象中的读者、作者想象中的更好奇的自己及皮埃尔·梅纳德（及其鬼魂）之间。其余问题答案依次是：不一定。不一定。不一定。暂时更认同“在自问自答里可以讨论自问自答本身”。

[Q]

迄今你印象最深刻的一次等待是?

[A]

没有约定任何人，我坐在一间粤菜馆的大堂里，点了一整只烤乳猪。我向服务员解释我在等待一个朋友出现。我想象着这样的场景（事后，当我在一次饭局上向一桌半熟悉半陌生的朋友讲述这次等待及我的初衷时，其中一位向我指出这并非我的原创想法，而是香港艺术家白双全的《等一个朋友》的某种微妙的变体。“你要么是抄袭的，要么是潜意识里早就植入了的，”他在饭局上直截了当地指出，场面一度有些尴尬，他甚至补充说，“你可以去读一读上海文艺出版社2007年11月出版的《做》”）：“真的有一个朋友偶然出现在粤菜馆里，并发现了空守着一只烤乳猪的我。这时我对他说，‘我已经在这里等了你很久’。”直到餐厅打烊，我才把烤乳猪打包离开。“放进烤箱用200度烤7分30秒。”敬业而友善的侍应生最后这样关照我。

[Q]

未来几年里有什么创作计划?

[A]

我计划写一个小说七部曲，书名分别是:《我的ID是李白6，我通过了图灵测试》《为有名山增高一米》《如何向麻辣兔丁解释小说》《以匿名之名》《我不记得的事》《傍晚五点的上海指南》和《这不是一部小说》。

展览继续 →

EXHIBITION CONTINUES

玛嘉烈的贝伦

I

这是一场赌博（你无法谈论澳门而不提及赌博，或者说，就算你一字不提，它也将以缺席——这种反而更显眼的方式——存在）。作家B在旧法院大楼门口的台阶上抽完最后一口烟，便转身折回底楼“隽文不朽”澳门国际文学节会场。观众聚集得越来越多，前一场活动即将结束，而下一场（我联想到音乐节，观众是这一场接一场演出之间仅有的互文，太过狂热的乐迷会很有策略地提前一场去占据有利方位）就是B的了。过去两年里，B曾无数次参加类似活动（无论称之为读书会、朗读会、签售会、讲座、对谈还是沙龙），谈论那本两年前出版的销量普通却在文学评论界有好口碑的小说《过马路要走对角线》（我能想象坐在台下超过一半的读者其实没有听说过或没有读过或假装读过或仅仅读过开头一页或被断章取义放上网作为营销诱饵的试读段落，他们将参加类似活动作为度过周末下午倦怠时光的时髦方式或期待这60分钟90分钟120分钟成为某种浓汤宝似的精神浓缩物以填充日常生活造成的生命旋涡或作为免费约会、避暑、取暖、休憩的好机会或为了拍照上传至社交媒体以证明这一天并未虚度或以这样有文化的方式虚度。我能想象他们会提出怎样的问题：为什么要取这个题目？难道走对角线过马路不违反交通规则吗？这是不是对不断加速的都市生活的隐喻？你的写作受哪些作家影响？你的文字为什么充满了翻译腔？小说里的那个 B 与你自己有多少相似之处？我的孩子马上就要参加高考了请问怎样写作文才能取得高分？你日常的一天是怎样度过的？你的灵感来自哪里？你习惯上午写下午写手写电脑写晚上写还是凌晨写？有评论家说你的小说"西西弗斯般探入暗夜的深渊点亮了一缕只能证明周围皆是黑暗的火光"你是否同意？如此种种。我能想象自己露出职业的善意笑容同时近乎夸奖地说"这是个好问题"随后熟练地顾左右而言他或讲起一个仿佛万灵丹可以对付各类疑难杂症的颇有深意的小故事像寓言仿佛是对那个问题的回答但事实上更接近罗夏克墨迹测验。而这一切让我厌烦)，而这一切让他厌烦。所以，这一次他决定只字不提那本书而仅谈论新作《镜湖来信》，一本"出人意料地以崭新的文体拓展小说边界的实验性作品"(据维基百科词条)。事实上，这一天作家 B 非同寻常的兴奋并非因为将要谈论的是一本新书(我已经出版了七部长篇小说，题材风格各不相同，但每次活动上所说的和观众所问的却大同小异)——大部分人直到两年后才会明白过来——而是另有原因。

II

一连七天收到陌生人发来的电邮后，我才意识到这些并非骗子广告或垃圾邮件。在每一封信里她都称呼收件人为“光”，署名则是“+0”。我从收件箱里找到系列邮件的第一封，重新细读起来。那恰好是在国庆长假第一天发送的，邮件标题是“来自镜湖的问候”。几句寻常寒暄后，她描述起远行第一天的见闻。她说“镜湖的空气是潮湿的，这让人想起上海”以及“不像上海，这里的梧桐树直直探入高处，树干光滑无节，树叶繁茂”。在整封信里，作为旅行起点及故乡的上海是两个主要参照物之一；另一个是里斯本，她常常将镜湖的事物与里斯本的相比。信中隐约透露出两年前她曾与某位她称为 B 的男性友人——她没有确凿界定两人的关系，但从行文泄露的气息推测，B 那时候应是她的男友——去里斯本进行过一场令人印象深刻的旅行。

+0的电邮第一眼读来像平常游记，词句大多未加雕琢，也不太过抒情；但她近乎直白的描述里渐渐生出一些与常理相悖或无法被既定知识体系证实的内容，这使得镜湖这地方蒙上了一层虚构的迷雾。比如："这里与上海有六小时时差，虽然几乎处于北半球同一纬度，季节却是相反的。"以及："这儿的人们几乎都会说粤语、葡语和英语，大多热情友好，但有时也会发生让人匪夷所思的对话——当我用粤语询问'边度有书'时，人们竟然鹦鹉般重复我的问题。"她甚至在这封电邮里附了一张手绘地图，显示镜湖由一个半岛和一个离岛组成，地名却是用一种仿佛自创的语言标注的。

第一封电邮里唯一可能泄露镜湖身世之谜的是关于蛋挞的段落。"从区华利前地右拐，进入亚美打利庇庐大马路，玛嘉烈蛋挞店就在不远处。十块钱一个的蛋挞再好味，也比不上两年前那个暴雨过后的傍晚和 B 在里斯本热罗尼莫斯修道院旁的贝伦蛋挞店里吃到的那只生平最好吃的蛋挞。刚出炉热烫的酥皮、焦得恰到好处的表面和弥漫着香甜浓郁奶香的蛋浆足以抵消那日下午在地狱嘴（Boca do Inferno）那袭人的绝望。"谷歌搜索后我发现这段落里的地名都是澳门的真实地名，玛嘉烈蛋挞店亦确有其店，甚至还关涉一个爱情故事。1979 年，英国药剂师安德鲁·史多来到澳门，十年后与妻子唐士慧一同创办了安德鲁饼店。1997 年两人离婚，妻子接手市中心分店，并将之改名为玛嘉烈蛋挞店。爱的分分合合由此变成两间蛋挞店的较量。因此，电邮里不惜笔墨的蛋挞描写或许并非闲笔，它要么暗示了镜湖的原型很可能就是澳门，要么试图借蛋挞店的商业史及葡澳殖民史为作者与 B 尚模糊不清的两性关系创造出多重、潜在的平行文本。

I

作家 B 微笑地望着主持人，目光聚集在她正发出铿锵音节的嘴唇上（我想象声音被抹去，在抵达任何人之前消失无踪，以至于并不精通读唇语的人只能凭借说话者的表情节奏及身体姿态在被消音的语境里徒劳地试图理解这段意味深长的沉默，但主持人的嘴唇在这一瞬间停止了动作，变成一个鼠标般的提示符，且这提示符明白无误地指向我）。作家 B 继续微笑着说：“的确如此。”（“你可以把它视为一部侦探小说，”我听见自己侃侃而谈起来，“但这是日常生活的侦探小说，也就是说，可能会，也可能不会水落石出，或者说，需要一段时间一切才能得到解释，因而至少在得到解释之前会显得神秘莫测。”）作家 B 有意停顿了一下，等待同声传译亭里传来的声音逐渐死寂（我看见落后的影子大步追上来）。作家 B 每一次轻微点头都与主持人话语流之中的关键词或停顿共时，反倒像一个正在操控主持人讲话的指挥家，并在对方抛出一个新问题后妥帖地停顿几秒，使自己的回答不显得太过草率或过分急切。（"'实验性'是评论家的说法，"我本可以保持中等语速并利用这个问题出人意料地揭晓真相，"实验意味着可能失败。但事实上，这一次我不可能失败。"我本可以在此刻延长停顿以消化观众投来的略带侵略性的'你真狂妄'的眼神攻击，接着说出一切："因为《镜湖来信》这本小说并不存在。维基百科条目、ISBN 和预售网站上的评论家观点都是我自己编的。前面讲的故事梗概和提及的细节都是临时想出来的。暂时未能付印的理由也是假的。请原谅我，我并不想欺骗大家，毕竟这也可以视为一种现场创作，不是吗？就像爵士乐手有时即兴表演，这难道不更有意思吗？"随后我可以用眼神示意坐在第一排最右侧的观众，现场唯一知晓这场恶作剧的观众，我的编辑，带领大家合鼓一段起初迟疑后来会变得越来越热烈的掌声。——但我没有这么做。）作家 B 在一段沉思后提高了音量，就好像在回答主持人问题的同时需要说服自己："这的确是某种意义上的实验，但可能与大家预想的实验并不相同。尽管如此，它们的目标却是一致的，即消灭熟练。熟练是我的敌人。熟练把我变成工匠，变成机器，变成没有生命的东西。相比熟练，我宁愿生涩，宁愿笨拙，宁愿迷路。《镜湖来信》里我自己最喜欢的，正是迷路的那一段。"

II

读完所有七封信，一切没有显得更清晰。究竟谁是光，谁是+0，+0是不是某位“嘉玲”的谐音，“光”是一个代号、对一群人的统称还是具体某个人，以澳门为原型的镜湖何以出现在一个与上海同纬度却有六小时时差的地方，电邮是只发给我一个人的还是秘密群发给很多人的，写这些电邮的动机和目的是什么，它究竟是纯粹出自书房的小说还是基于某次实际旅行并将之主观歪曲记录的文本，它是某个熟人的恶作剧还是陌生人的艺术作品……这些问题一律悬而未决。比如说，有几封电邮附有手绘插图或照片，但那些照片往往只聚焦于某一细节而并非那一场所的全景描绘，这些通常用作文本补缀的图像由此反而进一步强调了文本的模棱两可。

七封信像一组谜团。除了谜团本身迷人外，电邮里对镜湖的描述也比大部分旅行手册有意思得多。比如，关于镜湖的行政区划：“镜湖按教堂辖区划分成五个区域，每个教堂前都挂着‘可稍做歇息和饮水’及‘请勿瞌睡’的指示牌。”关于镜湖的货币：“镜湖的货币上没有金额，而仅仅印有诗人的头像，它的价值往往取决于商家对该诗人的偏好，总体而言，费尔南多·佩索阿和卡梅洛·庇山耶在所有店家都很值钱。”关于镜湖最著名的景点：“圣保禄教堂是镜湖最出名的景点，它最大的特点是仅有一个立面，且该立面南北两侧的雕饰是一模一样的；你只能穿过教堂大门，却无法断言自己正走入还是走出教堂，这似乎暗示了人间与教堂的同一性。”关于镜湖的名字：“‘镜湖’之名暗示了两种观看方式，前者是直接反射现实的，后者是有皱褶波纹的，两者的并置将杂糅出镜厅般的效果。”

读完第七封信后，我试着写了一封回信，尽管这位 +0 似乎满足于单向交流。在某封信的开头，她曾感谢光没有回信。我没有向她提出任何问题，而是模仿她的交流方式向她描述了我所在的城市。同样用疏离的、貌似客观的笔调，以及并不那么严密的逻辑，我甚至还附上了一段所想象的抵达镜湖的场景。“我已能想象抵达镜湖那一刹那的情境。”我写道。那封回信没有任何回音。

有那么一瞬间，我觉得只要打开飞机舷窗，伸出手去，就能摸到海面。丝绸般的海面。然而飞机仍在下降：倘若将继续向前的速度与下降速度做一对比，你就能体会将这一过程称为“下降”有多么荒谬——毕竟，在下降这最后几百米时，飞机又足足向前行进了几公里。而就在你简直以为飞机将在丝绸般的海面着陆时，陆地如一块地毯飘来。大小和长度刚好合适，这个庞然大物变小、变慢、变得温顺。

罗卡角的那句话在这儿倒转了：海止于此，陆始于斯。

III

光：

感谢你没有回信，这表示你更乐意听。今天我乘船来到离岛，船摇晃的时候，整个岛都好像在晃。我把地图和旅游手册留在镜湖公寓，只带了一个三明治，打算在离岛漫无目的地逛。

相比半岛，离岛更古老些。东海岸有坡度的碎石小路让我想起里斯本阿尔法玛区的那些街道。我和 B 每晚乘28路有轨电车回大教堂旁窄巷里的公寓，深夜总有法朵的怨曲声传来。有坡度的城市就好像有了另一种辨别方向的维度，除了东西南北，你会记得这座城堡在坡的上方，而那座剧院在下坡路畔。然而在这座离岛，坡度却让我迷路。我几小时后渐渐发现，离岛的坡度时时刻刻都在变化。下船时明明看见罗马式环形剧场在最高处，朝那儿走去后却发现那里是个盆地，倒是西面的证券交易所在高处。我向本地人寻求证实，他们做出一副理所当然的表情。

幸好，虽然坡度时时变化，方向倒没有丝毫错乱。阳光明媚而均匀地铺在整个岛上，我朝西面不断走去，试图寻找这座岛屿的边界。通向西海岸的路是笔直的，风却越来越大，让我想起与B一同去罗卡角的那个黄昏。“陆止于此，海始于斯”的石碑前，是一片浩渺的空无。海与天的分界线被浓重的雾气消解，风向不定的狂风像要把陆地上的一切删去。我还记得罗卡角的草地上立着一块马拉松比赛终点的界石，真的有马拉松比赛在那儿举行吗？这么想着的时候竟然有几个少女从我身边跑过。“奔跑起来，风就不存在了。”她们告诉我这座岛屿的秘密。我试着迈动脚步，果然，风渐渐小了，西海岸的金黄镀上我的身体。

最后不知怎么逛进一个白鸽巢公园，里面既没有白鸽也没有巢，倒是有一尊贾梅士的雕像。我和B曾专门去热罗尼莫斯修道院拜访过贾梅士的墓，他真是了不起的诗人，不过在上海，人们叫他卡蒙斯。一个人有两个名字的时候就好像两个人，你说呢？

明天是这趟远行的第六天，后天就要回上海了。结局总是在结局真的到来之前已经到来。

祝你好梦

晚安

+0于镜湖

I

（IV 玛嘉烈的贝伦）

作家 B 两年后已戒烟。“我猜想我的作者大概已经很走红了。”

作家 B 没有将那部小说取名为《镜湖来信》。“我想保留两年前的美好记忆。那是一部小说最美好的时候：还是一张白纸，还有任何可能，想象力还可以在任何地方分叉、生长。而此后的一切是越来越大的妥协，是逐渐不得不接受一切变得不完美。我仍然喜欢想象未来真的会有一部《镜湖来信》，而此刻它仍然只有几页上有字。”

作家 B 认为《玛嘉烈的贝伦》里有一个章节的小标题也叫“玛嘉烈的贝伦”甚至还在那个章节里专门解释这样做的理由是自然而然的事。“就想象一下‘楚门的世界’好了，楚门的世界也在我们的世界里；就好比，假如真的有‘桶中之脑’，放置脑的那只桶也必然在某个世界或某个脑想象的世界里。不然，难道放在四川火锅店里？”

作家B认为谈论一本并不存在的书算不上新鲜。“波兰作家斯坦尼斯拉夫·莱姆早在1971年就写了《完美的真空》，谈论那些并不存在的书。我感兴趣的，是如何利用这种‘完美的真空’，使读书会这种已变得太过具有表演性的活动形式，重新焕发出创造性的活力。”

作家B透露小说里那些镜湖寄来的电邮确有其事。“我重写了这七封信，但镜湖来信确有其事[1]；我保留了原信里‘光’和‘+0’的称呼，甚至挪用了原信中的一句话‘谢谢你没回我的信，这表示你愿意听’并稍加改动……不过，信不信由你。”

作家B声称“作为一种创作的想象”是《玛嘉烈的贝伦》试图抵达的核心。“旅行、爱情和回忆里都包含了想象的成分，而这种想象与小说创作颇为接近。我试图通过小说本身将这些元素组合成一幅多维度的、不可能的拼图。”

作家B表示本小说与玛嘉烈蛋挞并无利益关系。“仅就个人口味而言，我觉得安德鲁饼店的蛋挞更胜一筹，但都比不上里斯本贝伦蛋挞店的——从小说的角度看，那儿的蛋挞是原型。”

作家B建议读者可以按照文德斯电影《德州巴黎》式的语法

1　所谓‘镜湖来信’，其实是艺术家钟嘉玲和策展人聂小依、新门工作室合作的基于电子邮件的一个艺术行动，原项目的漫游地是“西塔利地”（siteland），小说里的镜湖来信除文中指出的部分外皆为作者虚构。（作者注）——当然，同样地，信不信由你。

来理解“玛嘉烈的贝伦”。“那是一种记忆的超级链接法，或者按普鲁斯特所说，一种供往事藏身的‘根本意想不到的物质对象’[1]。”

作家 B 面前堆着一大叠《玛嘉烈的贝伦》。他想起两年前在这儿向读者解释为何《镜湖来信》未能及时付印的场景。有点荒诞，又有点奇妙。那样确凿的语气，那样曲折却又令人确信的故事——简直可以成为另一部小说。

1　普鲁斯特的原文是：“往事隐匿在智力范围之外，在智力所不能及的地方，在某个我们根本意想不到的物质对象（对这个物体所激起的反应）之中。”见《追寻逝去的时光（第一卷）：去斯万家那边》（周克希译，上海译文出版社，2004年5月版）。

展览继续→

EXHIBITION CONTINUES

上海胶囊

1

两颗流星从远处同步飞来。

一秒明，一秒灭，由远及近，在明灭之间穿过憧憧雾气，逐渐变大、变亮、变得清晰。“倒车请注意。倒车请注意。”声音也在变大、变响、变清晰；在某个瞬间，它终于越过听觉的阈值，侵入我始终处于待机状态的意识系统。我几乎本能地后退一步，靠在公寓大楼入口的铁门上。

那么，就跟我们来吧。

他们还在那儿，高个黑衣男子在左，矮个灰衣女子在右。他们的声音冷静而确定，就好像在简单的句子里植入了某种让人自愿服从的催眠因子，又礼貌地带着洞察一切的暗示，仅仅用一个“那么”就清晰无疑地告诉我，他们了解我的处境，明白我生活的上下文，以及这一邀请——如果不是命令——中暗含的不言自明的逻辑、些许无奈感和很多必要性。

桥上的风很大。黑衣男从公文包里拿出一张 A4 纸，用双手 1
举在胸前给我看。他的动作郑重而富有仪式感，仿佛这里是舞台。我向他点点头，表示同意。于是灰衣女为我戴上眼罩。

取消了视觉，对声音就变得更敏锐。汽车在略微潮湿的路面驶过的声音。阵风断续的呼啸声。河水拍岸的声音。不远处两个男人的聊天声。刹车声。（可能是）照相机按下快门的声音。（可能是）自行车链条有规律的哐当声。还有更多无法轻易溯源的声音，只能用象声词描绘的声音，像一些有规律的沉闷的“嗵嗵嗵”，一段时间里持续高频的“Plingingingー—”，也就是说，一些只能用声音本身代表的声音，这些声音让人反过来怀疑，对于先前那些较为明确的声音的判断是否太过急切太过主观了。毕竟，我们都曾在电影博物馆里见识过配音的魔法，那些“嗒嗒”的马蹄都是人造的。

摘下眼罩，有点急切地环顾四周，想借视觉助力，抓住那些声音线索。原来，那一通“嗵嗵嗵”来自河边工地。巨大的打桩机是执着的鼓手。

灰衣女子做出“请移步”的手势，我们来到桥的另一端，那栋亮着“人民邮电”霓虹灯的历史建筑前。黑衣男又从公文包里拿出一张 A4 纸，举在胸前给我看。我再一次点头。灰衣女给我戴上降噪耳机，耳机里传来一段耳鸣般的、相较于音乐更接近沉默的旋律。在这段“准音乐”（或者，“反音乐”？）的伴奏（或“掩护”？）下，我将视线投向城市的东南方向。

正是日与夜交界的虎狼时分。不远处另一座桥上，一个抽象的红点平滑掠过，另一颗流星。风中的云正如延时摄影般加速移动，仿佛它们已经知道了某些我们尚不知道的东西，正在进行一场秘密迁徙。而东方明珠的塔尖，快要刺进云的心脏，那会是一场局部地区阵雨吗？陆家嘴三巨头紧紧靠在一起密谋，他们并不担心阵雨，至少上身不会淋湿。在近处，在低处，几只马甲袋匍匐着跳跃着，试图穿过马路，如在陆地蝶泳。十字路口的交通协管员厌倦地背过身，凝视着苏州河的水面：已经不是一小时前的那些水了，但倒映的风景没有变。还有游客举起相机，试图将我所身处的这栋历史建筑变作他们记忆里的图像史，他们应该拍不到站在门廊阴影处的我。

音乐声戛然而止时，我才回想起它的存在，它教会我如何看。而一旦失去那段音乐的掩护，眼前的默片便恢复成了监控摄像头里冷淡乏味客观机械的图像。

2

你闻到一些味道。有点像电线烧焦或短路的气味。你起身，在各个房间搜寻气味的源头。卧室里没有味道。厨房里也没有。客厅里隐隐约约。卫生间里，那种气味似乎稍浓一点。你打开房门深吸一口气：走廊里也没有什么味道。

可能是错觉。你一边这样想，一边打开厨房的窗户和卫生间的排气扇。十分钟之后，气味更浓了。你走到阳台，发现楼下有动静。几辆警车和一辆消防车闪出红色与蓝色交织旋绕的光影，在小区花园里聚集起的人们仰着头。应该是哪里着火了。

你穿上外套戴好口罩，只拿上手机、充电宝和身份证便迅速下楼。电梯里，人们交换着疑惑的眼神。到了底楼，你与三位身背灭火器的消防员擦身而过。你本能地掏出手机想拍下他们的身影，但他们走得飞快，你只拍下一些似有若无的痕迹。

你加入了在小区花园里仰头的人群。是你所在的那栋楼702

房间的厨房着火了，隔壁人家报了警。还有个人困在隔壁房间里。似乎已没有明火。你看那儿是不是有些烟。人们彼此交流着讯息时，你的电话响了。

盒马先生被拦在小区入口处。你这才想起一小时前曾下单买了一斤奶白菜、四个即食牛油果和两瓶鲜榨橙汁。你拎着沉沉的奶白菜、牛油果和橙汁回到仰着头的人群里，看起来有点可笑，是那种在生死攸关的情境下微不足道的日常所激发的荒诞感。不久，维持秩序的警察告诉大家：火已被扑灭，但为了安全起见，仍需等候一些时间，待消防确认完毕方可回家。

在小区花园里等待着返回日常生活的你想起了一些事。比如十年前那个秋天发生在两个街区外的那场惨烈火灾。这场已被迅速扑灭的小火灾，之所以会引来与之不成比例的警车与消防车，当然和十年前的悲剧触动了此刻紧张的神经有关。你庆幸这种稍嫌过激的反应。又比如，你想到，虽然这些邻居的脸几乎都没怎么见过，但事实上你和这些神秘的陌生人住在同一栋公寓楼里。循着这样的思路，你突然意识到先前在房间里闻到的异味，正是因为连通大楼的排气扇才变得更浓的。整座公寓楼的水管、电路、天然气管道是如何铺设的？那些气味、温度、湿气和细菌是如何通过建筑内部的秘密管道循环流转的？你想起这些隐匿的事物。

几天后，你将在美术馆的墙上读到一段文字，那段文字将重新唤起你的这些思考。“一旦证实了日常生活中那些令人安心的表面下其实潜伏着不明事物、有机体与隐蔽空间，沉默的几秒就足以让人心跳加速。事实上，我们被各种蛛丝马迹所包围，它们向我们透露，在我们居住但不假思索的建筑中，还存在隐秘的生命。” 2

3

小区里几乎所有人都知道他，那位神奇的画家，大家都叫他“施老师”。最初大家叫他“老施”，后来他出了名，为了强调称呼里的尊敬感，人们纷纷改叫他“施老师”。除了回文带来的韵律感外，用上海话读起来也像 Sloth（树懒），尊敬之中透露出俏皮和幽默。

施老师几乎每天都在小区里写生。花园、健身区、池塘边、屋顶、楼道、门禁处甚至停车库。架好画架和画布，备齐画笔和调色盘，他会首先长时间观察他要画的对象，是在旁人看来简直称得上入神的那种久久凝视，随后才落笔。而他的神奇之处，简单说来有二。其一，说是“写生”，施老师却并未把眼前的事物或风景原原本本地画下来，至少在旁人看来，他完全是在画别的东西。流传最广的一则轶事，是施老师画银杏。就是小区花园正中的那棵古银杏：小区只有23年历史，银杏却有百年寿命；因为是林业部门登记在册的不可移动古树，事实上小区是围绕着银杏布局和建设的。据说施老师画银杏那天，是一个爽快清朗的秋日，所以围观者很多。当时银杏叶已一片金黄，在黄昏暮色里随风摇曳，发出如阵雨般的声音。然而，他在画布上录下的却是一张女子的脸：如立体派同时展现正面和侧面，厚涂的颜料，果断的线条，表情介于哭泣与愤怒之间。施老师每看一眼银杏，就在画布上落下一笔，似乎在作为写生对象的银杏和画布上的女子之间，存在某种旁人无法参透但对他而言确凿无疑的关联。其二，从最直观的视觉感受来看，他画下的诚然是一幅幅油画，但画作的用色使之更像一张“负片”，或者说，他的画更像油画的“底片”，需要一种类似显影过程的观看。观者需要将目中所见的亮转换成暗，而将画面中的暗译作明。有些偷懒的观者，会用照相机拍下施老师的画作，再用 Photoshop 之类的软件调整正负像，如此“数码冲印”的结果常令他们惊讶：那明与暗的转换法，施老师与机器同样精准。

没有人知道702室厨房着火的那个傍晚，施老师是在哪里、以怎样的方式写生的，但那张作品《2019.11.28 17:30，31.236，121.441》——他的每件作品都以精准的时间和经纬度命名——证明了他那一天也在场。当然，两年后在施老师个展现场亲眼看见这幅画的观众，即使是那些恰好住在那个小区、见证了那个慌乱黄昏的人，也很难单凭这串数字便将画作与火灾联系起来。直到展览开幕后有一篇展评透露这一细节，人们才带着后见之明，纷纷声称看见了图像与事件之间勾连的隐晦线索。

那幅画是这样的：一个青年躺在铁架床上，赤裸的上身从被窝里露出；他双目圆睁，盯着停在右手食指上的一只蜻蜓。不知道是夜晚还是白天，夏季还是冬季，也很难判断床头柜上的台灯是明还是暗。青年有一张中国人的脸，但从床架的风格和卧室层高来看，都像在欧洲，也许是意大利，也许是葡萄牙。

我希望我能更好地描述给你们听。

4

弄堂深处有不一样的时间。

高耸的梧桐枝叶如十指交叉般描出安福路，是咖啡馆、小剧场、网红潮店、独立 Boutique 和西洋酒馆餐厅密布的士绅化社区；但你只要拐入弄堂，就好像时空穿梭，会感觉别有洞天。比如马里昂巴旁的安福路275弄：齐刷刷一字排开的分类垃圾桶旁张贴着“红黑榜”；不远处的黑板报上，古早的暗黄色手写字正告天下，“增强防范意识，提高自防能力，不给犯罪分子有可乘之机”；再往里走，居委会合唱团正在排练，唱到高音处，屋外树上的雀鸟齐刷刷腾起，而奶白色外墙上有个可疑的黑色手印；还有人在14号的绿色门牌上贴了张红底白字的倒三角形贴纸，贴纸上写着“Sein”，仿佛非如此不可；而在这条如弯折的吸管般的弄堂更深处，还有岔路，一只警觉的黑猫倏忽间消失在黑色铁门底下。胶囊画廊就在对面那栋洋房里。

这一天是施策个展《藏家画室》(*Un cabinet d'amateur*)的开幕日，展览标题取自法国小说家乔治·佩雷克的同名作品。在法语里，收藏家常被称作“amateur d'art”，其中的“amateur”在英文中有“业余”的意思，但法语取其本意“爱好者”——也许是因为在词源学上更接近“爱”:“amateur”来自意大利语“amatore”(爱)，或拉丁语的“amator”(爱好者)及“amare”(动词“爱”)。“cabinet”则指“陈列室”。在17世纪的法国，收藏家的陈列室如同博物馆的雏形逐渐兴盛，同时也渐渐出现了描绘藏家画室的油画。这类作品往往会以画中画的形式呈现收藏家收藏的很多件作品(有时一幅画里会有成百幅藏家所收藏的画)，而收藏家本人也常常出现在画面中，令人联想起猎人与猎物的合影。施策为展览取此标题，究竟是在暗示画家也可被视作现实世界某些瞬间和场景的藏家，还是希望这些画作被藏家看中收藏；究竟是在探讨画廊及美术馆与收藏机制之间的关系，还是在暗示艺术与小说的共同之处？或兼而有之？

让我们把这些问题暂且搁置，先来到2021年12月2日的这个黄昏。此刻将近六点，艺术圈的朋友们陆续赶来，聚集在画廊外的露天草坪上。盛着香槟的酒杯清脆的撞击声夹杂着各种语言交织而成的厚厚一层和鸣，带着些许潮湿感的青草香混杂着围墙另一侧居民楼灶间里飘来的干煎带鱼味道，洋房底楼贯通的四间展厅泻出的白色光线辉映着高悬的圆月洒下的柔和暗黄，而主角施策却躲在画廊主里柯先生的办公室里，喝着后者为他调制的蜂蜜柠檬茶。以艺术家的标准而言，施策属于不爱社交的那类，他极少接受采访，几乎也从不诠释或解读自己的作品。就算有人暗示明示说这只是他的自我营销策略，他都既不反驳也不动气，只是一笑置之。因此，《藏家画室》的展览前言非常特别，没有策展人充满艰涩术语的文字，只简单排列着一个个日期和经纬度坐标，简直像出自河原温之手。也因此，这一天的开幕式上没有艺术家致辞环节，而代以一场现场表演——施策将在画廊的露天草坪上现场作画，这幅画以及记录作画过程的影像将于开幕后在最左侧的那间展厅里展出。

一身工装服，头顶戴着矿工似的照明灯，施策走到画廊外的露天草坪上时，很多人甚至第一眼没有认出他。但人群很快安静下来，在他身后自然列出一道弧线。表演开始了。天空已近深蓝，夜幕缓缓降临，施策头顶的照明灯把一束光聚在画布中央，就好像要以此来划定舞台的区域。在他眼前，是胶囊画廊贯通的四个展厅，展厅外，竹子疏落有致地排列开来，于是对称而相似的窗户也不显得呆板，如主题旋律之中有悄然的变奏。施策定定地凝视了很久，也可能只是三五分钟，但因为近百人共同的屏息等待而显得比实际上更漫长一些。观众的脑海里，此刻正同样展开一幅幅具有各种可能性的空白画布吗？他们熟悉施策，深知他将有可能画下任何东西，除了眼前所见。或更确切地说，他有可能将眼前所见表现为任何东西。

这便是那幅一个月后真的搬进一位沪上收藏家画室的《2021.12.02 18:18，31.213，121.442》，由于那位收藏家也是某个颇具影响力的传媒集团的老板，这幅作品后来成了该媒体的年刊封面而更广为人知。

画面上，一位相貌极似施策本人但看起来又比他年长不少的老人坐在一幅拼图版前。已经拼出的图案是一间收藏家的画室，画室中错落悬挂着好几幅藏品（显然是施策自己的作品），其中大部分是此次个展展出的画作，可是拼图版中间还留下一个黑影：还缺一块拼板。空缺的形状是 S，而画中人手里拿着的拼板也正好是 S；他正把手中的 S 嵌入那唯一的缺口，但他发现这块拼板太厚了——它突兀地高出拼图版表面几乎有一倍之多。

5

一年后施策去人民公园相亲角时，穿的是同一套工装服。

那时他的画已从“小区时期”过渡到“公园时期”。照他的说法，那个周六他是去公园“勘景”的。在社交媒体极度发达、约会 APP 花样百出的时代，这个延续了几十年的线下交友空间反倒越来越热闹。施策实地观察了几次后，大致分析出了个中缘由：首先，如今的线下之于线上，如同暗网之于互联网，浸淫着模拟时代的秘密气息，因而特别适合父母私下替孩子相亲；其次，这也是平日里困于乏味呆板的退休生活里的那些老年男女逃离家庭、寻求喘息的难得机会——很多时候，为子女相亲更像是顺便或随缘的、具有附属性质的佛系诉求（或托词）；他们只是想出门见见朋友聊聊天，再去国际饭店楼下的面包房买几只蝴蝶酥或窝进大光明的座椅里面，看一部下午场电影。

那个周六是个大晴天，相亲角热闹非凡，弥漫着一种市集般的欢快气氛。施策从南京西路星巴克旁的侧门进入，绕到荷花池南侧，打算从人流相对较少的部分逛起。荷花池旁的玻璃房子里，一个手机品牌正在举行发布会，打扮时髦的青年男女不时发出一阵阵演唱会式的欢呼。玻璃房门口，一个穿着红裙的少女吸引了施策的注意力：她正拿着一根树枝，在一个标示着“可回收垃圾”的垃圾箱里寻找着什么。

她看起来不太像靠拾垃圾为生的流浪者，而更像精心打扮后，准备去赶赴一场约会。施策走近了些，想一探究竟。可能是余光瞥见有人走来，少女抬起头，向施策投去求助的眼神。先生，能不能帮我个忙？施策很高兴她没有叫他“叔叔”或者“师傅”。而少女向他解释，刚才补妆时，不慎将一支口红掉进了垃圾箱。还挺贵的呢，她补充说。虽然感觉有些匪夷所思，但因为少女如此迅速而果断地将手中的树枝塞进他的手里，施策便带着一丝好奇在垃圾箱里翻找起来。稍等我一下，我就回来，他听见少女说道。

垃圾箱里有几个塑料瓶，还有两个可口可乐铝罐。垃圾分类倒是分得不错，施策心想。以45度斜角探入垃圾箱的视线毕竟受限，小小的口红从瓶瓶罐罐的间隙落进箱底恐怕是大概率事件；但施策注意到垃圾箱上了锁，因此不可能把整袋垃圾掏出来彻底翻检一番。就在这时，他听见一阵急促的脚步声，红衣少女回来了。她满脸笑容，提着一袋看起来很像外卖餐盒的东西向施策小跑过来。施策一头雾水，露出不解的神情；但他刚放下树枝，少女便把那盒外卖塞进他的手里，随后不可思议地向他鞠了一躬，就转身离开。

一个在垃圾箱里翻找丢失口红的少女莫名其妙地塞给他一份外卖随即又无缘无故消失，施策事后回想，觉得整个过程就像一个半途而废的聊斋故事，在日常的表面之下因为事件之间缺乏逻辑而泄露出某种不真实乃至惊悚的意味。但在当时，他只是感觉恍惚，怀疑这一切是不是自己的臆想。他多少有点可笑地拎着那包外卖穿过相亲角，在摊主们猎人般的锐利目光下显得像一个精神食粮和物质食粮同时短缺的怪叔叔。一直走到大光明对面公园正门口，施策才想起看一看手中的外卖盒里究竟有什么。一盒米饭。一盒小炒肉片配韭黄炒蛋及娃娃菜。他突然感觉有点饿，但理性告诉他应该把这来历不明的外卖扔进垃圾桶，可路边只有干垃圾和可回收垃圾的垃圾箱……他决定拎着那包外卖回家。

6

小说家远远看见施策拎着一袋外卖朝他的方向走来时，机敏地侧过身体。虽然住在同一个小区，但小说家不太确定施策是不是认识他，总之相亲角并不适合这两个叔叔级的男人偶遇。他记得曾在一篇采访中读到过施策说自己是不婚主义者，“婚姻绝不是维系一段浪漫人际关系的最佳制度，甚至恰恰相反”，他记得他的原话。所以他可能是来寻找创作灵感的，小说家这样推断。

小说家不想让施策看见自己，另一方面是因为他自己正在“搞创作”——在一个真正的艺术家面前搞创作，当然有班门弄斧之嫌，尽管小说家自己并不这么认为。小说家更反对用成语，他讨厌使用“班门弄斧”这样的成语远远超过“班门弄斧”本身——或者可以反过来理解：恰恰因为他更喜欢发掘成语背后可能蕴含的复杂意味，所以他才讨厌按照成语的惯常用法来使用它。

就拿“班门弄斧”来说，原指在巧匠鲁班面前玩弄大斧，“比喻在行家面前卖弄本事，不自量力”——词典上这样写。但小说家认为，这恰恰是一种尊重特定行业内专业人士的正确态度，唯有在专业人士面前展现自己的实际水平，才能获得正确的评价和指导，取得真正的进步，而不仅仅是收获一些浮夸的赞扬。倘若“班门弄厨”，鲁班说不定就会点赞，但这样的赞美有意义吗？小说家由此发明了一个新成语“候门弄厨”，即要向米其林三星大厨 Joël Robuchon（侯布雄）展现厨艺，那才是真本事。

总之这一天，小说家在人民公园相亲角里搞艺术。他坐在一个小板凳上，身前撑开一把伞，伞上贴着“征友”启事——粗看起来与其他摊主没什么两样，直到你投去第二眼。稍微仔细点看第二眼，你就会发现——或至少会发现——他的伞与众不同。小说家的伞上印着一幅很像照片的模糊油画，是德国艺术家格哈德·里希特1964年的作品《带着伞的女人》。女人左手握着一把米色长柄伞，却未握在伞柄，而是捏住伞口，就好像怕它不经意间会自动弹开；她的右手捂着嘴，好像在努力抑制悲伤的情绪；上衣左侧胸口还有一块钻石状的不明黑色，可能是口袋，又像心脏在流血。整个画面的模糊感契合着这种悲伤的情绪，给人一种照片本身在流泪的错觉；又或者，这是观者的眼泪？把这样一幅画印在伞面，也加深了不确定性：若不是此刻是晴天，观者或许会认为是真实的雨水润湿了伞面的布料。虽然整个相亲角都用雨伞作为流动的相亲告示版，但它们往往是中性的、平实的、不起眼的，仅仅具有功能性的，但小说家的伞却透露出一种不易说明的别样情绪。

更不可思议的是伞上贴的相亲启事。小说家认为，相亲角里的这些启事——无论写着“交友”“征婚”“觅缘”“找老伴”，还是用“独生女”“女儿”“独子”等标示出摊主与相亲对象的关系——它们都在某种程度上将具有多重面向及维度的活生生的人简化为一组由选定的指标及其“值”构成的描述系统；而选定哪些指标，往往显示出相亲者（或代为相亲者）的婚恋价值观，即他们看重什么，在意什么，又忽略了什么。

从这个角度看，小说家伞上贴的那则相亲启事完全是异类，甚至带着一些无厘头，就好像他打算刻意以某种无意义来对抗一种同质的、俗常的、被过分规训了的价值观。他的启事由这些内容构成——相亲者的网名（GEB）；他的星座图；他的一段心电图；他的微信二维码；他最爱的小说（《外星人在巴塞罗那》）；最爱的电影（《宽宽与非人类》）；最爱的肉食（神户和牛）；最喜欢的篮球明星（科比·布莱恩特）；最爱的水果（牛油果）；最爱的定理（哥德尔不完备定理第二条：任何逻辑自洽的形式系统，只要蕴涵皮亚诺算术公理，它就不能用于证明其本身的自洽性）；最不能忍受的异性行为（挖鼻屎后将之弹到窗外）。

GEB 当然是小说家虚构的人物。小说家不满足于虚构人物仅仅活在小说里，他希望自己笔下的人物能参与到现实生活中来，与现实生活中的人发生真真切切的关联，成为他们的树洞、镜子、X

光机，成为他们的想象客体甚至欲望对象。这与小说家对于虚构 6
人物的看法紧密相关：他认为在小说里，人物可以不一定是真的，但必须可能是真的。

7

一个人抬头。随后是第二个：也许，他是好奇第一个人正在看什么，因为那个人看得那样专注，久久保持着仰望的姿势；又或许他只是想活动一下颈部，却在无意间复制了第一个人的动作和角度。总之，他们现在是人民公园里一对再也无法被轻易忽略的临时双人组，正以几乎同样的角度仰起头，望向同样的方向。

这场“看”的传染就是这样开始的。越来越多人加入，望向他人所望之处；也因此又有更多人加入。毕竟在他们视线聚焦的地方，的确有异象发生。那是一个晴朗的星期六，直到近傍晚时才有几朵淡淡的云吹来。而此刻，天空中那几朵淡云，竟像蔡国强的白日焰火或节日阅兵式上那种飞机尾痕绘出的图像般，隐约呈现出一个个字母的轮廓。这个像 f，那个像 r；这个像 t，那个像 s。这些云朵时时刻刻变幻着外形，但形状里包含的英文字母却变得越来越确凿。云朵与云朵之间的距离也悄然改变着，就好像这些字母云正在秘密结社，组成一个个单词，乃至一句句子。

反应迅速的看客已掏出手机，开始拍下这幕奇景。还有人直接把单词抄写下来，如同记录一场天启。那是云的顿悟吗？还是来自未知的神迹？总之，人们的记录大致相同：在这场持续了近三分钟的奇景里，云朵拼出了一句由十个单词组成的句子——For it is soon cut off and we fly away. 转眼成空，我们便如飞而去。随后，这些字母云朵不可思议地迅速聚集起来，变成一整朵小型积雨云。如同被明天广场高耸的尖顶刺破，一场局部地区阵雨落下，站在人民公园里的人仅仅感觉到远处飘来的似有若无的几滴。

没有人知道，也没有人料到，古尔布是这样来的。事实上，古尔布来到人民公园纯属偶然（更不用说还有几百米偏差）。但他在这一天（2022年2月22日）来，却是他选择的结果。作为一名历史学家，他的研究领域里有很多疑团要解开，尤其在这一时间段（2020—2022年）内，该地区的胶囊——暂且理解为“以某种形式被存储保留下来的讯息”好了——如此缺乏，以至于事实上，可供他选择的余地并不大。他打算从艺术家施策着手，毕竟在他“考古发掘”出的六颗胶囊里，施策出现在了其中四颗里（66%）。而“联盟”档案“Doc”还显示，其中一颗（#SH20220222PP）里还包含了“可能的身份冲突”（Possible conflict of identities），因此古尔布打算将之作为这次“田野调查”的切入点。

古尔布看过太多遍 #SH20220222PP 了：在监控摄像头式的俯拍视角里，有个头发蓬乱、穿着一身工装服的中年男人的背影，他正可怜巴巴地在一个垃圾桶边翻捡食物；不久，不知从哪儿跑来一位少女，把一袋外卖盒饭塞进那个中年男人手中，还向他鞠了一躬。古尔布甚至已经学会唱小视频背景里的那首歌，"在一瞬间／有一百万个可能／该向前走／或者继续等……"古尔布还记得画面上那行玫红色的字幕"暖心瞬间，美少女为流浪汉送饭"以及旁边"联盟"档案系统"Doc"自动生成的那条冷冰冰的不断闪动的银色备注："提醒：可能的身份冲突（艺术家施策／流浪汉'无名'）。"

正因为施策的形象太过清晰地刻入古尔布的意识领域，古尔布第一眼见到施策就立刻认出了他——他正拎着那袋盒饭，在黄陂北路南京西路口中国工商银行旁的横道线前等红灯呢。他看起来有点心不在焉，或给人那样一种感觉，就好像他正努力思考着什么，并且是那思考而非红灯让他停在那儿。也许他一直就是这样，古尔布想，毕竟这是他们第一次见面（姑且这么说——其实按古尔布那时代的时间逻辑，这应该是施策第二次见古尔布，古尔布第一次见施策）。

穿越时幸好有这几百米误差，我们才能在这个路口相遇，古尔布思忖道，真是人算不如天算。人行红灯变绿灯，他们在横道线上擦身而过。古尔布回头，确认了一下施策的背影：果然与 #SH20220222PP 里的一模一样——那个流浪汉的确就是他。说不定那个视频就是他自导自演的，古尔布心想，反正以绘画作为主要媒介的当代艺术家，偶尔客串表演艺术的并非少见。

就这样，带着提前完成任务般的喜悦，古尔布轻松而饶有趣味地逛了一圈人民公园相亲角，又兴冲冲地跑去荷花池边：一个老头正在那儿拨弄着琵琶，唱着苏州弹词《莺莺操琴》。“香莲碧水动风凉，水动风凉夏日长；长日夏凉风动水，凉风动水碧莲香。”古尔布听得入迷，既为此前只在胶囊里听过的正宗蒋调，也为那妙不可言的回文结构。

古尔布走出人民公园时已是初夜。大光明电影院的广告牌霓虹闪烁：“安德烈·塔可夫斯基回顾展。”正巧，其学生时代的早期作品《今天不离去》将在15分钟后开场。宣传单上写着：“1956年，塔可夫斯基进入苏联国家电影学院，师从米哈伊尔·罗姆（Mikhail Romm）。1959年，塔可夫斯基与亚历山大·戈尔东合作拍摄的《今天不离去》获毕业学位奖。此片拷贝一度遗失，2021年才在挪威重现，现经4K修复，隆重上映。”去看一部101年前（1959年）的老电影？这想法令古尔布激动不已，他朝电影院径直行去。

电影开场是一个热火朝天的工地镜头：挖掘机探入地下，滚滚红尘四处飞扬。另一边厢，城市规划者正开会讨论发展方略。一切在行进，在运转，直到戛然而止的一刻：地下发现了“二战”时德军轰炸留下的导弹；若引爆这三十吨导弹，整个城市都将被炸毁。

它们和以前一样危险吗？更加危险，因为没有办法接触它们。一

个以45度角仰拍的镜头凝固了挖掘机暂停的那个瞬间，铲头在空中震颤，直至不情愿般地停住；向市委汇报的电话铃声，刺耳得如同警报。

解决方案迅速成形：先把全城居民疏散到安全区域，再将这些导弹运至无人区引爆；而这一切需要极度小心，因为导弹随时可能爆炸。应该派谁去清理弹区呢？*这不是战时，我不能让我的人去送死。如果可以，我愿意亲自去运这他妈的导弹。但你没这能耐！*讨论激烈，但也有无畏的志愿者，更有战时的消防员主动请缨。最后决定：由上尉领导大家各行其职，清理弹区。

电影用了不少篇幅刻画清理导弹时的紧张感，以及人们的智慧和无畏；但更意味深长的却是一段副线情节：就在全城动员清理导弹时，还有几位医生和护士在某病房内努力救治一位已然休克的病人。如果说整部电影的隐喻色彩稍嫌浓重的话，这一幕却是隐晦而暧昧的：这个段落是清弹工作的隐喻吗？还是为了突出在全民动员的状态下一些专业人士的自我选择？电影没有给出明确的答案，但或许这恰恰构成其迷人之处。

虽然《今天不离去》并没有展现出塔可夫斯基成为大师之后的签名式影像风格，但古尔布仍然看得很过瘾，毕竟这是大银幕，毕竟与几百人共度了一段民主生活般的宝贵时光，也毕竟，在古尔布的青年时代，他能看到的只是一些缺乏反思只讲究感官刺激的、雷同而乏味的“三战”电影。

回公寓的路上，古尔布开始隐约意识到这部电影的情节与自己的这场时间旅行间似乎存在某种对位法：历史学家的工作，哪怕在时间旅行成为可能之前，都多多少少类似于“清弹”，就好像只有妥善处理来自过去的危险讯息，才能更好地理解当下。但古尔布又觉得，这种相关性似乎又太过明显，假设自己只是某个小说家笔下的人物，那么安排他去看这样一场电影也未免太刻意了。想到这些，古尔布有点得意地笑了。

古尔布确信并非有人在安排他笑。

8

虽然“联盟”对于“穿越间穿越”是否必须留下口令没有硬性要求，但古尔布还是多留了一个。这主要是因为他觉得人民公园太好玩了——虽然历史书上对这段“美好年代”有颇多记载，但真正（或至少，几乎“真正”）身处其中带来的愉悦感还是远远超过他的想象。他早已厌倦了2060年那种号称科学、民主、理性、井然有序的无聊现实，反倒是这鲜活的，夹杂着野蛮、狂欢及杂乱气息的时代重新激活了他的“生之趣”——也许他还来得及在完成田野调查后，返回那一天的公园，再好好玩耍一番。

2021年12月2日的穿越时点是晚上6点。在接近北纬31度的上海，初冬的夜幕早早降临。因而没有人发现头顶上方，有几片云正默默变幻成单词，单词又聚集成一句句子，“You will not fear the terror of night”，*你不会害怕黑夜的惊骇*，也没有人发现那些云很快变成一场小阵雨，降落在安福路寂静的弄堂里。

古尔布为这一天准备了名片。名片正面印着“古尔布，历史学家”，下面用更小的字号写着“时间旅行者，来自2060年6月22日”；反面则印着他的英文名字“Gulb”和一个二维码（可以链接到他的豆瓣主页）。古尔布这么做，一方面是因为“联盟”颁发的《时间旅行者工作手册》（《手册》）之《时间旅行途中的信息披露》一章中对于如何披露自身身份信息有明文规定，“如确属必要，可以披露自己时间旅行者的身份，但一旦决定披露，所披露的信息里不得有虚假成分”；另一方面，2021年的人们还仅仅把时间旅行视为科幻小说里的想象，而这种对“虚构性”的自动默认反而令他自由，尤其是那些想象力丰富的艺术界人士，他们会觉得古尔布不过是在搞“名片艺术”，不会真的对他的身份起疑心。

那是古尔布第一次“真正”进入21世纪20年代的社交场景。他看过很多胶囊（按《手册》定义，胶囊是“以文字、绘画、音频、视频等方式对特定时空的记录，可作为时间旅行者落脚的时空节点”），也读了很多关于“美好年代”的研究文献（历史学家一般将21世纪10年代中后期到20年代末“事件”之前的那段时期，称作“美好年代”），但踏入实景的第一分钟，古尔布还是感觉猝不及防。

他刚跨入胶囊画廊的院子，一个双手各拿着一杯香槟的瘦长男子便热络地迎上来，一边把酒递给他，一边拍了拍他的肩膀，用上海话叫了一声“老古”，就好像他不是一个从39年后穿越而来的时间旅行者，而只是一个几星期未见的老熟人。

“老——古最近勒了忙啥？”瘦长男把“老”字拖长音，后面的几个字又跟得极快，像在玩 Freestyle。

“么啥特别呃，就搞搞‘辰光旅游’，跑到2021年来看看西洋镜咯。”古尔布发觉自己的上海话讲得竟然还不错，田野调查前的几堂培训课没有白上。

“哦——哟，幽默还是侬幽默，”瘦长男说道，“来来来，夯特一杯。”两人碰完杯，瘦长男便扬长而去，寻找新对象社交去了。

已入夜，胶囊画廊的花园里散发着青草微微湿润的香气，这让古尔布兴奋不已。他猛吸了一大口“美好年代”的空气，顿觉神清气爽；他这才意识到刚才那位交际男用上海话叫的可能是“老哥”，他应该并不认识自己。

虽有工作在身，古尔布还是决定再喝一杯，毕竟他有十六分之一西班牙血统（他的曾曾曾祖父来自赫罗纳）。就这样，他在吧台边遇见了第二个社交对象，一位自称“只是艺术爱好者”的娇小女生 Renne。

“你也是施老师的粉丝吗？”女孩也可能只是想在等酒的时候随便聊些什么。

“可以算，”古尔布谨慎地答道，“特别喜欢那幅手指上停着一只蜻蜓的。”

“我也是！”女孩迅速回应，“还有那幅电影院里的……啊呀，记不住名字。”

古尔布在脑海里搜索了一下，不记得看过相关胶囊，便附和道：“是啊，作品名字实在记不住，而且他的画总是像谜语。”

“谜语……”女孩停顿了一下，像在把词语咀嚼到可以理解的程度，“我觉得他画的是谜底。”

古尔布点了点头，虽然他并不十分理解女孩的意思，但他们还是愉快地交换了名片。女孩的名片上写着“张仁丽，Renne Zhang，上海市后‘茶馆式’教学研究所首席研究员”。

“厉害，厉害厉害。”古尔布像那种在微信聊天里会连竖三个大拇指表情的中年男人那样不知所云地夸赞道。

而女孩把古尔布的名片正正反反看了两遍后，笑着问道：“你也是艺术家吧？”

古尔布不置可否地点点头，随后指了指展厅。“我先看看，我们回头聊噢。”这才摆脱了这段洪常秀式的尴尬场景。

古尔布有点得意，因为人们的反应如他所料。他心情愉悦地开始了“田野调查”——他常和同事吐槽，城市里哪有什么“田野”（field）？但制定《手册》的人就是不肯将这个舶来词的翻译改成更合理的“实地调查”。——好吧，田野就田野，古尔布想着，毕竟露天花园的田野里散发出泥土的香气。

几乎不费多少气力，古尔布就找到了那幅他要重点调查的《2020.2.6 21:30，30.628，114.263》，这颗胶囊

（#WH20200206CP）因为被“Doc”系统判定为“嵌套错误”（Nested error）而遭删除——它就挂在进门第一个展厅正面墙上。古尔布意识到：这既说明了这幅画在《藏家画室》整个展览中的重要地位，也有技术上的考量——它与施策的其他作品太不一样了。仍是“负片”式的配色，画面内容却是高度抽象的，只有一些粗犷的线条和色彩，说它是 A. R. 彭克的洞穴画甚至也说得通。而那根仿佛一笔画成的粗线，既有点像心电图，又有点像可视化的音量图示，起先还有规律有节奏地律动着，随后突然变得平缓，乃至变作一根了无生气的直线。与此同时，画面右侧的底色愈来愈亮，直至炫目的程度。

凝视许久之后，古尔布凑得更近一些。眼睛适应了炫目的光彩，便能在作为整体印象的炫目之下发现层次与细节。他注意到在那片亮色背后，似乎还有一些隐藏的线条。就像小汉斯·荷尔拜因的油画《大使们》里的那个头骨，施策的这幅大画里也暗藏着一幅小画。古尔布终于看出端倪，在画中画里，一位老人坐在一幅拼图版前，已经拼出的图案是一间收藏家的画室，画室中错落悬挂着好几幅施策作品，其中也包含了这幅画自身——《2020.2.6 21:30，30.628，114.263》。

古尔布顿时兴奋了起来。这不仅因为他发现了所谓“嵌套错误”的原因，也不仅因为他马上可以用一种崭新的眼光看待整个展览，将之理解为一个相互引用、彼此索引，集哥德尔的精确、埃舍尔式的迷宫及巴赫式的节奏感为一体的，同时绘出艺术家自身肖像的“集异璧大胶囊”，而且因为这些作品的创造者施策先生——他穿着一身工装服、头顶戴着一个矿工般的射灯——此刻正从画廊主里柯先生的小房间里走出，向古尔布投去似曾相识的一眼（尽管这是他第一次见古尔布，古尔布第二次见他）。古尔布知道，施策将走进露天花园，即将在画布上绘下的新作之中将包含他刚刚亲眼看见的那幅画，而且，在那幅画的画中画里，施策将用如同波斯细密画般的线条和尺度呈现《2021.12.02 18:18，31.213，121.442》这幅画自身。

9

相较于在人民公园肆意游荡，古尔布并不喜欢“穿越公益”这一部分，但《手册》上明文规定了“时间旅行者在穿越期间，有义务选取恰适的平台，根据本手册附录《问答指引》的框架，回答彼时人们提出的相关问题，以‘取之于彼时，用之于彼时’”。古尔布特地选择了豆瓣，一个在他父亲的青年时代（2010—2020年）非常活跃的社交网站。

2019年6月24日，马上就要八点钟。仅仅三天就已经有了四万多个粉丝的古尔布从民宿（“联盟”为他在TTBnB上租的）柔软的床上——恰好就在施策和小说家的小区里——醒来，打开电脑开始回答问题。

以下为精选摘录（为保护隐私，一律隐去了提问者的ID）——

问：来到地球上，你感觉还好吗？

古尔布：我可一直在地球上。我是时间旅行者，不是外星人。

问：2060年已经找到外星人了吗？

古尔布：是的，他们很友好；但与地球人相比，外星人没有那么高科技。

问：2060年人类灭亡了吗？

古尔布：没有灭亡。但的确，2050年之后，全球人口数显著下降。

问：据说时间旅行者只能回到自己出生之前？你能与过去的自己相遇吗？

古尔布：技术上我们已经能够回到过去的任何一个时点。但通常，我们还是会避免与过去的自己相遇，以免尴尬。就是那种春节一家人吃饭时，母亲又开始回忆“你小时候……”的那种尴尬。

问：你是通过什么工具或方式完成时间旅行的？

古尔布：抱歉，这部分不便透露。但可以说，时间旅行是以一种相当自然的方式进行的。

问：2060年还有春晚吗？

古尔布：春晚一直有。不过那时候的春晚已经全部由AI来表演节目了；当然，这也谈不上什么巨变。

问：能够去未来旅行吗？

古尔布：据我所知，朝向过去的时间旅行目前主要通过胶囊——也就是那些以文字、绘画、音频、视频等方式对特定时空的记录——来实现的。未来胶囊目前测试下来还很不稳定，科学家仍在进行各种实验。

另一方面，2060年的人们都相信，更重要的是在当下识别未来。我们经常会从见所未见的现象旁经过而毫无察觉，因为我们的眼睛和思维太习惯于捕捉和归类那些我们体验过的东西。也许一个崭新的世界每天都在我们面前出现，而我们根本察觉不到。[1]所以学会如何看，如何听，如何观察和如何记录更重要。

问：时间旅行者能改变世界吗？真的存在平行世界吗？

古尔布：在某种程度上，或者说技术上，时间旅行者能改变世界，但这没有多少意义。作为历史学家，我们如今都认为历史的演进与其说是一根直线，不如说可以比喻成某种有枝节和分叉的树状结构。所谓“改变世界”，照我们这个时代的历史观来讲，就等于在改变的节点上原本要选A，现在则选了B，但我们渐渐发觉并深信，树有树自身的逻辑，我们会发现选A和选B最终没有太大区别，就像分叉了的两根树枝总是如此相像，而那棵树还是会兀自往前生长。从这个意义上说，没有什么“平行

---

1 《手册》里有不少对文学及哲学作品的引用，这一段来自卡尔维诺《收藏沙子的旅人》中《新世界新在哪里》一篇（王建全译，译林出版社，2018年5月第一版）。

世界”，只是小径分叉但最终结果并无多少分别的世界。

问：你确定我们即将经历的未来就是你所经历过的过去吗？

古尔布：如果你理解了我刚刚说的“小径分叉的世界”，那么可以说你们即将经历的未来与我经历过的过去会非常接近，就算不是百分百一样。

问：2030年的世博会将在哪里举行？

古尔布：韩国釜山。

问：2032年的夏季奥运会呢？

古尔布：澳大利亚布里斯班。

问：明年的东京奥运会上中国女排会夺冠吗？

古尔布：不会。但……

问：2060年之前中国男足还打进过几次世界杯？

古尔布：我们还是聊一些开心的话题吧。

问：你的预测真的准吗？

古尔布：取决于你怎么定义“准”。或许还是要回过头想一想我说的“小径分叉的世界”。

问：未来四十年有哪些重要的年份？

古尔布：2024、2030和2048。

问：有什么我们现在的“迷信”到了2060年成了科学？

古尔布：我并不信奉这样的二分法，而且我也不够了解你们现在有哪些“迷信”。不过可以分享一个小小的例子：如今科学家们发现，当一种黏稠的液体——比如洗发水——落在一个平面上时，的确会发生旋转堆叠的现象，在理想状态下，在北半球会逆时针旋转堆叠，在南半球会顺时针堆叠。我看过一个你们这时候的电影，有个被绑架的人就是从冲马桶时的旋涡方向判断出自己在南半球的。但也不一定准，因为理想状态不易达到。

问：2060年还有豆瓣吗？

古尔布：没有了。

问：在2060年，肉、蔬菜和水果哪样最贵？

古尔布：水果最贵，尤其是牛油果。

问：2060年仍然实行一夫一妻制吗？

古尔布：是的。但婚姻从我三岁那年（2035年）起，就需要每六年续约一次，续约两次后方可成为你们这个时代的那种“长期婚姻”。结婚之前，双方还必须度过同居一年的“冷静期”。

问：21世纪最快乐的是哪几年？

古尔布：你们现在就是，2030年以前都是好年份。

问：能否分享一下你的座右铭？

古尔布：“我仍然记得未来。”

问：能否说说这次旅行过程中印象最深刻的一件事？

古尔布：有一天，我在人民公园门口看见有个小贩在卖“神奇的假鸡蛋”，旁边有好多人围观。小贩拿鸡蛋给围观的人摸：“像不像真的？”“真的很像。”“几乎一模一样。”人们纷纷称奇。然后小贩拿起其中一个假鸡蛋，专注地竖了一会儿，蛋竟然真的竖了起来。随后他声称这种假鸡蛋之所以也能竖起来，是因为它不但外形像真鸡蛋，连内部的蛋白和蛋黄都做得非常逼真。说罢他拿起一个蛋，狠狠摔在地上，果不其然，蛋黄和蛋白流了出来，那种液体黏稠的感觉简直就像真的。“五块一个，五块一个”，随着吆喝声，小贩卖掉了好多个“神奇的假鸡蛋”。据说他还有个淘宝店，扫二维码进入，满两个就可以免运费。

问：有人说你是一个营销团队创造出来的虚拟人物？

古尔布：那还不如说我是小说家创造的呢。据我所知，有一个西班牙作家倒真的写过一个名字和我很像的外星人角色，那位作家叫爱德华多·门多萨。

问：你还会再回豆瓣来回答问题吗？

古尔布：不会。我马上要回去了。

网友：请代我们向2060年的人们问好！

古尔布：谢谢！一定！

2019年6月24日上午10点03分，古尔布在豆瓣发表了一则简短的日记后返回2060年。那则日记的标题是《240130034805[1]》，正文则是那句他穿越第一站时留下的“云端口令”——

“For it is soon cut off and we fly away.”

转眼成空，我们便如飞而去。

---

1 关于这串神秘的数字“240130034805”究竟有何含义，不同领域的学者和分析师提出了各种看法。有人认为这是古尔布豆瓣问答时提及的三个重要年份的细化，即指2024年1月、2030年3月和2048年5月；有人认为这是一个未来才能打开的网址240.130.34.805（现在尚无法打开）；有人认为这是一个经纬度坐标，代表北纬24.013度、东经34.805度，而这一区域与埃及金字塔非常接近；有人则用“中文电码系统”来解密，2401对应的是“敉（mǐ）”，安抚、安定的意思，3003对应的是“殓（liàn）”，把尸体装入棺材的意思，4805对应的是“绐（dài）”，倦怠、混乱、疑惑的意思；也有人确信这是古尔布的身份代码，与“口令”配合使用后可以回归2060年。

引用说明及致谢

第1节内容可视为参加艺术家殷漪的 Sound Walk 项目《聆听的六个姿态》第一章节的文字记录。

第2节末段文字引用自上海当代艺术博物馆同名展览画册《穿越建筑：戈登·马塔－克拉克的十年》(马克·维格利著，上海文艺出版社)。

第3节末段可视作对艺术家孔慧东《有关黑蜻蜓的梦》(2019，布面油画)的文字描述，作品展出于胶囊上海（Capsule Shanghai）画廊的展览《兔子洞的尽头》。

第4节末段所描述的画作，可视作对乔治·佩雷克的小说《人生拼图版》结尾的图像化挪用及改编。

第5和第7节中描述的网络视频来自真实抖音视频。

第9节古尔布的人物设定灵感来自豆瓣网友、可能的时间旅行者“KFK”，第9节末尾古尔布日记援引自KFK日记（https://www.douban.com/note/723628006/）的原标题、对《诗篇》（90:10）的引用及和合本译文。

在此一并致谢。

Q&A

[Q]

胶囊画廊真实存在吗?

[A]

对。花园里有画廊主里柯先生种的有机蔬菜。围墙上还隐约可见他的同胞卡尔维诺的名言:“我探察的目的在于:搜寻尚可依稀见到的幸福快乐的踪迹,测量它缺失的程度。如果你想知道周围有多么黑暗,你就得留意远处的微弱光线。”

[Q]

古尔布真实存在吗?

[A]

对。他的座右铭“在地狱里，团结才重要，而不是在天堂”还在我冰箱里呢。

[Q]

施策真实存在吗?

[A]

对。他是个非常精准的人，有次去苏州出差时他住进一间民宿。他与民宿前台约定，每晚归宿时他都会说“我是施策”，前台则需告知他的房号并递上钥匙。深夜，喝得醉醺醺的施策回来了:“我是施策。”“您住16号房，这是您的房卡。”前台说。十分钟后，又来了个人对前台说:“我是施策。”前台本能回答:“施策先生已经上楼了。”那人道:“我知道，我从窗口摔了出来，快告诉我我住几号房。”

展览继续 →

EXHIBITION CONTINUES

阔论厅

阔论厅漫游指南

你当然可以按照字母表顺序，从 A—Z 依次漫游阔论厅的26个房间：

apartment 公寓 — balcony 阳台 — cinema 电影院 — dejavu 多抓鱼 — excel 表格 — fogg simulator 佛格模拟器 — gallery 画廊 — hotel 宾馆 — intervention project 介入计划 — jing'an indoor stadium 静安体育馆 — karaoke forever 卡拉永远 ok — livehouse 音乐现场 — metro 地铁 — new village 新村 — one thousand trees 千树 — park 公园 — quarantine 阔论厅 — riverside 河畔 — skyway 天桥 — terrace 露台 — uniqlo 优衣库 — vanguard 先锋画廊 — wechat group 微信群 — yanqing road 延庆路 — zoo 动物园

但正如按顺序读完整本词典并不会让人更理解词典一样，

我推荐你们——

要么随心所欲地任选一间房开始游荡；

要么干脆按作者设计的下列动线行进；

祝你们漫游愉快。

雨辰抵达宾馆安顿下来时，已经过了午夜。白白浪费了一天，哎！她被自己的叹息吓了一跳，竟然有回声，这才想起“我们免费帮您升级到了28楼行政房，希望您住得满意”。好吧，真是讽刺，这等好事怎么以前偏偏没有遇上。

小腿以下僵尸般悬在床沿之外，以仆街的姿势倒在大床上一动不动躺了整整十分钟。像快没电的手机充了救命的10%。终于，终于。脑海里涌出许多“终于”开头的感慨。但太累了，这些感慨的浪潮几乎无力拍打意识的海岸。过分宽大的落地玻璃窗外，在更靠近地平线（也可能是海平面？）的远处，疏落的焰火此起彼伏，但距离滤去了声音，也让焰火的形态变得抽象。像从前那种高保真音箱上随节奏跳动的柱状显示灯。像静默中潜藏着耳朵无法觉察的频率。

醒来时天是晴的。雨辰坐到窗前吃早餐，俯瞰不远处的湖。她从来没有从这个角度看过这个湖：谁会在自己的城市，尤其在自己的街区附近住酒店呢？从这里看下去，这个湖就像一面刺猬形状的镜子，映出天际的云彩。云彩飘动，刺猬就好像在朝反方向爬。缓慢地、蜗牛一样地爬。她看了看时间，该测体温了。

用微信上报体温后，雨辰才意识到微信未读信息竟已高达三位数。她差点忘了今天是大年初一，反正这些喧嚣与她之间，好像隔着什么。也许是隔着14天吧。她迅速做了一道简单的算术：初一加

14天——如果一切顺利的话——等于元宵节。也许逃不过初一，逃得过十五呢?

Yanqing Road 延庆路

听得见我说话吗? 我在延庆路。我刚走出水饺店，门口有一个二三十岁、戴着厨师帽的小伙半蹲着刷手机，逆着光看，他的厨师帽是半透明的。手机每隔十几秒就会换一段音乐，但总体上还是类似的音乐。

马路对面有个水果摊，一个穿着咖啡色夹克的男人靠在摊位前的梧桐树树干上，另一个穿黑衣的叔叔朝他走去，左手比画着什么，接着双手摊开，手心向上。黑衣叔没有在夹克男面前停下，而是走到他身后的小区门口，一边抖动腿，一边继续比画着说着什么。他根本没有戴耳机，也没看见手机，像在自言自语，或者和某个我看不见的人说话。

我现在开始往西走，人少了一些，两个女人朝我走来，稍等……她们在聊减肥什么的，擦身而过最多两三秒，她们对话的声音像裹在一个大气泡里。咦，前面不知哪里来了一只狗，突然横穿过马路，速度挺快的，但也没有奔跑。(“滴滴——哈啰单车”在我身侧响起，单车青年朝我看了一眼) 你们听见共享单车的声音了吗？单车男刚刚应该听见了我在谈论那只狗，他朝我投来一种疑惑的、类似“这个人好像有病，我不如赶快离开”的眼神。

我到了旧货店门口，明明记得以前叫“东方红”的，现在改成了“永加调剂商店”，里面有两个老爷叔，我们来听听他们在聊些啥。（老板，哪能改名字了啦？改成功执照 名字了。伊开了十几年来，地段好，物事就是好呀。假使开了杨浦，啥地方收得着格眼老物事欧！侬讲对伐，我也勿是歧视杨浦区。）好，我现在走出旧货店了，我来简单翻译一下，我就问老板为啥改名，老板说是改成了营业执照上的名字，店里还有个爷叔，说这家旧货店开了十几年了，因为地段好，才能收得到好的旧货，要是在杨浦就不行咯，但他又补充说，没有歧视杨浦区的意思。（阔论厅里有人插话：“背景里面是鸟叫吗？”）对，我停一下，你们听听鸟叫。（一两分钟纯鸟叫声）有点像合唱团，哈哈。树上好多好多麻雀，在几棵树之间飞来飞去，小鸟的剪影看起来让人以为这些树是在交换树叶……地上还有很多米，不知道是因为这里鸟多，所以有人放了米，还是因为有人放了米，鸟才聚集过来。

我现在到了华亭路路口，有个老外母亲左手推着一辆婴儿车，车里有个金发碧眼的男孩；右手牵着一个穿彩色碎花外套的女孩，也是金发，更金一些。啊……她推得有点歪，婴儿车几乎要朝墙而去了。（我的手机开始振动。）哦我有一个电话进来，就先说到这里吧，凯，你可以继续。我先撤了。

Cinema 电影院

“大家好，影院是人员密集场所，一旦发生火灾，极易造成……”然而这是工作日下午的电影院，空荡荡的人员密集场所里只坐了三个人。凯，或者海宝师傅——至少阔论厅里的人这么叫他，APP 里他的头像是一只打了马赛克的海宝——正独自坐在三排四座，余光不时瞥向入口。

他把雨辰的票留在了票房。小说家应该会反对他这样做：毕竟这是与阔论厅网友的第一次线下见面，而不是艺术电影联盟的学术放映研讨会；至于错失的电影开头，本可以再看一遍来补。但此刻在放映厅里的，是活生生的海宝师傅，而不是小说家塑造的人物——尽管海宝师傅的确半推半就地答应参加小说家的介入计划，但也仅限于将有限的虚构成分叠加在拥有自由意志的自我身上——所以他三心二意地看着大银幕上电影里的惊悚画面，同时在脑海里不无刻板印象地绘出一幅“看电影爱迟到的富家海归女”肖像。要知道，哪怕仅仅在两周之前，当这位看电影爱迟到的富家海归女还在宾馆里用富有磁性的声音描述眼前的一切时，明明是作为“声音好听的可能交往对象”出现在凯（在阔论厅里，海宝师傅的 ID 是 Kai）的分类体系中的。

而电影院里的声音相当微妙。一方面，电影的音量从极轻到极响，远远超过现实生活中的阈值；另一方面，影院里观众制造的声音（谈话声、咳嗽声、呼吸、手机的提示音、手机掉到地上的声音、背包或马甲袋与衣物摩擦的声音等）与银幕上的声音（说是“银幕上”，但并不总是来自前方，而从影院空间四面八方的音响里传来）常常难以分辨，有时下意识伸手去摸手机时，才发觉是银幕上的手机响了。

总之，直到凯近乎神奇地从电影院里彼此缠绕的一大堆声音中探测到与阅论厅里一模一样的雨辰的声音后，他才将视线转向那个方向。此时电影已开场半小时。银幕上，长波浪少女正与三流小说家展开一段意味深长的对话：“你知道吗？你正在做一件非常危险的事。”“什么事？”“你是在混淆事实与虚构。”“那你是希望我忠于事实？”“我希望你忠于虚构。”

Apartment 公寓

当楼上的新婚小夫妻在又一个深夜开始用声音重建附近性时，小说家正把自己作为方法，优雅地体验着“传统节日中的建构性”。具体说来，在迎财神的初四深夜，他正在吃一只香喷喷的光明村肉月饼。财神爷会喜欢嫦娥吗，小说家开始胡思乱想，财神爷一年又一年感受人民群众的热情时，大概也会像总被派去登月的嫦娥一样，开始在本行业的内卷中，探寻自我身份的“常我迷思”吧：Why always me？

胡思乱想是小说家的 Plan B。他真正在思考的，是如何去写近日突然流行起来的社交软件阔论厅：一款基于邀请制的、功能仅限于音频聊天的 APP——正从科技圈、投资界、播客界迅速向文艺工作者及更广大的用户扩散。起初，小说家试图将阔论厅的种种搬到现实世界里来，以荒诞的笔法揭穿所谓科技创新不过是改头换面的熟门熟路。他也想过套用类型小说的框架，揭秘这款社交软件背后的秘密争斗：在一个虚构的国度里，阔论厅的山寨版本“Cloud Horse”横空出世。在云端天马行空聊天的 CH 用户，惊觉新 APP 背后竟是失踪多日的互联网大佬 H.C.……

但戴着批判的眼镜没日没夜地田野调查了整整四天后，尤其是一次次进入那个名叫 Fogg Simulator 佛格模拟器的房间之后，他批判的镜片表面蒙上一层太急于吃葱烤鸦片鱼头时会遭遇的雾气。阔论厅比他原先以为的要复杂得多：或许应该写成诗歌？小说家想，或者俳句——

佛格模拟器里

高谈阔论之间

城市浮现

Gallery 画廊

好，轮到我了吗？谢谢 Moderator。我现在已经走出画廊，到了安福路上。虽然是年初五，但大概因为大家都在随地过年，天气又特别好，路人还是很多。（阔论厅里的 Hash 獭插话：那个叫“就地”过年。）噢对，随地是大小便，就地是过年。我今天讲的会有点不一样，刚才在画廊里不能说话，因为会影响艺术家的现场表演，所以现在，我来尽可能复述一下。不算真正描述眼前看见的东西，但因为记忆还算新鲜，大家就当我是在描述一种视觉缓存吧。

这个表演名字叫《不确定的气氛》，艺术家叫郑力敏，力气的力，敏感的敏，一个九零后青年，画廊叫 Bank，不确定是银行还是岸的意思，在小区地下室里，像车库，手机信号很弱。表演开始时，画廊很多区域已经用透明薄膜围了起来，就是那种食物密封膜，只是宽大得多，有一米五那么高吧。艺术家先给大家发了一轮红包，里面是空的。然后他拿着那卷薄膜，站到 L 型空间唯一没有封闭的那道边上。除了入口漏进少许光线，画廊里几乎是黑的。他定定站了一会儿，大约有两三分钟，也不说话，然后用薄膜把那个缺口也围了起来，这样就和观众隔开了。我后来觉得，这大概是一个关于“隔离”的表演，不过我还是先描述给你们听，你们可以自己感受。

如果把表演空间想象成一个空心 L，艺术家一开始就坐在这个 L 左上角的角落里。表演前三分之一在一片漆黑中进行，有个红点明明灭灭，像在抽烟；渐渐又有一串小灯不时闪现，像不那么准确的素描，勾出艺术家的身体轮廓。然后灯突然亮了，我们发现空间正中斜摆着一张白色长桌，上面有个透明水瓶、一卷胶带纸，还有些别的，桌脚边有个电钻，还有一把弓斜倚在左侧墙上，和它的影子一起组成一个歪歪扭扭的 X。

过了一会儿，艺术家开始沿 L 型空间的边缘走了起来，像在测量，或确认边界，一开始是笃定的，后来越走越快，还用眼神瞪观众；他一度像那把弓一样靠在墙上，随后又举起桌上的喷水瓶，用手枪射击的姿势在墙上喷出一团水渍，水渍很快干了。最惊心动魄的时刻是，他拿起电钻，靠近观众，似乎想破墙而出，又拿起一把榔头，靠得更近才看清是一把橡皮榔头，但当时很惊险，只见他发疯一样高举榔头朝我们这边冲过来，要爆头那种气势，我几乎本能地要躲开，像看 3D 电影时躲开迎面飞来的东西那样，艺术家倒是突然停住了，就好像猛然意识到，把我们隔开的那层薄膜是一堵真正的墙。

表演的最后部分几乎都在那个桌子上完成，就好像那是个孤岛。他先是站上桌，奋力鼓起掌来；又仰面朝天瘫在桌上，双腿无力垂下，像达利画里的那种软钟。一阵抽搐后，又活了过来，像疯子一般，用线和胶带玩起钓鱼游戏。最后，直到最后，他才终于冷静下来，放下一切工具，走到与观众区隔开的那层薄膜前。他先伸出双手，好像在试探着什么，随后倾尽身体的所有力量，冲到了我们这一边。

好我终于讲完了，讲得有点长，抱歉抱歉。(阔论厅里，凯插话：那你现在在哪里？)我已经走到五原路，快到乌鲁木齐中路那儿了，眼前有个灯具店，店门口摆着一个仙人掌一样的奇灯，上面有各式各样的灯泡，也很艺术。对了，神奇的是，我刚刚在讲述表演全过程的时候，对于路过的街上有些什么，似乎根本没有任何知觉或记忆，看来人的多任务进程系统还要继续进化才是，哈哈。好了，我先关麦，你们继续。

Skyway 天桥

身体贴近窗口，以约30度夹角俯瞰，雨辰发现了那座天桥。要是有个望远镜就好了，但时值春节假期，就算立即下单也不一定能在十天里收到吧。已经不知不觉过了六天了吗？雨辰恍惚地看了一眼 Apple Watch 上的日期；转而又问，不知不觉间只过了六天吗？

在这里，时间似乎变得可以随意拉伸。一方面，需要遵循一定的公共时间，早上7点、上午11点和下午6点按时吃三餐，上午10

点和下午2点测体温，晚上7点将垃圾放到房门外。另一方面，在另一个半天里，在这六个标准时间刻度之外，一切是自由的：可以随心所欲地睡觉、发呆、洗澡、大便（虽然便后要记得朝马桶里投掷消毒片）、做瑜伽、看风景、写日记、在房间里漫游、在阔论厅里玩佛格模拟器或进行她称作“倒时差”的活动。

天桥上有什么呢？凯在佛格模拟器里问。但这看起来简直是一座多余的天桥啊，它所跨越的马路大半天也没有一辆车经过。但或许本来不是这样的呢？雨辰决定暂时搁置这些思考，将注意力集中在眼前的图景上：天桥上出现了一个人，他手里拿着一块圆形、会反光的东西，像拍婚纱照时用来布光的那种板；他没有快步走过天桥，而是在桥上走来走去，像在进行勘景之类的工作。踯躅一阵后，他在天桥的黄金分割点上停下脚步。

几秒钟后，天桥的黄金分割点上出现第一个圆形亮点，亮点持续约一秒后，消失一秒，随后又出现了一秒。接着，大约8秒后，圆点再次亮起，这一次是两短一长，亮得比较长的那段大约有3秒。男子随后消失在天桥靠近宾馆大楼的那一侧。

因为每天只有一个快递派送时间窗口（中午12点），雨辰收到那袋国际饭店蝴蝶酥时已经是次日中午。很有20世纪80年代风格的塑料包装袋上写着，“代代相传最有酥”；而快递包装上寄件人一栏里只写着一个字母，“K”。

Intervention Project 介入计划

凯不知道雨辰也参加了小说家的介入计划。在朱姐茶餐厅的饭局上，小说家曾半开玩笑地对凯说，给他的那部分剧本其实是雨辰设计的，当时凯有个表示迟疑的小停顿，随后才“噢懂了这是个玩笑”般笑了起来。事实上，除了鼓动凯约雨辰去看《刺杀小说家》，小说家仅仅给凯讲述了双雪涛的小说原作，以及为凯撰写了几条对话建议而已。小说家告诉凯，双雪涛的小说原作写得非常像村上春树，尤其是第一节，但难以判断是致敬、模仿还是戏仿。至于见面时的对话，小说家建议凯更直接、更确切地说出自己内心对事物和人的真实感受，而不要有意无意地说出一团混沌，再渴望对方提问。

雨辰倒是知道凯也参加了小说家的介入计划，但不知道具体内容。所以每当凯有什么举动或说出什么话语时，她都不免猜测其中哪些是凯自己的想法，哪些又是小说家的虚构。小说家为雨辰安排的，是几种相遇情境 Encounter Scenario。比如，去凯住处附近的苏州河、莫干山路或 M50，不经意发几条朋友圈，或和凯随意提起“这不就是你在佛格模拟器里提到过的奇怪建筑吗”？那样就可以即兴相约去逛 M50，去 Vanguard 画廊看那个关于隔离的展览，去昌化路桥上放风筝，或者去梦清园看那栋破落的啤酒厂建筑——邬达克作品里最不为人知的一件。诸如此类，那是用第二人称书写的、旅行手册式的情境设定。毕竟雨辰离开上海已经七年，城市新鲜得几乎可以当作他乡来旅行了。

至于小说家，他是在与出租车司机的聊天中想到介入计划的：他常常编造各种身份和故事，惹得出租车司机或开心大笑或惊叹不已。他对于介入计划的想法很朴素：与其从现实生活中选取人物原型，提炼性格，将之投入某种“思想实验”中，不如干脆将虚构的成分加在活生生的人身上，看看他们的生活是否会变得更好。他相信，即使加入了虚构成分的行动会有某种表演色彩，但若结果是好的，这种表演也会逐渐内化为人物本身的特质。也就是说，小说家不再把小说文本看得重于一切，而试图将虚构作为一门非物质化的技艺，来提升人们在现实生活中的福祉。

Vanguard 先锋画廊

当小说家提议她去Vanguard画廊看那个关于隔离的展览时，雨辰答，我“本来”就想去的。这“本来”让小说家喜忧参半：既说明这一提议确实符合“人物”性格，但又恰恰表明，他的介入计划分明是多此一举。小说家并不知道，雨辰说“本来”，不是因为她对于“隔离”主题特别感兴趣，也不是因为在Vanguard认识什么熟人或纯粹对“先锋”这个词有好感，都不是；而是因为艺术家是她在纽约密友的前任。现实世界里的人物，都是有“之前”和“之后”的复杂人，他们不像小说里的那种，可以从白纸上凭空浮现。

展览很精彩，雨辰在并不算大的画廊里待了一个多小时。她发现这些循环播放的录像作品有一种催眠式的魔力，让人想一遍一遍单曲循环下去。因为疫情，艺术家在柏林的驻留变成了滞留。从寒冬到盛夏，从1月到7月，他在孤独之屋里玩“物”：蛋状巧克力和摩卡壶，iPhone 和美国精神牌香烟，公车和晾衣架，都在他自己写的诗和3D 建模软件里软化、融化、崩塌，又奇异地在来历不明的勇气中重新被赋形。雨辰特别喜欢艺术家写摩卡壶的两句诗，她甚至将之抄录在手机备忘录上、一个叫“道听途说”的文件里：“但今早我洗净了他的垫圈，这使他再也无法尖叫抱怨。/ 这个调皮的吹哨者被封了口，他无法再惊扰我邻居的美梦。”

王业丰《悬停》，Frank Wang Yefeng，*On Hold*。离开画廊前，雨辰把女友前任的名字看了两遍，三个轴对称的字摆在一起好合衬。

Uniqlo 优衣库

欢迎光临，请随意挑选……欢迎光临，请随意挑选……（优衣库！——显然这是佛格模拟器地点猜谜环节里最没有悬念的谜，大家不约而同地喊出答案“优衣库”，彼此相差零点几秒，以至于绕梁余音像不绝的夸奖：酷酷酷酷酷。）

虽然答案已经揭晓，漫游优衣库的过程没有在佛格模拟器里直播，讲述者还是在当晚回家之后记下了当时的一些观察和思考——

我乘自动扶梯上楼，扶梯的金属表面与两侧玻璃仿佛组成了一个多重映射的不规则镜厅，移动的单词像星星一样疏落有致地散落在三维空间里，WELCOME，OUTER，KNIT，SHANGHAI……还有 EMOCLEW，NOYAR。每一层入口处都有一个圆形玻璃展台，没有脸部细节的乳白色模特旋转着身体恭候着顾客，就像石黑一雄《克拉拉与太阳》里的场景，他们能观察到我们心中的快乐里夹杂的那一丝痛苦吗？

在店里逛了很久，最后只买了两件 T 恤。一件是 Jason Polan 的纽约客系列，一个戴着绒线帽、背着书包、背对着画家的神秘男人，旁注“Man Waiting for uptown 6 train at Union Square，1.3.2010”，2010年3月1日在纽约联合广场等车的男人，11年后将出现在一个上海男人的 T 恤上，这时空的错置近乎奇妙。另一件是与 MoMA 的合作款，白底蓝字写着“A bit of Matter and a little bit more”。两件T恤一黑一白，都卖99块。

也有59块和39块的 T 恤，前几季刚面世的时候，它们也都卖99块。

Balcony 阳台

我已经走到阳台上。说是阳台，其实是客厅的租界，封出来额外的两个平方。我要么先讲讲听大家描述月夜的感受吧，特别喜欢前面 Hash 獭说的那一段，从地铁站走到小区家门口，发现头顶星星一直跟着，真的非常诗意。雨辰描述的关了灯的房间也很有意思，我忘了是哪个艺术家，她搜集二手物品网站上那些关着的电视机屏幕表面反射出的环境图像，那就是一个隐秘的小世界啊；还有说到被吸进窗口窄缝的窗帘，它翻译出风的流动，真是贴切，雨辰简直是诗人。而婷说到的高架上远远传来的声音，也让人很有启发，我们是不是总是在夜里对声音更敏感？就好像视觉弱化之后，可以为其他知觉留出余地。我现在就能闻到那种夜晚的味道，从窗的缝隙里渗进来。

我的阳台是朝东南方向的。看不到月亮，被某幢大楼遮住了吧。总之眼前有好几栋高楼，其中一栋有竖的一整排灯全部亮着，估计那是楼道；东面离我较近的楼，只有两户人家还没睡。往楼下看，小区里密密麻麻停满了车，只留下一条狭窄的过道，像要夹道欢迎新来的车。好几栋楼的楼顶都有红色小灯闪烁，朝彼此使着眼色。朝东看，楼下是一个丁字路口。一年前，疫情更严重的时候，我拍了一个 Vlog，叫《详细描述上海一个丁字路口的尝试》，统计了一分钟之内分别有多少人、多少自行车和机动车经过这个路口，当时是想探讨统计数字真的可以描摹现实吗？好，现在这个丁字路口有一辆电车经过，24 路吧，不知道是不是末班车，它开得笃悠悠的，似乎要控制好时间准时到站，而不是赶着到终点。一个骑着共享单车的人在逆向行驶，不过路上既没别的单车也没有警察。出现了一个遛狗的男人，在狗后面跑，速度有点快，但也不像在追狗，也可能是狗想快点遛完人回家睡觉？毕竟大半夜的。其实我描述这些的时候，嘴巴里呼出的热气会在窗上形成一团暂时的雾，外面应该挺冷的，那团雾气在我停止讲话、陷入思考的那几秒又会消失，就好像思考让世界变得更清晰。（阔论厅里，主持人凯插话：但我们只需要你描述眼前看见的东西，并不需要思考什么。）可能还是要思考如何描述吧……我也说不清楚，或者描述的方式之中总是包含着某种思考？

现在对面客厅的灯也暗了。我有时想，应该弄一台投影仪，把电影投到对面楼的外墙上看，会不会很有大银幕感？社区娱乐新模式，哈哈。不管怎么样，阳台可以成为真正的 Balcony 位了。好，阳台上太冷了，我就说到这儿吧。

深夜收到活动主办方发来的照片时，凯吓了一大跳：仅仅几小时前发生的一切，在他的记忆里竟然根本不存在！真的上过那个楼梯吗？楼梯两侧供行人推车或拖行李的斜坡真的有那么宽、那么陡吗？这些照片让人后怕：他可是蒙着眼睛走过这些地方的。

正是因为在佛格模拟器里听了太多人描述眼前的图景，凯才报名参加《跟着视障人士体验回声和城市空间》工作坊，他想知道用听觉感知的城市空间是怎样的。从浙江路桥旁的OCAT，沿着苏州河走到河南路桥下，这段900米的路程他走了半小时。而且，他现在意识到，原来人的记忆多么依赖视觉；而他收到活动照片时的惊讶，源于声音记忆与画面记忆的分裂。

眼罩关闭视觉，盲杖依次探测左前方和右前方地面，开头那几步跨得艰难而窘迫。就算明知周围有工作人员确保自己的安全，凯还是迅速被一种恐惧充满，一种无法依赖视觉而陡生出的不安全感。但恐惧也让人变得警觉，耳朵和鼻子都竖了起来：盲杖敲击地面时的触感、回声的细微变化、环境音，甚至周围的气味都成了仅有的、可抓住的东西。若能在一侧敲到路沿，步伐就迈得放心一些；而每次探测到前方障碍物，心头还是会一惊，虽然根据经验，凯已经能够隐约感觉到前方有障碍物了——盲杖敲击地面时的声音会变得不同，一种难以描述但可以感知的细微差异。上下楼梯的开头几步较难，需要用盲杖朝斜上方或下方探测高度，再阿基里斯追乌龟似的迈动脚步赶上盲杖；不过余下的只是重复，一旦适应了这种行走方式，人就变得放松。凯感觉自己能逐渐听到各式各样的声音了：这些声音有时只是谜底，有些却像谜面。而且，他有点惊讶地意识到一个显而易见的事实：这些蒙着眼睛时听见的声音，是睁着眼睛时明明也可以听见的。

Karaoke Forever 卡拉永远 OK

除了佛格模拟器，雨辰在阔论厅里最喜欢去的房间是卡拉永远 OK。在她看来，这才是研究“山寨的创造力”的好地方：卡拉永远 OK 房里的卡拉 OK 讲究的不是音准，也不是试图接近原创的逼真感，而是对歌词的戏谑修改（他们称之为“创作”），这些修改通常基于字词的发音相同或相近，但往往改一字，意义差千里，原本深情的、抒情的、沉重的、平淡的，就此变成了无厘头的、轻盈的、诡异的。一些例子——

终于找到一种方式分出了神父……《征父》

把窗户打开吧，对心情会好一点，这样我还能微笑着喝你粪便……《虎口遇险》

我们不一样，每个人都有不同的金鱼，我们在车里，在车里瞪

你……《我们不一样》

千——年——的——女——鬼……《千年的女鬼》

星星堆满天，也比不上肉圆……《肉食主义者面对诗意时的焦虑》

哦年轻人年轻人年轻人，问题解决我再告诉大家……《问题解决我再告诉大家》

我在唱什么，什么都觉得，原来原来你是我的猪大哥……《主打歌》

而卡拉永远 OK 房只有两条基本规则：一，不能重复别人的“创作”；二，任何说“谐音梗要扣钱的人”会立刻被逐出房间。关于第二条，创办房间的 Moderator 曾这样解释：这与我们对创造性的理解不同，我们热爱一切原创的东西；而与一个梗或任何梗是否基于声音相近无关。重要的永远是，你得做那个第一个想出东西的人。

New Village 新村

从宾馆高处看，楼下新村一排排房子整整齐齐，像多米诺骨牌，云杉点缀其间，透出生长的昂扬景象。然而如今真的置身其中，却全然是另一个世界：杂乱，颓败，野生，也因为与时代保有时差而更显得趣味盎然。

不见得人人都懂得欣赏这种美，但雨辰喜欢，这让她想起童年。

《图像作为叙述竞争（新村作为时间胶囊）》是雨辰那一晚的演讲主题。以下是经修订的速记稿，所附照片由雨辰提供——

玩佛格模拟器时，图像仅仅存在于讲述者的眼前和听者的脑海，而它们常常是完全不同的图景。然而，如果我在叙述的同时展示图像，我的叙述就好像要和这张图竞争一样，因为你们的注意力一开始就被图像抓取了，你们举起照相机，应该不是在拍我吧。（众人笑）

图像总是扑面而来的。这不仅是因为光速是音速的882353倍，或许还因为一种习惯，毕竟这是个图像的时代。所以叙述要和图像竞争的话，无法以速度取胜，只能尽量说出图像之中观者所没有看见的东西，潜藏在图像底下的东西，或叙述者内心的私人体验。反过来，如果击败非常浅显的表层叙述并不算难的话，图像之中必须有某种讲不清、道不明，却又能清晰感受到的东西，才能战胜叙述。当然，图像和文字并不是永远在竞争，所以我今晚的演讲不完全是为了怀旧，也想试试图像和文字之间能不能擦出什么火花，让我们的感受力更丰富。

好了，闲话就说到这里，我们来看第一张照片——

1 隔离的时候，我住2803。这块103的牌子比宾馆里的数字有人情味多了。看起来像“一口三”，也许真的是个三口之家？从设计角度看，○变成口，曲线消失了，像早期的工艺美术字体。这个“一口三”也让我想到小学里的小队长和大队长标志，总是夹在这样的透明袋里佩戴在手臂上的。更有意思的是，让我们放大图片凑近看，你们看见了“一口三”的纹理了吗？对，它们不是写上去的字，而是剪下的布条，新村里肯定藏着很多手工劳动小能手呢。我最近的很多作品也是使用线和其他织物来绘画的，多么巧合。

2　我踩到一块什么硬的东西，低头看，像是半截白色的 iPhone。蹲下再看，竟然是一块黑色玻璃。光线和角度会影响我们的观看及摄下的图像，眼见不一定为实，不要太相信你的眼睛。

3 新村里有很多各式各样的椅子。椅子给累的人坐，椅子累了就头靠墙打瞌睡。好像也是三口之家。换一个角度，看下面那张图，又觉得好像亲密程度不一样。或者有什么故事：是不是最右面那只椅子不肯穿制服，中间那只要去制服它?

4 小时候家里常常用捡来的广告条幅做帘幕，想不到在如今的新村里也那么常见。这个“第二届作品”很当代了：如果夜晚室内透出灯光，会不会让海报上隐隐约约褪色的人头显影呢？同样是遮挡，右面这户人家要么是有什么秘密，要么里面住着的是魔术师吧？这样的窗口里跳出一只兔子也说不定。

5 我小时候也有这样一个地球仪。第一次知道纽约，就是在地球仪上。不过新村垃圾桶旁边的这一幕太像装置了，世界和盆栽之间的类比随便哪个艺评人都能写个三百字吧？或者我应该像 Jerry Saltz 那样，在这张图下写：Please Caption？（请写图注？）

6 我想到一个穿着过大风衣的男人。一种 larger-than-life 的不协调感。

好，我们来看最后一张——

7 我想把这张图称作“意图”，好，我现在来暴露意图了。我曾在另外一个新村里看到过这样的景象，那是一个快要拆迁的新村，每栋房子表面都像这样被挖开一小块，露出里层最初的砖墙。有些砖块上还有一些数字或文字，可能是砖窑的标记吧。放大看的话，这张图里有一块砖上刻着82，不确定是否表示这个新村是1982年建的。这也不是重点，我主要觉得，这张图就好像一个隐喻，文字就像是要扒开图像表面的东西似的。类似那样的感觉。我希望今晚我至少做到了一部分，谢谢大家。

“从莫干山路右拐，沿着昌化路往北，你走到昌化路桥上。有时候，你会看见有人在那儿放生，几百块一大箱的小鱼，刚放生进苏州河，就成了飞鸟掠食的对象；更多时候，你会看见放风筝的叔叔，线放得很长，似乎要去侦探千树项目的进展。”

你看，真的有风筝。还是个牛头风筝。哦那个就是千树啊。对，世博会英国馆设计师设计的，名字忘了。都11年前了。那时你几岁？25，你呢？哪有问女生年龄的。你当时在哪里？北京。还没去纽约？那是2016年。所以你很喜欢世博会才用海宝当头像？倒也不是。那是为啥？有个小说家发起寻找海宝活动，所以我搜集了好几张海宝图，看着蛮可爱的，就当头像了。我知道那个，王占黑对吧？我看过那个《小花旦》。对对，就觉得这个活动很有意义，太多东西忘了就忘了，我们总得记得一些什么。这个千树还没造好吗？对，造了好多年，最初面粉厂拆迁的时候，我还常常溜进去拍废墟呢。现在还溜得进去吗？现在显然连废墟都不存在了。指南上也没写。哈哈你难道真相信指南啊？当然不，这个小说家是个疯子啊。对，神经病。敢他妈玩我们。我们应该玩玩他。怎么玩？他还问你每天发生些啥吗？有时候会问。你就编一些告诉他呀。好主意……但，怎么编？比如今天？

当雨辰和凯在真实的街道上欢快地聊天时，昌化路桥上放风筝的老头却紧张起来。那只牛头风筝纠缠在了苏州河左岸的一棵树上。老头不断收线，试图把风筝拽下来，又移步到桥中间，从另一个角度尝试。折腾了二十多分钟也毫无起色，老头却没有放弃的意思，就好像他相信那些细细的线真的可以控制那只风筝。又试了十几分钟。等方才起劲围观的路人都散得差不多的时候，风筝得救了。只有雨辰和凯还在看。

不能告诉小说家风筝的事。对，太像一个寓言了。也不能告诉他我们谈得来。对，Happy Ending 肯定会毁了小说。那怎么编？要么就说，我看电影迟到，你就嫌弃我？没有没有，小事小事，我没有嫌弃你。要么就说，我背了个名牌包，你就觉得我是那种你讨厌的有钱人？没有没有，我喜欢钱。反正要把他的故事毁了！哈哈，具体我就不知道了，难道我们还要帮他编故事？太便宜他了吧，要不骂他一顿？！介入个屁啊！这个偷窥狂！变态！神经病！痴线！跟他说不许把我们写进小说里。哈哈哈哈哈，有道理，这个好！

Park 公园

我现在出了地铁，方便讲话了。这里真是人山人海，从来没有见过大年初二人那么那么那么多的。不知要从什么地方说起，要不就先说说我身后的人吧。他们走一种奇怪的路线，先往西走二十来米，又回头往东走二十来米，再往西走二十来米，又回头往东走二十来米，再往西走二十来米，直到第六次往西走时，就多走十来米，然后往北走，可以从四个“入口”中选一个进。但四个“入口”通向同一个拱门，上面写着“般若”。人们都在那里停下，从口袋里掏出一块玻璃，给门口的保安看。而另一侧只有一个出口，出口处的拱门上写着“解脱”。

我现在过个马路，对面是个公园。和往常不太一样，今天公园里不但挤满人，好像还有一个舞蹈团在跳新疆舞。好热闹！他们都穿了自己的舞蹈服！你们听音乐，特别欢快。哦也有几个没有穿舞蹈服的叔叔，跳得也很放得开。现在，一个穿着紫色紧身衣、小肚微凸的叔叔和另一个长得有点像青年莫言的叔叔斗起舞来，不知道该怎么描述这些动作，反正很热烈！好吧，我想先闭一下麦，因为没法同时拍录像。我要先拍一段录像！

（上文中的“我”再回到阔论厅时，竟然听见下文中的“我”在描述自己背的环保袋——于是回头，发现那个下文中的“我”竟站在自己身后）

我前面的哥们儿背着一个白色环保袋，上面印着几只鸟，好像叫鹈鹕吧，哦哥们儿说“是醍醐灌顶的醍醐”，浅蓝色上印着黑色的字，“The Pelican Story”。他发现了我，回过头来用手机拍我。（你要不要和大家继续讲？）他摇了摇手，继续把手机贴得很近地拍我，要不我来继续讲一会儿这个公园？现在我面前有一个…… 我还是把它说成湖吧，其实只是一个池塘。现在我走在条形木板拼起来的路上，游客们对着池塘玩着手机，对面一簇气球系在支架上，飘浮在距地面2.5米的空中…… 现在，现在…… 噢哥们儿在说，看着眼前的东西再听我描述特别无聊……

Dejavu 多抓鱼

常开卷不释卷警惕内卷，多抓鱼勤摸鱼年年有余，争取创造剩余价值。这对联真是…… 警惕对年年？还有剩余价值也用错了，应该好好去看看马克思。哎，你有一点幽默感好吗？明明是故意误用剩余价值的，卖二手书和衣服就是发掘剩余物的价值呀！你以为人家不知道剩余价值是劳动创造的价值和劳动报酬之间的差额吗？最初 Surplus Value 为啥译作剩余价值呢？照我看，很多麻烦不过是翻译问题。（朗读起手机屏幕）要是当年翻译马氏《资本论》的人，多下点推敲的功夫，将 Surplus Value 译为“多余价值”或“盈余价值”…… 这是啥？张五常的文章。所以有一票否决权？瞎说点啥呀，这个五常不是五个常任理事国好吗！难道是五常大米的老板？我看侬是瞎污搞！个么这里就是 deja 污呀！污你个头啊，难道这里是“多抓污”不成？拆污的污？哈哈哈哈。侬好好叫……dejavu

是一个源自法语的英文词，deja 是已经，vu 是看过，dejavu 本意是“已经看过”，所以引申为似曾相识的意思。想不到你那么有文化。我本科二外是法语好吗，其实严格说，多抓鱼里的二手书应该是 deja lu。什么驴？“驴”（lu）是“厉喝”（lire）的过去分词，意思是读过，多抓鱼的书就是已经读过的书呀！还以为是卖二手 LV。LU 也是法国一个饼干牌子，你看过《人生拼图版》吗？里面少掉的那个章节就是被吃掉的！啥？！桑贝也在漫画里画过跳芭蕾的少女接力偷吃 LU 的故事。那么好吃，一定是驴肉火烧！够了够了，你又在多抓污了。

不是二手书吗，怎么没标多少钱？要扫码啊同学。哦，35.1 块，6 折哎。哇，是《小行星掉在下午》！我喜欢这本，里面那篇《盒人小姐》写得不就是我们现在的生活，可那个糕团名字的作家几年前就想到了！人家叫沈大成好哇！你看，原来多抓鱼实体店也有主题书架啊，这些书都属于“The Power of Now”。有道理，闹的力量，会闹的孩子有奶吃，哈哈哈。这本怎么没有书名，你看这封面！书脊上有书名，不是叫《伊春》吗？2021 年 2 月出版，好新哦！可能有些文化记者收到样书后看也没怎么看就卖给多抓鱼了吧？哈哈哈有道理，这种人再多一些就好了，祝福他们！这段写得不错哎，“悬停，就是既在某个地方，又不在任何地方”。说的难道是我们去看的那个展览？不是不是，人家是小说好哇。这段也好玩，“如果你像一条带鱼那样被煎了一面，那就要避免再被煎另一面”。有意思！避免的次数多了之后，连大厨都会先问“单面还是双面”吧，像煎蛋一样！哈哈哈，那我要一份双面煎蛋和一份单面煎带鱼！

Jing'an Indoor Stadium 静安体育馆

凯辛苦了，要多锻炼啊，你已经气喘吁吁了。我来说说听这一段的感想吧。前几天我们描述事物的时候，基本上都处于观察者的角色。虽然有时观察对象会意识到自己正在被观察，比如那个骑共享单车的小哥，或地铁里的人，但在描述的时候，我们毕竟都还是局外人。凯刚刚则是边打羽毛球边描述自己的动作，这就变得更难了，思考和叙述的速度要跟上球速和身体移动的速度，像一个多任务同时运行的电脑，弄得不好就会死机。另一方面，时间是限制因素，球一来一回之间是来不及说出有复杂定语或带有从句的繁复句子的，所以只好尽可能依赖直觉说出最直观的样貌，再用后面的句子来修改、润色或补缀，整个过程有点像雕塑，不是一次到位，但就结果而言，可以一样有效。

我还想比较一下凯刚才的叙述和一般电视里听到的体育解说之间的差异。我比小说家正好大一轮，是1974年生的，小时候特别迷宋世雄，听他讲足球，事无巨细一一道来，语速飞快，充满激情，又很有画面感，简直不用看电视屏幕就能想象当时比赛的精彩。后来才意识到，那时电视机还不算普及，宋世雄的解说是同时在电台里播放的，所以才要说出观众明明可以直接看见的东西。现在的体育解说已经不同了，英文里，解说员叫 commentator，评论员，侧重于提供图像没有传达的补充讯息，并对比赛加以评论。你们想，如果是梅西，如果他可以回头来讲一场他自己的比赛，会不会有点像电影 DVD 里面的评论音轨？如果我们更激进地想象，梅西一边比赛，一边解说自己的比赛，会不会特别刺激？尤其是如果他意识到解说会影响比赛的话，按梅西的智商，他应该会利用解说来正面影响比赛吧？

Fogg Simulator 佛格模拟器

佛格模拟器是2021年2月11日至2月17日（中国农历新年除夕至初六）活跃于新型社交媒体 APP 阔论厅里的一个全公开房间。（注：阔论厅是一个仅限于声音聊天的 APP，用户可创建不同主题的虚拟聊天房，房间分全公开、半公开和私密三种。）该房间的主题是向房间里的其他成员——假设他们都是盲人——描述眼前所见的事物。佛格模拟器的主要成员包括摄影师凯、“有很多工作，但它们都没能把我职业化”的 Yuchen、律师皮师傅、巴西柔术运动员柳柳、“天天做梦的人”南番、主妇野龟、小说家 T、隐身人 X 和游民 Hash 獭等。

[1] 名字的来源

佛格模拟器名称中的佛格（Fogg），取自美国作家保罗·奥斯特1989年的小说《月宫》（此条目介绍的是小说《月宫》，关于中国神话中的月宫，请见“广寒宫”）中的人物马可·史丹利·佛格（Marco Stanley Fogg）。在小说中，佛格受雇于盲人托马斯·埃奉，后者要求他“不要把任何东西视为理所当然，并尽可能准确描述眼前所见的一切”[来源请求]。

[2] 佛格模拟器的主题

凯和 Yuchen 为佛格模拟器的七天设置了相应主题，每种主题对应一种颜色。除了“月夜”和“动作”外，大部分佛格模拟器活动发生在白天和户外，用户来自不同时区（东八区，欧洲及北美），但描述的主要是都市。佛格模拟器有时也会进行一些针对所描述场景的猜谜活动。

[3] 佛格模拟器微信群

佛格模拟器从阔论厅衍生出微信群“导盲犬之家”，供用户发送在佛格模拟器里所描述场景的文字、图像、声音及视频资料。佛格模拟器微信群共有17人，群主是凯（在微信群里的别名是 Highball）。

[4] 对佛格模拟器的评价

野龟觉得，“在佛格模拟器里描述世界，给人一种进入了一个什么东西体内的感觉，有一种陌生感，一种陌生的熟悉；而听别人讲的时候，仿佛在一个隧道里行驶，远处的景物是一个越来越大的亮点”。Yuchen 认为，“佛格模拟器帮助我在宾馆度过了隔离期开头最艰难的七天，音游各处时，我甚至觉得自己的隔离作弊了”。Hash 獭认为，“有点像看小朋友玩传声，拿着纸杯通过线乱嚷嚷，明明彼此都看得见”。柳柳认为，“玩佛格模拟器后印象最深的并不是听见的画面，而是自己描述过的东西，可能因为视觉存储的感觉还是更强烈”。凯觉得，“视觉系统本身就像相机，把视觉转换成语言又像后期剪辑，都需要训练”。T 认为，“这是阔论厅里少有的、准确利用 APP 特有媒介性的房间——绝大部分房间，无论是讨论各类话题、戏仿表演或聚众唱 K，在线下也能成立，并往往能获得更好体验，而佛格模拟器不但聚合了声音，而且聚合了空间，是仅仅在阔论厅里才成立的设定”。

对佛格模拟器也有一些负面评价，比如“对不爱出门的人来说，像穷人进了很贵的商场”[来源请求]。

[5] 佛格模拟器对感受世界的方式之影响

凯认为对自己最大的改变是“出门不玩手机了”。Hash 獭觉得，“与其说是改变感受世界的方式，不如说是改变了叙述的方式。后来描述自己看到的景象时会下意识思考一下，要怎么告诉视障人士或看不到这些的朋友”。柳柳则意识到，“我语言的速度赶不上眼睛看见的速度，而这种体验并不常有；大部分时间，语言追赶的是我思考的速度，而与外界没有真正的交互”。南番认为，“自己本来就很容易陷进各种细节里，但描述的过程中因为带着目的，反而感受到了自己视觉和语言的流动”。皮师傅发现，“这个模拟器让我意识到了不同人观察世界的方式和侧重点是不同的。我充当别人的‘导盲犬’时，别人会问，这个人穿着什么衣服？那个人和小朋友是怎么互动的？这时我意识到，哦，原来这些信息才是别人期待听到的。如果没有参加这个模拟器，这些视觉信息我会视若无睹，或者认为理所当然，以至于根本不需要向人解释”。T 则认为，“玩了佛格模拟器之后，更相信小说里的那些纯描述所具有的意义了”。

Excel 表格

受网上“打造流调”段子的启发，凯开始用 Excel 表格记录每天去了城里哪些地方，又和谁有密切接触。他想象有那么一天，终于成为“密接者”；而他从容地从 Excel 里打印出最近14天的行踪。

日期	时段	地点	密接者
12-Feb	下午	奥乐齐超市	
13-Feb	下午	静安公园 / 人民公园	hj
13-Feb	晚餐	敦煌楼人广店	Ling
14-Feb	下午	优衣库吴江路店	D*
14-Feb	晚餐	Husk	D*
15-Feb	午餐	脆鳝面	D*
16-Feb	晚上	静安体育馆	羽毛球友
16-Feb	深夜	细记	羽毛球友
17-Feb	下午	HT 宾馆楼下	宾馆接待处保安
18-Feb	午餐	松发肉骨茶嘉里中心店	Ling
19-Feb	晚上	百美汇	D*
19-Feb	深夜	大肆撸串	D*
21-Feb	下午	奥乐齐超市	
22-Feb	下午	静安体育馆	羽毛球友
22-Feb	晚餐	朱姐福记茶餐厅	羽毛球友
23-Feb	晚餐	脆鳝面	Ling
24-Feb	晚上	百美汇	Ling
26-Feb	下午	Vanguard 画廊	YC

26-Feb	晚餐	Husk	YC
27-Feb	上午和下午	南京红山森林动物园	YC
27-Feb	傍晚	多抓鱼	YC
27-Feb	晚餐	鸟啸	YC
27-Feb	晚上	国泰电影院	YC
28-Feb	下午	OCAT	btr

Livehouse 音乐现场

半年前的今天，我站在台下听陆晨和还潮唱歌。真是一个美好的夜晚。记得看完那场演唱会后，我不自觉哼起小曲，“每日四五点钟夜饭吃落，镇里向角角落落 dancer 汇合，伯伯插音箱，尿真真急煞”。我想世界上一定有一种“声音影子”，它会在不知不觉间尾随你，成为你一段时间里生活的 BGM，我猜你们一定有过同样的体验。

所以今天坐在台上，感觉特别有意思。我不是来唱歌的，而是作为评论人，来为这本新书站台的。为什么要选择这样一个空间呢？我想先从“livehouse”这个词聊起。经常来看演出的人一定知道它的意思，小型独立音乐现场，但有时候也会做表演空间或剧场。但“livehouse”这个词本身，英文词典里却没有，因为它其实是日本人用 live + house 两个词生造的（ライブハウス）。Live 是现场，house 是房子，livehouse 最宽泛地说，是一个现场表演用的房子，在中文里至今没有统一译法，有人称之为“展演空间”，有人叫它“音乐现场”，都不那么精确，连把 NBA 称作“美国全国职业篮球联赛”的人民网都不得不在标题里直接用 Livehouse 这个词。

但 livehouse 与《阔论厅》这本书却是相当契合。小说家在书里写的这个 APP，里面正是一个个关于现场（live）的虚拟房间（room 组成的 house)。不像播客（Podcast）是预先录制好的，阔论厅里的声音是稍纵即逝的、当下（Now）的声音。或者说，一个永远处于现在进行时的声音现场。所以我今天谈感想，也没有准备 PPT，打算完全用声音来完成。

我想你们大部分人已经读过小说，已经知道了佛格模拟器，所以我会就模拟器里几种不同描述方法做一番比较，说说我作为读者的感受。

延庆路的描述是现场直播，但现实扑面而来的时候，如何选择想描绘的东西？叙述者如何决定轻重缓急？凭直觉还是有意取舍？直觉的养成与往昔的视觉经验或叙述的意图——如果有的话——又有怎样的关系？这些潜在参数决定了叙述的方式。再来看 Bank 画廊里现场表演的描述：大概这算是“延时直播”吧，瞬间的取舍问题消失了，但叙述者显然认为单单描述表演者的动作是不够的，因为那些动作需要经过第二层翻译，也就是说，仅仅翻译出了动作的能指是不足够的，所以他加入许多猜测、分析或评断，那些“像要”或“就好像”开头的短语，来试图译出动作的所指。但这种猜测、分析或评断在现实生活中事实上需要一定的时间才能抵达，除非你特别敏感，所以我们常常是太快做出评断了——不过反过来，这才说明这本小说的难度，毕竟它书写的是现实的现在时。优衣库“声音猜谜”的段落虽然简短，但探讨了语调对信息传达所起的作用。奇怪的语调如同封装，包裹意义，并将之风格化；以至于空间与风格莫名地联系起来。阳台上这段描述包含了与其他时空的对比，好像在说，现场永远不只是现场，而是过去、未来和别处聚合显现的地方。静安体育馆的描述其实是对描述的评论，有点像不给观众看电影银幕上的东西，而用镜头聚焦观众的脸部表情，有点像阿巴斯《希林公主》所用的那种策略。至于露台，说的似乎是距离、边界，乃至方言对描述的影响。地铁那段探讨的应该是利用“机器感官”，即用技术作为感官的延伸，来拓展描述的可能性。而公园的描述，最好地揭示了佛格模拟器的媒介特性，声音描述加上听者的想象所形成的图景，常常更美好。

读这个小说我有一个感觉，就是佛格模拟器里用户描述的东西与其说揭示了那些叙述者的形象，不如说通过他们每个人独特的感知展现了空间与城市的现场，城市才是小说真正的主角。不过这也只是我自己的一些感受，不是什么标准答案，你们都知道，这个小说家不拍照、不接受采访也不解释作品；所以我就来越俎代庖说几句，也不担心小说家会跳出来反驳我，哈哈。谢谢大家！

Terrace 露台

我现在可以讲了伐？好。其实也只好讲讲，勿好拍照片，记得旧年有一趟我刚刚举起手机，隔手警卫就朝我冲过来了。啊，俪等一等……天呐，刚刚一辆饿了么从我旁边的盲道斜坡冲到人行道上，人行道上刚好有个老人，饿了么师傅就大声喊道，爷叔，让一记来！本来以为爷叔要发脾气，结果伊一边让开，一边讲，太客气啦！兄弟！就是用格种洋泾浜上海闲话。

现在我差不多走到了乌鲁木齐路和淮海中路十字路口的西北面。也就是讲，我右手边呢，是伊朗领馆，前头呢，是美领馆，左手边呢，是聂耳广场，格搭看过去噢，还好看到聂耳右手手指正指了天空，今朝天上有一排排的……叫啥个云。对了，好像是张充仁的作品。帮我一样等红灯的有一对母女，女儿竟然坐在母亲共享单车的车篮里，哇，还是有眼危险噢！女儿正不停问，为什么啊，为什么头是身体的一部分？奇怪奇怪。头是身体的一部分吗？

这么一问我也讲勿大清爽了。

噢！斜对面应该是法领馆领事官邸吧，露台上好像有交关人，还有音乐声传来。侬稍微等一等哦，我过只马路去听听了做啥。好了，各记声音响了，但是露台的大弧线现在只好看到一小条了。阿拉来听听看哦。啥人比较懂外国音乐？好像是高级个古典音乐。(阔论厅里柳柳答：好像是维瓦尔第的《四季》) 对对，四季，four seasons，帮宾馆一样高级。咦，突然之间音乐变脱了，格我晓得，罗大佑！好像叫《恋曲1990》，要么是1980，顶多是2000，伊应该么写过恋曲2010或者2020，否则要变成新冠时代的爱情来，哈哈哈。(阔论厅里主持人凯提醒：最好多说说眼前的东西，不要联想太多。) 不许联想？好呃好呃。不过讲到我眼前的东西么，就是墙壁呀。咦，迭只路口基本上才是墙壁，还有交关制服穿得笔笔挺个帅哥了立壁角，哈哈哈。等一歇哦，现在露台高头好像有个外国人了讲啥。噢勿对勿对，迭只外国人还是录音。侬听听看。The first time you saw it, it moved you/It broke and crashed and pulled at your soul/You saw life anew in its reflection, in its strength/All was lost save for its depth...its power to save you/from all you might become/And you would never be the same。听蛮好听呃，不过听勿懂，个么迭种配乐诗朗诵大概无所谓懂勿懂呃，关键是气氛，或者讲感觉，侬讲对伐啦。

Metro 地铁

你戴着巨大的特制耳机，靠在陆家嘴地铁站无人光顾的自动售票机上，贴近那条正缓缓移动的“不收现金”字幕。你闭上眼，把无关的视觉干扰排除在外。你引起了一位富有责任心的保安的注意。他用对讲机向上级汇报，有个人戴着奇怪的耳机，贴着各种机器，不知道在干什么。他跟着你，观察你的一举一动，也尽可能与你保持一段距离。在他的目光下，你在地铁各个商铺门口徘徊，从一家到另一家，快速穿过每一家的门禁系统，两次，三次，却什么都没有买。你靠在一根金属柱子上长达15秒，像在接收什么秘密指令。你贴近一个 ATM 机，歪着脑袋，做出可以翻译为“听”的动作，像在捕捉资本流动的声音。你走进地铁，听地铁车厢呼啸而来。

他们不知道你戴的是电磁感应耳机，耳机里的线圈能够对城市里无所不在的电磁场做出反应，继而翻译并放大为可以听见的声音。他们不知道你可以靠在一根柱子上，听见东方明珠电视塔发送出全国中风险地区全部清零的新闻。他们不知道你靠近某些门禁系统时，耳机里的噪音会达到难以忍受的程度。他们不知道你可以用这个电磁感应耳机，体验不同环境下电磁波的差异：路灯、地铁、电车、雷达、无线通信、Wi-Fi、霓虹灯、ATM 都有全然不同的节奏和模式。他们更不知道你能听见一个个汉字从远处而来。

Zoo 动物园

在园人数20168人！我的天，应该叫人山森林动物园了。明明来看动物，结果看见那么多人物。有大人物吗？大概有红人。

真的有座山！一上山，人就隐没在森林里。熊猫也是，你看像有点日子没有洗的玩具公仔。它在干吗？趴着。趴着也能算干吗吗？算不干吗。你说它在想啥？在想刚刚吃的塔菜炒冬笋？我饿了。

“骑士乐园，骑马20元/2圈。”咦不是说这个动物园拒绝动物表演的吗？骑马不算表演吧，是……驾驭。人物驾驭动物？熟练工可以骑马去送饿了么。哈哈哈。

“上世纪七八十年代在南京周边还有狼出没，现在基本消失了，你希望狼再回来吗？”（唱起歌来）归来吧，归来哟，浪迹天涯的伍尔夫……have been disappeared……说得好像是被消失。英文老师你好，请问该怎么改？我来拿个小本本记一下。去掉been不就对了？来，我们去划掉那个词。X it out！

你看树干上有个外星人！大圆眼！π状鼻！上唇好厚！还有名字！L-O-R-……洛丽塔？别打岔！……R-E-D-A！原来叫洛雷达。干啥用的？你看有介绍，是红外相机。大概是打猎用的吧。

热感应后可以自动拍照的，你看还拍到了狗獾。

这只豹子叫桃子！喜欢睡懒觉哈哈哈。网上说这玻璃是单向的，猛兽真的看不见我们吗？不知道，反正我们看得见它。你要么进去侦探一下？怎么敢，你听这吼声，吼声可畏！但网上说吼声是配音的。动物园还搞配音？因为玻璃是隔音的。听得我好晕。

你看两只长颈鹿！它们像在喝交杯酒。酒呢？没有酒，只是在交颈。以前交警都坐在路口一个高高的长颈鹿一样的圆形岗亭里的，特别帅。所以你头颈很长哎。那可不是，那是因为我出生时脐带绕在了脖子上，抢救了三天呢。你大概太期待出生了。

“黑猩猩的喜怒哀乐：作为灵肠类”……那个字念涨……“动物，黑猩猩与人类的表达式有很多相似之处，人类所拥有的喜怒哀乐等特别的表情在黑猩猩的脸上都能看到，甚至还可以看到充满智慧的目光和陷入沉思的表情”。写得可真是人类中心主义啊。要不你写个黑猩猩视角的“人类的喜怒哀乐”？

这条蛇是金色的！好粗壮啊。好想红烧……人物露出了动物性！难道你想把它当宠物？不错的主意！要不取名史内克？

你看这只鸭子！把湖里的树干都游歪了。我看我们得走了，下午回上海还要去抓鱼呢！抓什么鱼？多抓鱼呀，不是你说要去？去完多抓鱼再去茑屋再去吃烧鸟最后去看《郊区的鸟》……太完美了！好吧，红山森林动物园，再——见——

好了别吼了，我们又不是拍青春片。

Wechat Group 微信群

这就是刚刚说的我窗外的样子

（IMG_9602.JPG）

黑漆漆一片呐，刚才听的时候明明觉得很美

我现在看出去也挺美的但拍不出来

iPhone 还是不如眼睛

（Highball 撤回一条消息）

（Highball 撤回一条消息）

撤啥呀，都看见了。

发错群了😂

还不睡啊?

（53 秒语音）

哟！诗人啊！这是啥?

前两天的一些记录

插满新树的深褐色泥地春雨初歇。黑猫蹦了三下，未留一枚足印，凑近确认这个事情的我，留下鞋印半只。——喜欢这个

为啥鞋印是半只?

因为鞋印梗要扣钱

哈哈哈哈哈哈

肯定是练过轻功

哈哈哈

哈哈哈哈

啊哈哈

命名取代了直觉观察。谢谢你的房间和游戏 我现在看什么都想看得真真切切

谢谢👌你们也写写自己看到的什么好玩的东西 发在这里

我在暴风雪里

嘿嘿好玩！

突然想到这个游戏的另一个叫法：盲人电影院

对哦河濑直美拍过一个电影叫《光》讲的就是在电影院里给盲人讲电影那种工作

有资源吗

（网盘 link）

我也看过一个《默片解说员》，讲默片时代一个辩士的故事，很好看，那个导演叫……

是枝裕和?

不对

荒井晴彦?

石黑一雄?

瞎说，那个是作家……

想起来了，周防正行！老早拍《谈谈情，跳跳舞》那个

么看过

我查了下是1998年的电影！救命大叔！！

那年我两岁……

（转发文章：上海导盲犬因排尿被赶出小区，居民称导盲犬尿液污…）

😭

X Out 删掉

“1975年6月23日晚上，瞬间就是八点钟。巴特尔布思坐在他的拼图版前，永远离开了人世。桌子上摆着他的第439副拼图版，已经拼出的图案是黄色的天空，可是中间留下一个黑影；还缺一块拼板。空缺的形状正好是X，而死者手中拿的一块拼板形状却是W。这真是长期以来人们早就预料到的对他的一种讽刺。”当起初答应参加介入计划的某人物的原型突然发来微信说“不想以任何形式出现在你的小说里”时，小说家一下子想起了乔治·佩雷克《人生拼图版》结尾中的那个黑影X。

但删除和修补工作比小说家想象的顺利得多。这令他思考：有

哪些东西是人物原型所特有的？小说家渐渐发现，人物原型真正特有的，与其说是一些自传性细节，不如说这些细节的某种组合，比如名字、在哪儿上学、学什么专业、工作、性格、爱好等种种自传因素的某个组合，但无论这些自传性细节还是细节的某个组合对于小说本身来说全然没有意义，本来就应该避免才对。

真正让小说有效的，是人物身上那种更深层、更具有普遍性的情感事实，那种可以与读者的经验和感受真正勾连的东西。

Quarantine 阔论厅

（关于阔论厅的采访节选）

Q1　你在阔论厅里遇见过的最有趣的房间是怎样的？

Hash 獭：怪声大乱斗。脱口秀演员池子开的房间。大家在里面比谁发出来的声音最怪。到后来，池子把所有听众都变成主播，大家都在发出怪声，很混乱的场面，但又像和声。

Yuchen：每天出现两次，每次名字不同，有固定成员，也有不固定成员的房间。

柳柳：一个叫 Prelon 的房间，里面的人都 meme 了同一头像：穿着睡袍抱着一只柴犬。

南番：“朗读 π ”房，婷和 wangboi 聊着天，凯在街上请人朗读 π 小数点后的数字，却不断被拒绝，我在观众区远远观望。现实世界和阔论厅线上线下时空交错，时间流逝，仿佛对应着公转、自转和卫星的环绕。

皮师傅：一个叫“X 年级语文”的房间。只有一个用户出声，播放 X 年级语文课文磁带。随着新账号加入发言台播放新课文，旧账号退出发言。不发言账号要更换头像，展现播放课文的主题内容。比如播放课文《陈涉世家》的时候，不出声账号的头像分别变成了司马迁画像、“王侯将相”四个字和“宁有种乎”四个字。

野龟：一个研究东北地方历史的房间。东北人天然表达欲非常强，话语极具感染力，又很直接，所以那个房间比其他房间要流畅很多；至少语言都非常流畅，哪怕讲得东西没有道理（笑）。

T：一个讨论如何用阔论厅变现的房间，后来来了一群“丐帮”，他们的头像都是付款二维码，据说有一个人一晚乞讨到1400多块钱。

Q2 **与其他社交媒体相比，阔论厅最有意思的地方在哪里？**

Hash 獭：我觉得最有意思的地方就在于它其实没那么有意思，

要么离开、要么倾听以及需要争取发言权。

Yuchen：人被 dematerialized（去物质化）了，轻盈又透明。

柳柳： 阔论厅很像欧洲的 Party，可以随意出入。我喜欢去大部分是熟人的房间，可以开玩笑，随便聊天，也会来一些朋友的朋友，大家聊着聊着就熟了，也会成为朋友，这种感觉很好。

南番： 实时性和单一性。现在很多社交软件总想融入更多、更丰富的功能，反而不能更好地传递有效信息。

皮师傅： 即时性（用语音交流，交流后没有文字留存，APP 也不允许录音录屏，这种沟通接近一般人际交流中的“聊天”）、非正式性（加入和退出房间很随意，有点像串门，甚至比一般串门还随意，因为你可以“安静地离开”）。

野龟： 我喜欢那些莫名其妙的房间，会有一种隐身人的围观感。不过最近玩得越来越少了，感觉它更像内容未经删选的播客，大型在线版的知乎。

T：阔论厅像一个非常开放的声音剧场，或彼得·布鲁克说的那种“空的空间”的声音版。阔论厅也揭示了新冠时代现实中的人际关系结构：人们彼此隔离，却又那么渴望在一起。

Q3 如果你玩了佛格模拟器，有哪个听见或看见的画面你现在仍然记得？

Yuchen：有个女声说，冬天的树没有叶子，像蒲公英。另一个女声说，我是盲人，我不知道蒲公英是什么样。

Hash 獭：视线模糊不清的玉兰树、消失的天桥和桥墩，还有野龟老师描述的、家里的"巨型动物"。

柳柳：一个小男孩坐在共享单车的车筐里，脚伸出来，脸面朝着妈妈，而妈妈就这么骑着车，像驮着一筐菜一样。

南番：隔离中的小女孩不同颜色的手账本。

皮师傅：一位参与者描述的、从窗户望出去的夜景。远处的城市天空，忽然被景观灯照亮、颜色变幻不定，令我想到《银翼杀手》的开场镜头。

T：一个双手摊开、手心向上的黑衣叔叔。这是无奈的意思吗？或者，他是在乞求什么？

Q&A

[Q]

请谈谈这个故事的灵感来源?

[A]

在小红书上看见一份上海隔离酒店的评测报告，主要指标是：能否收快递和外卖? Wi-Fi 质量如何? 有没有空调? ——和以前订酒店时的关注点完全不同。

[Q]

阅论厅 App 和隔离有啥关系?

[A]

都是分开聚众。

[Q]

小说是在太长了……能为我写100字总结吗?

[A]

四十天，在交迭的焰火里寻找和声。温度计可以当指挥棒吗？如何探测喉咙深处的词？在家背井离乡是怎样的体验？动物来不及戴上口罩，莫尔斯密码已成了正午的显影。第三次日晕的黄昏，我们闭上眼，以免错过眼前的事物。

展览继续 →

EXHIBITION CONTINUES

培根冰激凌

城市还在那里。

——若泽·萨拉马戈

我记得[1]雨把地面镀成一面镜子。有车驶过，倏然在镜子上画出波纹。那是海浪拍岸的声音。窨井盖咯噔一下，几滴水汇入地下世界。然后，一切凝固了。仿佛刚才下的不是雨，而是定影液——或许这就是我们记忆的方式。任由阳光把镜子照得愈来愈明亮吧。让一切变作一团炫目的虚无。让焰火隐入浓稠的夜。

我记得另一天，夏日的云拒绝变成雨。它们聚集汇拢，沉沉地压向地面。傍晚五点，马路两侧路灯亮起，一对对眼睛准备见证“今天下起了云”的奇迹。摩天高楼习惯的事，人们还是第一次经

---

1 姑且允许我使用这个仿佛有魔力的句型吧，“我记得”——如果你也想试试，如果你也想记得我记得的东西，哪怕你没有亲身经历过这一切，那也是有两条曲径可走的：其一，是将我所描绘的画面印在脑海里，再把它们当作自己的记忆一样去记得；或者，试着去买这样一本摄影集（或者在网上搜索它的翻书视频）：奥山由之 Yoshiyuki Okuyama 的 *Bacon Ice Cream*。

历。云终于落到地上时，平铺开来竟有及腰的高度。父母让孩子骑到他们肩上，欣赏这场脚踏实地的海市蜃楼。

我记得一个陷入沉思的金发男孩，他左手撑着头，右手拿着叉子，全然不理会桌上的咖喱蛋包饭，而是把头转向暗处，好像有什么即将从阴影处显现。咖喱酱汁悄无声息地侵入蛋包饭底部，浸淫在酱汁里的米粒数量成为时间的尺度。男孩如此年轻，沉思的瞬间又如此绵长，让人不得不怀疑他是否穿透了某种时间的罅隙，想起上辈子或另一个维度里的生活。比如，想起他曾是草原上奔跑的羊，想起他曾跌入一片花丛中的情景。用羊的眼睛看，那近乎一幅抽象表现主义的画作，粉红色的花瓣像颜料般泼洒在翠绿色背景上。一首春之交响。

我记得 ABC MART 的霓虹灯把大楼外墙映照成一片海。夜晚之海吞没白天的所有喧嚣，格式化出一块块正方形的深蓝色寂静。窗户的磨砂玻璃背后，鞋盒砌出抽象的形。MART 里意外的 ART。

我记得远处大吊车的剪影，在深蓝与金黄之间，上演天幕中的皮影戏。一、二、三、四、五、六、七、八。八根长臂，四个指挥家同时出手。这个城市到底要听谁的?

我记得雨中一辆与火车并肩而行的跑车。我透过火车车窗凝视飞速旋转的车轮。起初分明逆时针转动的车轮，看得久了，又感觉好像在顺时针旋转。恍惚之中，只有不断被车轮裹挟而起、甩向空中的雨滴，才显得真实。

我记得在博物馆里看见一条 H&M 的裙子，它本身与在 H&M 里的那条裙子没有什么两样——或者说，唯一的区别就是它在博物馆里。博物馆里的那条 H&M 裙子旁没有价格标签，而是有一块展签。展签上标着作品名《这条裙子》(*The Dress*)，而在通常预留给作品介绍的区域里，印着一长排感叹号“！”。我没有数究竟有多少个感叹号。

我记得游泳池外有一面巨大的落地玻璃窗。阳光灿烂，玻璃的反射把室外的一切叠印在室内的游泳池上。一个戴着红色鸭舌帽的小男孩摇摇晃晃地行于水上，像神迹。

我记得一个女孩坐在阳光与阴影的交界处。她的额头、鼻梁、右眼、肘部和腰部都在强烈的阳光照射下，其余部分则藏进完全的黑暗中。“她就是那样的女孩。”当时心里这么想。

我记得深夜的一片草地。暗黄色的路灯照亮其中一块，像凭空出现的舞台。

我记得一个空荡荡的旅馆房间。阳光透过浓密的树叶，穿梭于窗户、镜子，和透光的和式推拉门间，最后跌落在榻榻米上。几缕写意的光之笔触。四叠半的房间里空无一人，不知是谁已经离开还是有谁即将到来。暂时，它是四叠半的只有蝉鸣声的空荡荡。

我记得市集上的一张海报。风把一张俗常的烈焰红唇的脸吹成了五官被折叠扭曲的奇异肖像画。风是艺术家。

我记得五个煎饺以同样弯曲的姿势若即若离地挨着，像在子宫里蜷起身体的五胞胎。没有办法把它们吃掉。

我记得一个少女把头裹在半透明的白色窗帘里。她走到房间中央，闭着眼，像在感受阳光的温度，又像在排演一场关于自我、孤独及外部世界的戏剧。并没有风，但感觉有。

我记得一个在铁塔下招徕生意的男人。我说这个铁塔那么丑不想上去。他说你只有登上这么丑的铁塔才可以不看见它。他是对的。

我记得在酒店房间正对镜子的餐桌前吃一块奶酪吐司。我用手机拍了一张有两块吐司的照片，把焦点定在了镜子里的那块上。

我记得某天醒来看见一个无头的女人。她站在床尾的长凳上，双手舞动，口中念着不知是什么语言的咒语。白色睡衣上有一行行蓝色字幕。我记得这时候我才真的醒来。

我记得一个路人，在雨后的街道上用刚从便利店买来的盐，在一个纺锤形水塘边添了几笔。水塘变成了一个小提琴。

我记得三个穿着统一藏青色制服的大叔，彼此保持着两米距离匀速前进。每当要转弯时，领头的大叔便做出转动方向盘的姿势，身体朝一侧倾斜，就好像他正在驾驶一辆隐形的车。

我记得货架上整齐排列着五个模特头。每一个都微微前倾，像在闻前一个的后颈。最后一个模特头上蒙着白布。

我记得一张海报。与约翰·列侬那张著名的“WAR IS

OVER（IF YOU WANT IT）”（战争已结束（如果你想要的话））几乎一模一样，只是“OVER”一词被删去，留下一片空白。

我记得直角形的框架和扶梯在墙上投射出弯曲的影子。墙是弯曲的。

我记得一辆白色跑车，车身上的雪融化了一半。看起来像整辆车在融化。

我记得一大群鱼齐刷刷地朝同一个方向游去，唯有一条朝另一个方向。

我记得一栋大楼用黄色霓虹灯管勾勒出线条和形状。直到走近后才发现大楼并不存在，它只存在于黄色霓虹灯管的想象里。

我记得一个深蓝色的夜，细密的雨连接天地。十字路口，交通灯闪烁，一次次把雨线切断。公寓楼上，深夜的蓝撞向卧室里的粉，窗框处晕出一抹红色。分不清是雨还是钟发出滴答声。

我记得某个清晨，在对面公寓一扇半透明的窗前，一位大叔伸了一个长长的懒腰。两臂久久地悬在空中，像被仍在不断袭来的倦意定格。

我记得清晨的阳光像很多根丝线从窗帘的缝隙间伸进来紧紧抓牢地毯。拨弄这些粗细有别的丝线，可以奏出不同的乐音。阳光强烈时，它们绷得更紧。一个高八度的清晨。

我记得一杯打翻的草莓奶昔在铺着瓷砖的地上流出一个倒转的惊叹号。奶昔的支流渗入四块瓷砖的交界处，画出一个粉色的十字。

我记得深夜路过一间装修一新的店铺。红色招牌位上还没有字，橱窗还是空的，亮闪闪的铁门没有丝毫锈迹。像节日到来之前的那几天。像一篇一个字都还没有写的小说。

我记得手机里一张莫名其妙的照片。很多个叠印的、不同颜色和粗细的荧光“C”在明与暗的交界处闪出光芒。是我不经意间碰到拍摄键，还是手机有了自己的意志?

我记得一个穿着白衬衫和红色格子呢外套的少年走在横道线上。他的脸涨得通红，不知是因为醉酒还是愤怒。右手扶在额头，脸上的表情介于痛苦与恼怒之间。擦身而过时，我看见他的指缝间有血滴下。

我记得100片烤吐司，摆成一个10×10的矩阵。开头几排的吐司烤的时间较短，表面仍是本色；中间几排恰到好处，有微焦的痕迹；最后三排越来越过火，直到彻底焦黑。这色泽由浅入深的100片吐司是面包师傅的教学色卡。“为了演示这些烤得过火的吐司，每一片都得设定一个恰到好处的时间。”面包师傅总结道。

我记得很多个黄黑相间的“正在施工”告示牌聚集在夜晚街道的一角，像在密谋。

我记得窗外路灯锐利的光线从酒店紫色丝绒窗帘的缝隙间射进来，像一幅被卢齐欧·封塔纳割破画布的油画。

我记得小号手正对着舞台吹奏，乐器与身体精确地呈90度夹角。从正面看，整个小号仿佛被降维成了喇叭口的圆形平面及其下方调音管的一小截竖线。小号手的头完全被喇叭口遮住并取代——或许这就是他想要的效果。

我记得跟着主唱狂乱地摇头蹦跳的时候，他头顶的灯就会变得像一根根乌冬面。如果节奏足够狂放，一首歌足够拉出一整碗灯光乌冬面。

我记得三个嬉皮打扮的大叔坐在一片泥土裸露的工地中央废弃的沙发上，清晨的阳光从他们身后盖过来，薄薄的雾使这幕场景显得不那么真实。我闭上眼，再睁开眼——他们还在那里。

我记得一个黄昏，天空是淡粉色的，十几只麻雀错落地停在电线上。五线谱上的音符。

我记得客厅地板上交叉缠绕的电线。想到某种爱情。

我记得一个明晃晃的午后，玻璃窗在大楼墙面上文出半透明的金色梯形光影。一个女人走到两栋大楼间仿佛山谷一样的露台上，静静地坐了一会儿之后开始哭泣。安静地哭，只是偶尔伸手抹去脸上的泪。随后她起身离开。

我记得一个穿着黑色波点睡衣的少女站在窗前，强烈的阳光把她的脸涂成一片雾状的炫目白色。这一瞬间，她仿佛活在一个由0和1组成的虚拟世界里。

我记得郊外森林里的一场焰火。火花把暗夜灼出一个个彩色的洞。伸向夜空的树枝被花火映亮，呈现出闪电的脉络，一时明，一时灭。

我记得一个女人侧身贴近一面镜子。从某个角度看，她好像有两个头、两条手臂、三条腿的怪物。中间那条腿比较粗。

我记得走道天花板上的一道亮光映射在橱窗玻璃上，正好蒙住了模特的眼睛。模特在这一刻仿佛活了起来：半弯的膝盖要跨出第一步，裙摆的褶皱飘动。

我记得某个午夜，一个穿着米色风衣和褐色球鞋的短发女人醉倒在路边转角一片紫红色的花丛中，头挣扎着转向左侧，右手还在拼命做出举杯的动作。正对着她的监控摄像头缄默不语。

我记得一个空气净化器的胶带封条组成一行行整齐的“艹”形。

我记得两排红色的花在白色半透明窗帘背后，像清晨送来的吻。

我记得盛夏的公园里，一切都绽出光彩。发光的假山，发光的树，发光的白色裙子和发光的湖。湖里的太阳像一个温泉蛋。

我记得酒店窗外一片巨大的停车场。白色格子整整齐齐地朝远处地平线绵延。如果把“每个停车位上是否有车”分别设定为“0”和“1”，那么整个停车场就是一个巨大的电子密码系统。当“0”和“1”的矩阵恰好与预设的密码吻合，会触发怎样的奇迹？

我记得一个躺在房间地毯上的女人。阳光透过格子窗帘在她脸上画出一串串泪。她笑着，像边哭边笑。

我记得楼下的电线杆上自从出现第一张贴纸后，有了越来越多的贴纸。像一条被反复文身的细长大腿。

我记得厨房水龙头里流出的自来水在咖啡勺上开出一朵透明

的花。不断变形的花心的花。

我记得一间门面窄小的杂货店，名字叫“THE WORLD”。

我记得一些即将要开的花。欲放的花蕾在阳光下的投影是鼓胀的莲蓬头的形状。

我记得公园里有个女人为一个个氢气球编织灰白色、带有花纹的不透明棉质外套。穿上外套的气球看上去比实际上沉重得多，它们缓慢地升向天空时，感觉不可思议。

我记得演唱会结束后地面一片狼藉的样子。我因此忘了那是什么演唱会。

我记得美术馆储物箱的钥匙上挂着一双时髦的高筒球鞋。我警惕地扫视周围墙面和地面，没有发现展签。

我记得演唱会第一排铁栏杆后一排向偶像歌星伸出的手。但偶像仍然准确地站在射灯的光环中央，仰着头像在淋浴。

我记得一棵树上挂满了椭圆形铝箔片。有风有阳光时，会闪出一阵雨。

我记得一大片闪光灯同时亮起的情景。几十平方米的虚无。

我记得电影散场时仍在座位上酣睡的少年。红色丝绒座椅和浅笑的嘴角凝固成电影额外的一帧。

我记得旅行后回家时花瓣落满桌面。我顺便整理了 MacBook 的桌面。

我记得海报上两个小朋友的笑脸。凑得很近看，他们的笑会变得诡异；如果再凝视一会儿，甚至会变得恐怖。

我记得一个在路灯下独自练习街舞的嘻哈少年，每做完一个动作都会停顿几秒。一座不断变换姿势的人体雕塑。

我记得床单的皱褶像海浪。

我记得右脚脚背文着一把锁的长发女人赤脚在午夜的横道线上跳舞。染成米色的头发扬起，像弹起在空中的拉面。

我记得黄昏足球场上飞猫的俯拍镜头。二十二个贾科梅蒂影子人追逐一个皮球。

我记得曾一度着迷于凝视湖面幻变的波纹。直到有一次，我在湖里看见了蒙克的《尖叫》。

我记得一个每次吃蛋筒冰激凌前一定要把底部锥形纸套取下的女人。她收集每一个吃过的蛋筒冰激凌的纸套。

我记得一个常常按错电梯按钮的邻居。要从我们所在的八楼下楼时，如果电梯恰好在三楼，他就会按往上的按钮。他似乎无法理解电梯按钮是用来表达人的意愿的，而不是操控电梯的遥控器。

我记得海边一只逐浪的狗。它在陆地与海洋不断变动的边界上奔跑，灵活而精确。

我记得飞机的尾痕在天空写下这样的字句："Es muss sein."

我记得一个艺术家。他先做出一座完整的、有双臂的维纳斯，再把她的手臂截断。评论家称呼他为"雕塑家"时，他就会恼怒——他声称他的作品是截下那段手臂。

我记得一个雨夜，玻璃窗上雨滴的影子投射在窗前我的手臂上。雨滴聚拢流下时，影子像蔓生的植物爬过皮肤。

我记得一个戴着墨镜、左手拿着爆米花的滑板少年在一瞬间失去平衡。滑板如失控的车奔向前方，弃车而逃的少年身体后倾，右脚勉力维持着平衡，左手仍然紧紧抓着爆米花桶，但里面的爆米花已如点燃的烟花射向半空，画出一道香喷喷的弧形。一朵字面意义上的、真正的爆米花。

我记得大楼顶层的某扇窗户里飞出一片切片面包。在那个瞬间恰好仰头望向天空的我，见证了一幅勒内·马格里特式的超现实主义场景：切片面包飞出窗口时的冲冲怒气，迅速被蓝天下疏松的白云中和、化解。它甚至像一片落入凡间的云，或某种诗意必需品的隐喻。至少在它扑向确凿无疑的地面之前是这样。

我记得空无一人的广场上，一个穿着印有红色 S 标志超人外套的女人大步流星地奔跑着。看起来她正急着要去拯救什么——但目光所及之处什么也没有。一个努力战胜虚无的超人。

我记得一个爱开玩笑的朋友快递给我一截树干作为生日礼物。当天下午，他还发消息说：“树干切片可以当砧板用。”

我记得一个眼科医生在我的社交媒体上留言：“如果你总觉得阳光炫目像明亮的雨，也许应该来看看我的专家门诊。”

我记得一位朋友常对生性敏感内向的插画师女友说：“给我画一

只绵羊吧。”他并非迷恋《小王子》，而是希望从女友画的那些不同的绵羊中，体察她当天情绪的细微变化。

我记得一个海滩。蓝黄相间的遮阳伞下，两个男人并排躺在两把躺椅上。躺椅背对着大海。

我记得一个空旷的房间里有两面镜子。一面斜靠在墙上；第二面靠在第一面镜子上，与地面的夹角更小。第一面镜子露出的上半部分与第二面镜子一起仿佛将整个空间略略折叠了起来。

我记得行道树集中蜕皮的那个夏天。大块大块的树皮剥落，露出崭新的浅色。树皮上那些爱的宣言与其他广告一并蜕去。

我记得喜欢在飞机刚刚起飞时，透过舷窗看机翼在大地投下的影。影子跟随飞机前行，像一只顺从的风筝。风筝越飘越小，也愈来愈淡；直到飞机刺破云层后，彻底断了线。

我记得高架桥下一个努力将身体弯成问号形状的女人。她穿着细高跟鞋和米色连衣裙，栗色长发自然地垂下，遮住了她的眼睛。无法判断她是因为身体疼痛才蜷起上半身，还是在排练某出舞蹈剧里的特别造型。她只是保持着那样的姿势，像一个试图令疑问定格的人。

我记得一把伞被狂风暴雨吹到翻起，被迫摆出欢迎的姿势。

我记得一片林中空地。太阳从树的间隙挤进来，迸出一连串光晕。光晕背后的绿是深绿。

我记得一只被遗弃的手套。人类所有穿戴物中最具有拟人特质的物件。但这只手套不仅止于拟人，它简直惊悚：我看着它不可思议地兀自向前，足足移动了近20厘米——这时我才意识到有活物钻进了手套里面。

我记得寒冬屋檐下的一排冰凌。如冬日的音轨波形图。

我记得画廊墙上并排摆着两张照片。左侧那张拍的是一面桃红色墙上斑驳的淡金色光影；右侧那张是厚厚白雪覆盖的、零星点缀着几棵树的乡野，阳光漫向整个天空，雪地上没有任何足迹。不知为何，我反而感觉左侧那张比较冷。

我记得某个屋顶上整整齐齐地摆放着六七排空调外机。像会呼吸的墓碑。

我记得小号手穿的T恤上写着“每个人都感觉一样”（Everybody feels the same）。

我记得六截铝管在一条浅河中顺流而下，河水刚刚没过这些空心管道。从桥上俯瞰，铝管从水下漫射而出的光线组成了一道仿佛荧光笔画的虚线，泄露出水流的路径。

我记得保鲜袋里密封着三段青鱼：两段头和一段尾。它们可能分属于两条鱼，也可能三条。

我记得去海岛旅行的那夜忘了戴眼镜。那一晚所有的记忆都既清晰又模糊：为了在暗夜里努力看清周围的路，我比往常更专注地看，并将那些色彩与形状的嵌合体整体性地纳入记忆。

我记得路灯下一个抽烟的男人，整个头隐没在自己吐出的大团烟雾中。

我记得地上一个透明的密封袋。封口处的纸条完整无缺。密封袋里什么也没有。

我记得喷泉背后的一棵树。白色水柱之上，树枝分岔、伸展。

我记得一个浓雾弥漫的早晨，阳光力不从心地透过窗户，在白墙上投下似有若无的极浅的影。一片切得很薄的早晨。

我记得一个少女在咖啡馆里枕在一本书上午睡。蓝、白、黑的三色书脊和字母全部大写的书名*CONTRABAND*（《走私货》）在午后阳光里格外醒目。我上网搜索这本书的资料，发现是一本摄影集。作者、艺术家塔林·西蒙自2009年11月16日至20日间，在纽约肯尼迪国际机场拍摄了一千余件被美国海关截获的走私货和违禁品。图书资料里罗列出其中一些：假冒的美国运通旅行支票、超过标准烈度的牙买加朗姆酒、海洛因、一只死的老鹰、假冒的墨西哥护照、鹿的阴茎、濒危物种制成的钱包、古巴雪茄、盗版迪士尼DVD、可用作兴奋剂的阿拉伯茶、金粉、包装成清洁剂的毒品、假冒的路易威登包、禁止携带的香肠制品、未申报的首饰、类固醇和一只鸵鸟蛋。我试图在脑海里展现每一样东西可能的样子，并以这些想象中的图像集合来评断这位仍在沉睡中的少女的阅读趣味。

我记得一个盛夏的黄昏，天空的云是稀薄而长条形的。一条条煎得恰到好处的培根。

我记得一个台风即将来临的夏天，树荫熨过快要融化的柏油路面。

我记得一片树叶的阴影恰好盖住女孩的眼睛。21世纪的夏娃需要遮住的隐私部位。

我记得一个几乎每天都来等女朋友下班的男人。一段日子后他消失了。又过了一段日子，换了一个新的男人等。

我记得法语老师讲解未完成过去时（L'imparfait）总会伴随着一套手势，左右手重复地朝另一方向做出波浪式行进的动作。

我记得一扇玻璃门，右侧的铜把手朝左半边弯出一个顺时针旋转90度的U形。假如你不假思索地推门而入，就会撞到左半侧的玻璃门。

我记得一个正在搭建舞台布景的男人。他站在扶梯顶端，胸部以上隐没在一排以精准的透视法向舞台深处延展的白色长条顶灯中。又或者他其实是剧中人，在观众尚未意识到现实与表演的边界时，戏已经开场。

我记得一个女人打电话的样子。她右手拿着手机贴牢右耳，左手手掌整个按住左耳，同时闭着眼睛并抿着嘴唇。就好像她要关闭此时此地的一切出入口，全身心地融进电话另一头。

我记得动物园里的一头熊。它举起双臂，张大嘴。它的虎牙雪白，鼻孔里像有一团烟雾。不确定这是不是表示欢迎的姿势。

我记得火锅店门口切羊肉的伙计手法熟练，仅仅几秒便将肉从骨上剔下。我想我不愿意这样熟练地写小说。

我记得某个深夜，海岸边一位戴圆帽的青年久久凝视着大海。月光照亮他 T 恤背后抽象的螺旋形。海面漆黑一片，浪潮拍打岩石的声音清晰可闻。

我记得夜晚的游乐场，高速旋转的飞椅上人们发出阵阵尖叫。或有其他抽象的东西被甩出这个不断加速扩张的小宇宙。

我记得一个少女蹲在草丛里长久地观察着什么。阳光勾勒出她膝盖的弧形。

我记得夜晚的酒吧，水晶杯里的烛火随空调风向的变化有规律地闪动。渐渐地，烛光如水满溢出来。

我记得迪斯科舞厅里的绿光打在一位冷艳女子的披肩上。她看起来像一只刺猬。

我记得三辆乌亮的豪车在马路上并肩而行。一间临时的、彼此映射的移动镜厅。

我记得一座由废弃轮胎堆成的橡胶山。孩子们照样玩得起劲。

我记得在一个满月的夏日午夜莫名醒来，月光和树在半透明的窗帘上演出着一场水墨皮影。

我记得梦见上千个白色冰激凌球从天而降。可能是那一夜空调的温度设得太低。

我记得一栋大楼招牌上的字是反过来的镜中映像，它们反射到大楼玻璃幕墙上时，才成为正的。

我记得演唱会上的红色灯光笼罩着吉他手全身，把他变成一张底片。

我记得一个对焦失灵的照相机。拍下的一切都被抽象成最基本的光影。

我记得后视镜把夕阳的最后一缕金色光线错置于幽暗的前路上。

我记得一些蔓生的枝条和树叶仅仅因为钻出了镂空的铁丝网而被一并喷上了银色涂料。一段日子后，才有新的绿色伸到铁丝网之外。

我记得一根弯成一团的铁丝。看起来仿佛是柔软的。

我记得在一栋高楼楼顶眺望远处公园里的演唱会现场。全然听不见声音，但仍能感受到漆黑的夜幕之上，一小块邮票似的热闹。

我记得一片逆光中的花丛。花瓣几乎是透明的。一朵朵花之玉器。

我记得沙滩上一串白色的泡沫。来自海洋的神秘文字。

我记得一杯牛奶打翻在路面白色的“LOOK”字样旁。放射状的白色线条夸张地暗示打翻后的牛奶总是比盛在杯子里时更多。

我记得秋天铺满落叶的公园。每走一步，秋天就碎掉一点点。

我记得那个弥漫着雾气的山顶，古树的暗绿时隐时现。是一个充满流动感的仙境，也是一个美丽的陷阱，让人萌生出纵深一跃、隐入虚无的冲动。

我记得一个穿着红裙的少女举着一串彩色气球奔向白茫茫的大海。带着终于抵达大陆尽头的喜悦。

展览继续→
EXHIBITION CONTINUES

宇宙尽头的餐厅：

（不）完全索引书

Shortcut 捷径（普伦姆普的故事）

通往宇宙尽头的餐厅的捷径上写着“这只是一条捷径”。普伦姆普女士正是在穿越那条捷径时被卡在那儿的。

按照宇宙普通肥瘦观，普伦姆普女士即使不算瘦也断然称不上胖，所以她被卡在捷径里时多少有些尴尬，或恼火，或两者兼而有之。但普伦姆普女士终究是一个豁达、乐观、随性的人，善于把宇宙生活中的种种窘境引向积极的方向。于是，她干脆利用这个身体动弹不得的机会，展开一场脑部瑜伽。在短短六分钟里，她一连思考了七个问题：“只是”是不是不只是表示程度轻微？在何种情况下，为人们认为理所当然的事物命名才是有意义的？如果标成“这不是一条捷径”会不会被指抄袭？“这只是一条捷径”是不是暗含对于速度迷恋的婉转批判？捷径是否只有对于能够穿越它的人而言才是捷径，不然就只是一个通风口？量词“一条”是不是同时带有对宽度的指涉？以及，如果42米外那位英俊的服务生向她走来并询问她在这儿干什么时，应该如何作答？

于是，普伦姆普女士迅速在手机上打出“我是不是有点卡？”几个大字并把手机屏幕转向过路人能清晰看见的方向。考虑到捷径两侧的确都是半透明马赛克玻璃，来来往往的客人纷纷感慨，普伦姆普女士堪称宇宙尽头最敬业的当代艺术家。

Cyborg 赛博格（熊布猴的故事）

宇宙尽头的餐厅的特色菜系是赛博格。用宇宙第一诗歌格律“赛博格”来定位一种菜系并不仅仅出于对诗意的追求，而是餐厅主厨熊布猴的主意。

老熊在他的职业生涯初期——那时他还是小熊，直到足足42年后，他才被迫登上“膻涩号”邮轮远赴宇宙的尽头打理这间新餐馆——曾在当时宇宙黄金分割点上海的某间专营河蟹的餐厅里做助手。一个风雨之夜，店里来了一位赫赫有名的大波士（尽管他并不是波赫士）。大波士把菜单看过一遍后，轻描淡写地说了一句：“来个素的。”河蟹餐厅的主厨顿时傻了眼：他知道大波士不但热衷于说出需要解码的深奥语句，而且总是拒绝解释，对于解码失误的人一律心狠手辣。善于察言观色的小熊——他自己当时一定会谦虚地说“哪里哪里，不懂查盐，只是观色有一套”——这时出口（相比手，口是他更爱的器官）解了围，他激动地提议：“这吃个蛋啊！”受到启发的主厨只用了4分17秒就炒好了一盆农家有机蛋，并朝里面倒了一小碗醋。菜端上来，大波士吃得眉开眼笑，频频点头并发出介于 emm 和 umm 之间的象声词。最后他说：“赛螃蟹啊！”

后来的故事大家都知道了：对于“蛋算不算素食”的争论使素食者联盟迅速分裂成两派，拔河比赛冠军被荤食者大联盟夺走；而河蟹餐厅里的“赛螃蟹”立刻出了名，以至于一年后根本没人再点河蟹吃了。“河蟹算个蛋”成为大众点评上点赞最多的评论。

如今已是宇宙尽头的餐厅主泻夫的老熊，当然深谙这段往事里的复杂意味。但他已经学会了不解释，他的每一个举动都可以被看作一系列需要被解码的“赛博格”诗：

1. 宇宙尽头的餐厅的菜系被定位为“赛博格”派。
2. “赛博格”派的一大特色是摆盘。
3. 说“赛博格”派是“乱码”的人是外行。近日来访宇宙尽头的餐厅的知名食评人俺不懂·你懂——安东尼·伯尔顿（Anthony Bourdain）的宇宙 ID——在宇宙终极版《厨师机密》中写道：“熊布猴的每一次摆盘（所谓‘码’）都是意味深长的。”这句话后来被印在老熊的腰带上。
4. 真正懂得“赛博格”菜的食客会以正确的顺序吃完一道菜：以面包冰激凌（一种将枕头方包挖空后填入冰激凌的菜式）为例，懂行的人绝不会先吃面包。
5. 餐厅菜单上的每一道菜名皆由“赛博格”诗[1]写成，每一位食客在点菜前便可享受“赛博格”的综合艺术。
6. 餐厅菜单按季更换，只有“赛螃蟹”这一道菜全年供应。

---

1 比如今日“泻夫之选”是：恝顤灩 R–< 莤¬ *電〆╢呷鴗╢〆熹（翻译过来就是“做梦都会梦见文火炖水鸭”）

据 btr 所著《宇宙尽头迷信简史》记载："并非宇宙尽头的餐厅的食客有多么喜欢'赛螃蟹'这道菜，而是这道需要将蛋打碎、翻炒的菜式暗含了避免'完蛋'的心理暗示。"

Organ 管风琴（阮天婴的故事）

管风琴是唯一一种可以被称为器官（Organ）的乐器。一切食材均为有机（Organic）的宇宙尽头的餐厅，现场音乐自然也要由一整套类似于管风琴的器官来演奏。更准确地说，宇宙尽头的餐厅本身的结构就是一架管风琴：它通过一系列圆形管道伸向四面八方的外部。坐在宇宙尽头的餐厅里吃饭，就如同坐在管风琴乐器内部，由外而内的风声经过特定装置，演化出一段段现场音乐。

"餐厅管风琴"的总指挥是阮天婴。这名来自厦门鼓浪屿的渔民身世颇为传奇："鼓浪屿"的名字就是由他爷爷的爷爷命名的。与阮天婴和阮天婴的爷爷一样，阮天婴的爷爷的爷爷也是一位渔民。每当台风来袭，他会和伙伴们躲进当时还仅仅被称作"小岛"的鼓浪屿的山洞里避风躲雨。外面狂风暴雨肆虐时，便有咚咚声传进山洞。爷爷的爷爷出口成诗，名之为"风雨之鼓"。"鼓浪屿"之名由此渐渐传开。

或许是因为山洞与管风琴神秘的相似性，阮天婴自幼酷爱管风琴。只要管风琴音乐响起，他就会破涕为笑。21岁时，阮天婴在一场轰轰烈烈的岛内区块恋中爱上了在管风琴艺术中心工作的盛于蓝，两人从相识、相知、相恋、结婚到二胎仅仅用了19个月。不知是因为“不忘初心”还是为了避免“同行相轻”，阮天婴24岁时毅然转行，追随爷业做起了渔民，直到70年后妻子去世，他才通过波士直聘（一个老年渔民再就业的APP）获得了宇宙尽头的餐厅管风琴总指挥的工作。

阮天婴设计了一整套类似管风琴百叶窗的装置，经由IT人员编码，可将自他出生起每一个影响鼓浪屿的台风的真实数据结合当天实际天气状况，通过算法转换成一首首风之乐曲。餐厅里每天播放的乐曲的音量、节奏、强度变化均与乐曲名中的那个台风相对应。阮天婴精巧细致富有创造力的工作获得了老板与食客的一致好评，尽管在演奏《莫兰迪》时仍经常被投诉。

Philosophy 哲学（以太的故事）

以太是宇宙尽头的餐厅的CPO（Chief Philosophy Officer），负责在形而上的层面制定餐厅哲学，并与设计师合作将抽象的观念转变为具体可感可见的设计。

以太叫“以太”是因为她的老公是以色列人。20世纪30年代，以色列俄裔犹太商人叶尔皮季福尔（Елпидифор）来“上海方舟”避难，与收留他的以太一见钟情。80年代丈夫去世后，以太仍延续家庭传统，每周日到新乐路上的东正教堂做礼拜，并见证了这个教堂在此后几十年间的变迁。90年代初，教堂变成证券交易所，买股票赚取了第一桶金的人们找到了上帝存在的证据。到了世纪末大整修时，工作人员意外发现三幅教堂穹顶的精美壁画，证交所变成了画廊。几年后，一家地产及餐饮集团收购了教堂所在区域，画廊又一次摇身一变为俄式餐厅。以太就这样找到她可信奉一生的哲学：在她看来，宗教、股票、当代艺术和餐饮在本质上近似，皆是关于“信”的博弈，而宇宙的终极问题——在这点上，以太与《银河系搭车客指南》的作者道格拉斯·亚当斯不谋而合——总是可以归结为：为什么要吃饭？去哪里吃饭？和吃什么饭？三位（胃）一体的又一案例。

由于宇宙尽头的餐厅是宇宙尽头唯一的餐厅且餐厅里唯一的厨师会以唯一的菜式（赛螃蟹）为基准推出季节性菜单，以太便只需要思考“为什么要吃饭”这个终极问题里最终极的部分。裹着时间气泡匆匆抵达宇宙尽头的餐厅的以太在来的路上就想出了答案：食物是乡愁的变体。于是，在餐厅朝向地球原来位置的窗外，以太安排了一系列地球上常见，但在宇宙尽头一无用处（毕竟，“升维”令迷宫消失是宇宙常用的整理术）的路障标识（她称之为“暂存景观”），试图唤起地球人对那个已惨遭整体拆迁的星球的美好回忆。而当浓郁的夜色渐渐把餐厅巨大的落地玻璃窗变成向内的镜子时，以太设计了一台内心投影仪，每一位临窗而坐的食客都可以在巨大的夜幕上看见自己内心投射的图景：不自然博物馆或摊在跑道上的情绪，躲在条形码里的十四行诗或一部太空电影——或简而言之，某种可与食物呼应的“内心乡愁”。

Novelist 小说家（btr 的故事）

邀请一位小说家来撰写宇宙尽头的餐厅的指南书是银河系帝国总统赞法德·毕博布鲁克斯的主意。这主要是因为他对《银河系搭车客指南》的强烈不满：首先，它太厚了；其次，《银河系搭车客指南》是一本按字母顺序编撰的词典，而赞法德最憎恨词典——他曾在一场反对取消实体书的示威游行中被一本《宇宙人口主要死因词典》击中，还整整昏迷了一周。

但赞法德·毕博布鲁克斯万万没有想到：他邀请来的小说家btr——据说总是写得很短很滑稽的行星大区地球大中华区秃顶会上海分会会长——竟然又为餐厅编撰了一本词典，甚至还没有按字母顺序排序。就像你永远不知道什么时候股市可以抄底一样，赞法德·毕博布鲁克斯一边回想起《银河系搭车客指南》里的种种妙笔（现在他想起来了，至少“地球”那一词条相当简洁、精妙："地球：基本无害。"），一边违心地夸赞起btr来，毕竟他的决策总需要被证明是正确的。他在iPhone 42上亲笔留下了"相当好！"的电子墨宝，甚至触发了宇宙口吃治疗协会的自动报警装置。

btr撰写的《宇宙尽头的餐厅 完全索引书》收录了这24个词条（为方便读者阅读，已按字母顺序重新排序）——

【Aether 以太】宇宙尽头的餐厅的首席哲学官。请参阅"Philosophy 哲学"词条。

【btr btr】《宇宙尽头迷信简史》《宇宙尽头的餐厅 完全索引书》及《宇宙尽头的餐厅（不）完全索引书》的作者。请参阅"Novelist 小说家"词条。

【Cyborg 赛博格】"赛博"格原先是一种堪与博客媲美的太空诗歌格律，后被宇宙尽头的餐厅主厨挪用来定义该餐厅的菜系。

【Dictionary 词典】 一种使用需要用其他词语解释的词语来解释其他词的交叉循环引用系统。银河系帝国总统赞法德·毕博布鲁克斯最憎恨的东西。请参阅"Novelist 小说家"词条。

【Egg 蛋】 宇宙尽头的餐厅是蛋形的。完整的蛋，简称"完蛋"，是宇宙尽头最忌讳的词语。因而宇宙尽头的餐厅全年提供"赛螃蟹"——一种嫩炒蛋蘸醋吃的地球菜式——来讨口彩。

【Fish 鱼】 在耳朵里植入鱼，可以实现宇宙中各种语言的互译。半夜太饿又找不到消夜吃的时候，可以临时性地吃掉耳朵里的鱼，待次日再补充植入，但一般不建议这样做，尤其在休渔期时。

【Gulangyu 鼓浪屿】“餐厅管风琴”总指挥阮天婴的故乡。请参阅“Organ 管风琴”词条。

【Hitel 宇宙尽头的旅馆】 在一栋具有冷战时期男女朋友面部表情特征的未来主义建筑里，房间宽敞舒适，拥有新风系统，通风良好。

【Instagram 立克】 宇宙尽头的重量单位。一公立斤 = 一千立克。

【Joke 笑话】 笑话可作为宇宙尽头的餐厅的代币使用。一个笑话可以换取“赛螃蟹”半份。请参阅“Egg 蛋”词条。

【Kulangsu 鼓浪屿】 鼓浪屿的另一种拼写法。请参阅“Gulangyu 鼓浪屿”及“Organ 管风琴”词条。

【L 吃到头重脚轻】 宇宙表情符号。L 作为倒转的 7，代表吃到头重脚轻的状态。

【Ms. Plump 普伦姆普女士】 一位乐观开朗丰满的女士。请参阅“Shortcut 捷径”词条。

【Novelist 小说家】 为宇宙尽头的餐厅撰写指南书的小说家是银河系帝国总统赞法德 · 毕博布鲁克斯钦定的 btr。请参阅“btr”词条。

【Organ 管风琴】 宇宙尽头的餐厅使用完全自然的、类似管风琴的建筑装置来制作餐厅现场乐曲，每首乐曲皆以曾经影响鼓浪屿的台风命名。

【Philosophy 哲学】 宇宙尽头的餐厅的核心哲学是：食物是乡愁的变体。请参阅“Aether 以太”词条。

【QR 二维码】 一种假装神秘莫测的黑白正方形。请扫描以下二维码：

【Shortcut 捷径】 从宇宙尽头的旅馆到宇宙尽头的餐厅有一道捷径，普伦姆普女士没有卡在那儿时可以使用。

【Time 时间】 宇宙尽头的餐厅里没有钟，也不存在时间。仅仅保留“时间”这个概念，以供怀旧或在举例说明什么不存在时使用。

【Universe 宇宙】 Uni 统一的，Verse 诗歌。宇宙是一首诗。

Very Very Very Very Very

Very Very Very Very Very Very Very Very Very Very Very Very Very Very Very Very Very Very Very Very Very Very Very Very Very Very Very Very Very Very Very Very Very Very Very Very Very Good 相当好

银河系帝国总统赞法德·毕博布鲁克斯对 btr 撰写的《宇宙尽头的餐厅 完全索引书》所做的（尽管有点违心但也不得不说的确是）高度评价。

【What 什么】 在宇宙尽头，总会有什么不见了。

【X out 删除】 删除是一种摄影术。宇宙尽头的餐厅的食客们先后删除了下列词语——

【Yodel 约德尔唱法】 一种真假嗓音交替的唱法，也是《宇宙尽头的餐厅（不）完全索引书》的叙事基调。

【Zoom out 拉远】 抵达宇宙的尽头是终极 Zoom out。抵达小说的尽头也是。

展览继续→

EXHIBITION CONTINUES

夜迷宫

音乐、幸福的状态、神话学、时间塑造的面貌、某些晨暮的时刻以及某些地点，都想对我们说些什么，或者说了些我们不该遗忘的事，或者正要向我们传达某些信息；这一即将到来，然而没有出现的启示或许正是美学的事实。

——豪尔赫·路易斯·博尔赫斯《长城与书》

0

很多目击者以为那是血。它暗红色，带着些许荧光，像液体般在路面迅速铺展开，以超越常人想象的速度蔓延，顷刻间便消失在远方透视法的灭点里。正在等红灯的好奇路人从上街沿迈下一步，试探性地在柏油路面上踩一脚：没有任何液体溅起，没有水纹，脚底也没有沾染任何暗红色的物质；然而这带着荧光的暗红色本身是确凿的，它平滑、半透明、均匀地刷满整条柏油路面，而上街沿却精确地丝毫不沾。一些反应迅速的人掏出手机，试图拍下这奇异的场景，但一切只发生在一两秒钟内。眨眼之间，路面上的暗红色物质就极迅速地向马路中央聚拢，变成一条荧光红的粗线，而这条线在另一次眨眼间便湮没在了喧嚣的都市黄昏之中。

不知道它从哪里来，也不知它往哪里去。

3

柏油路面以下的地铁换乘通道里，潮水由人出演。他们中的大多数是出色的多任务群众演员，熟练掌握一边刷手机一边近乎无意识地以中等配速跟随人潮移动的技能；而另一些人——虽然数量较少但作为一个类别始终存在——努力扮演着逆流，他们紧贴着在通道里严格居中的隔离栏疾行，却未行于为他们安排的一侧，而是迎着人流相对较小的另一边的主流而上，像是在对隔离栏分配城市空间时的古板及不力发表无声的控诉，又像在以《了不起的盖茨比》的结尾做某种接近自我磨炼的练习，期待着未来某日可以不再跑龙套而成为某个故事的主角。

（至于换乘通道里的光线、温度、背景音乐、广告牌或地面的质地和花纹，只有极少人留意。多数人会把这些无用的琐碎信息交给潜意识掌管、存档、备份、删除，如同某个始终对着无聊路口的摄像头，仅仅在发生事故或故事时才跃上前台。）

不妨说这个故事的主角之一是冲进来的。她表演的是好莱坞电影里的经典段落：穿高跟鞋逃避怪兽。在抽象派怪兽（地铁车门即将关闭的蜂鸣声）的追逐下，她带着一种融合了坚定、决绝、冷静、果断、自信、疯狂（除冷静外，这些特质都从未在她所供职的出版社里展现）等或多或少彼此矛盾的综合特质，成功地在车门即将关闭的最后一秒冲进车厢，仅有名牌手袋的一角（按比例那一角大约卖一千块）被车门夹住，以至于她不得不稍显狼狈地用力拉了一把，才把那一千块拉进车厢。然后是一个通过即刻转换表演内容而非镜头剪切实现的蒙太奇：像一名世界级足球前锋，她在满满当当的地铁车厢里凭空制造出空间并迅速掏出手机，那样高效而镇定，就好像她早已或始终站在那儿。 3

（手机让我们随时拥有一间自己的房间，弗吉尼亚·伍尔夫要是活在这个世纪大约会这样断言。手机也让我们便捷地将阿尔贝·加缪所说的现代人的两大特征——读报和通奸——浓缩在同一个电子设备中。）

她打开微信。一个个表示未读的红色小点列队般由上而下出现在屏幕左侧，那是她已然落后于时间的证明。她首先点开与托马斯的对话。4条新消息。她输入：好呀不急，快到常熟路站了，想吃啥——随后删去“啥”改成“炖汤吗”。托马斯正在输入。她的拇指上划三次，像在执行“刷新”这一巫术。托马斯的句子随即跳出来：得闲还是要炒饭，嘿嘿。她朝手机笑了笑但没有在对话框里输入什么。她回到主界面打开一个群。72条新消息。你们看新闻了吗。天。怎么了。市中心哎。A 输入一条17秒的语音消息。是要当心。B 输入一条56秒的语音消息。B 接着输入一条19秒的语音消息。怎么能就那样放在车里啊。到处都有摄像头，不可能丢的。K 输入一条17秒的语音消息。M 输入一条3秒的语音消息。最后她迅速跳过这些语音消息和表情符号，打开了大家正在谈论的那篇新闻。她把新闻转发到朋友圈（这时我们看见她叫“恰拉”）并附了一个双手合十的表情符号。

（拇指让外星人困惑。长期在地球卧底搜集地球人信息的外星间谍在《地球人的交流方式》第13章《其他》中这样描述运用拇指的交流方式，“地球人有时通过手指——主要但不仅限于用拇指——在一块会发光的玻璃上移动，来传达讯息，甚至在他们明明已经聚在一起的时候，彼此间仍会沉默不语而偏爱运用触摸玻璃的方式交流。但目前尚无有效证据表明，地球人的这一举动是为了规避我们的信息搜集工作”。）

（（关于地球上是否存在外星人的思考：如果地球上的确存在外星人，如果外星人的确拥有更高级的文明且有足够能力通过伪装自身而不被地球人发现，那么他们必然会将自己伪装得和地球人一样——反过来看，一个普通的地球人因此始终有可能是经过伪装的外星人，甚至，为了使这种伪装更彻底、有效，外星人将剔除对于自身是外星人的意识或设定这一自我意识在某种特定条件下才能被激活。))

地铁把小恰吐出来，托马斯的公寓又把她吞进去，就好像城市里的空间互有默契。她伸出拇指放在门锁感应器上，短促密集的提示声可以翻译为拒绝——或者拇指有点湿。恰拉把指尖擦干，再次向躲在门锁里的机器之神出示她随身携带的迷宫。这一次门开了。恰拉有时觉得，走进这间公寓就等于走进她的指纹所绘出的迷宫，一座她自身情感的迷宫。每周二晚上，小恰几乎都与托马斯在这里幽会，那几小时的欢愉与其说通向任何未来，不如说是在迷宫内的欢愉——但小恰反而觉得这样的关系恰好：她从不过问托马斯的工作或家庭生活，也从不要求更多；她认为维系两人亲密关系的唯一秘密是管理其反面，始终保持某种距离感，无论在物理上、心理上还是时间上——她将这种关系戏称为“同城异地恋”。而托马斯喜欢的，或许正是小恰身上这种表现为轻盈的分寸感，在过分逼仄的当代生活中，它赋予彼此余地。于是，他俩的关系不是始终需要绷紧神经的男女对唱，而是一首只需随性哼唱的小夜曲。

（恰拉的一个梦：左转。直行。右转再右转。A 望着 B 奔跑的背影，嘴角露出一丝微笑。A 对这个迷宫了如指掌，她知道 B 正在跑进一条死路。左转。直行。右转再右转。A 跟随 B 逼近那条死路。她看见 B 轻盈地爬上迷宫的石墙，消失在了墙的另一侧。她觉得在某种程度上，这真是长久以来两人关系的某种隐喻。）

小恰打开微信。各个群组和联络人重新排定顺序，就好像他们正参加一场永无止境的 F1 排位赛，每说一句话就可以使他们重新领先，而沉默，意味着向屏幕底部的沉没，乃至被湮没。拇指上滑，小恰把托马斯从湮没的人海中打捞上来。我到了。她在输入框里简洁地写道。等了几秒，微信没有显示“正在输入”。她回到主界面，打开先前的群。121 条新消息。这次她耐心听完了所有语音消息，弄清了傍晚发生的男孩失踪事件的前因后果。随后，查看完朋友圈里的点赞和留言后，她打开点餐 APP，尽管托马斯那边依旧没有动静。

（微信是恰拉观察、分析、理解他人的窗口。像一个社会学家，她喜欢观察现实生活中认识的人在微信里的表现，尤其是同一个人在不同群里的表现。社会阶层、社会关系、熟悉程度、性别分布、年龄、私聊还是群聊以至微信群的功能性等，都会使同一个人在不同环境里的表现迥然有别，而恰拉能够也乐于洞察其中的微妙之处。她喜欢同时加夫妻双方为好友，在朋友圈里观察夫妇两人对同一事件的描述和看法，就好像在读一本多视角叙事的小说。她也经常在朋友圈里“云看展”“云旅行”，以图像加上只言片语的描述作为想象远方的方法。有时，她甚至会从朋友贴出的一张没有任何地点讯息和文字说明的照片出发，通过搜索、猜测和推理，试图找出确凿的地点，像一名漫无目的的互联网侦探。）

（（恰拉朋友圈转发的、她最喜欢的微信公号“意思意思”里的小故事《迷宫》：明明是每天下班的惯常路线，今天不知为何怎么都找不到地铁入口。以为是地铁入口的地方，出现了一间便利店。

“你们是新开的吗？”他问便利店里的服务生。“我们一直在这儿啊。”服务生答。不像开玩笑的样子。这儿离他的办公室不过几个街区，但一切却如此陌生。他觉得一定是自己走错了路。 3

他就是在这一刻发现空气中飘着羽毛的。轻飘飘地在眼前飞舞，像某种挥之不去的嘲笑的口吻。他漫无目的地朝另一个方向走了几步，像是要故意逃开这些飞舞的东西，但羽毛跟随着他，像冬天呵出的热气，与他同在。

事实上，羽毛正是从他不知为何破损了的羽绒服里飘散出来的——他最后意识到了这点。“只要循着这些羽毛，就可以回到办公室吧。”他默默想着并迈开了脚步。

自从忒修斯总是弄丢线团后，阿里阿德涅想出了更便捷的方法：就在他的羽绒服上烫一个洞好了，只要不是大风天。））

点好外卖后，小恰一边等着托马斯，一边打开了新书发布会的直播。这名作家最近颇为走红，社里的领导提出要求，希望恰拉能说动他把下一本书给他们社出；但小恰对此毫无热情，她觉得这个模样尚且标致的少年写的只是一些毫无营养的心灵鸡汤而已。直播镜头里的书店果然挤得满满的，作家被少女簇拥，讲述着写作那本畅销书的缘起。相较于他究竟说了些什么，小恰对他“如何说”更感兴趣。她敏锐地意识到，他几乎会在每一句句子的结尾处加上一个“对”，有时甚至是“对对对”，像是某种自我暗示般的肯定，但这肯定分明又透出不自信，就好像同时带着局外人的视角审视自我，表示他此前说出的话语并非真实出自内心，而是带着对所谓标准答案的算计。

（恰拉发明的心灵鸡汤鉴别法：试着调换句子里的前后组成成分，如果新句子“好像也对”，那么它就一定是心灵鸡汤。比如：“喜欢才会放肆，而爱就是克制。”调换后：“喜欢才会克制，而爱就是放肆。”好像也对。又比如：“选择不是承受，是承担。”调换后：“选择不是承担，是承受。”好像也对。）

打开外卖APP，看着代表骑士的蓝色小圆点在城市街道上穿梭移动，一步步朝自己驶来——这是恰拉的特别爱好之一。APP上标出了从餐厅到公寓的两条线路选择，骑士选择了后者。“距您1510米”：确凿的数字给人一种送餐会变得更快的幻觉，然而事实是下单足足半小时后，外卖不但仍在1.5公里开外，骑士的蓝色小圆点也不知为何变得一动不动了。她转而打开微信，托马斯还是没有动静：像一艘船沉入屏底。

在这一刻，当代生活的两大迷思如同放大的黑体字，同时出现在恰拉面前：外卖为什么还不来？以及，他为什么还不回微信？两个问题交替出现在恰拉的思考前台，就好像此时此刻，她正身处一个回字形的迷宫中，一次又一次不断回到原处，而每一次回到原处都加强了迷思的魔性。心中仍在不断增长的可能性清单渐渐已不再能消解无法揭开迷思的无力感，而让位于一种存在主义式的抽象而虚无的等待。仿佛外卖与托马斯不约而同地密谋成了戈多。

2

就这样，我来到夜迷宫的中央。

“虽然他把海陆的道路堵死，天空还有路。”[1]迷宫中央大厅的墙上以中文、英文和希腊文贴着希腊知名工匠代达罗斯的名言。《夜迷宫》X 个展开幕式即将开始，观众正从迷宫各处逐渐聚来。

这是艺术家 X 两年内的第二个大展。一年前，他在城中一处地下空间举办了自己的首个个展《防空洞》(*A Void*)，收获了国内外艺术评论界的众多赞誉之声。他以声音、光影、音乐、表演和风填充黑暗而空荡的展厅，用沉浸式的环境挑动观者的感受力，“展览拒绝过分直白的符号化元素而更接近诗，在愈来愈被资本和市场操控的中国当代艺术界仿佛一股清风，也像一个谜”，其中一篇展评这样写道。

1　语出奥维德《变形记》(杨周翰译，人民文学出版社，1984年5月第一版)。

与《防空洞》标题里的双关（它既是名词，一个“空洞”（*A Void*），也带有动词“防止”（*Avoid*）空洞的意思）类似，《夜迷宫》（*A Maze*）同样既是“一个迷宫”（A Maze），又“令人惊奇”（Amaze）。把展览开幕式放在迷宫中央（展品的内部）举行，的确颇为令人惊奇。又或者——我觉得这更有可能——暗示着开幕式本身也是夜迷宫的组成部分：它不单是由叙事组成的迷宫，而且还包括了一个特定仪式，甚至一场表演？这时我隐约有了一种预感：此刻的场景里已经包含了某种经过设计，甚至表演的成分，而就算接下来真的有开幕式讲话之类的环节，艺术家也断然不会解释我心里冒出的种种疑问。毕竟，这是一个对于“诠释”非常小心谨慎的艺术家：他极少接受采访，即使在访谈中也很少解释说明自己的创作动机；相反地，他更善于制造问题甚至把一切弄得更复杂，让观众自己去感受和思考。我想起《防空洞》的展览前言：只是一张元素周期表——除此之外，什么也没有。

我环顾四周，发现了几个先前忽略的细节。其一是中央大厅面积非常大，参与今晚预览的观众应该是有意被引导到这儿的；第二，这个中央大厅只有一个出入口，即所有观众正在进入的那个口，这意味着对一个供人穿越的迷宫而言，这个大厅只可能属于歧路的一部分——你需要原路返回，在先前你以为是歧路的某处寻找真正的通路；第三，大厅一角的侍酒台上提供的是西班牙北部巴斯克地区的一款红酒，El Nómada（意为“游牧民族”），其酒标上画的正是一个迷宫。

就在观众的视线开始搜寻 X 的踪迹时，灯光暗下来。一束追光灯揭晓谜底：那位贴着八字胡的侍酒师就是 X。他笃定地撕下伪装的胡子，接过主持人递来的话筒。X 的发言果然非常简短。礼貌性地致辞后，他简略谈论了迷宫。“从前，迷宫常用来讲述对原始人类群体流徙生活的回忆。工业革命后，人类开始崇拜直线和透明，秩序和理性，迷宫逐渐不再流行。然而，一个新的迷宫时代正卷土重来，就想一想我们城市的地铁线路图或者互联网的逻辑好了，就想一想足球为什么比短跑更受欢迎，就想一想 21 世纪流行的战争模式——恐怖主义袭击好了，”X 停顿了一下，喝下一口迷宫酒后继续，“我一直着迷于故事本身的迷宫特质，所以我相信这个在艺术空间里的迷宫能够揭示叙事的这一面向，从而赋予观众，也可以说是读者们某种对于迷宫的身体记忆。”

到了观众提问环节。“开幕式结束后我们要原路返回吗？这个迷宫真的有出口吗？”第一名观众的提问引来一片哄笑。“当然有出口，”X 加重了“出口”两个字的语调，“要走到出口，才能拿到奖品噢。”他一边笑，一边指了指墙上代达罗斯的那句话：“攻略就是这个。”

“虽然他把海陆的道路堵死，天空还有路。”我把这句话又读了两遍后仿佛意识到了什么。我想起在香港九龙圆方商场里的一件雕塑：拼图版的某些图块被细绳悬在空中不同高度，若从上空的俯视视角看，这仍是一块完整的拼图，但在考虑了高度这个新维度后，拼图就变得不再完整了。迷宫，仿佛是拼图的另一侧面：海陆的道路堵死，地面的二维空间无路可走时，一个新的维度便有可能是出路——在代达罗斯的世界里，这个新维度是天空；在X的夜迷宫里，我想应该有另外一层。在迷宫的某处，应该藏着一台电梯或一段楼梯，把我们引向别处。

第二个观众的提问要求X谈一谈这个展览与《防空洞》之间的关系，以及“为什么这一次那么复杂，而上一次那样极简”？“我想这个也是防空洞，而上一回的，也是迷宫，”X答道，随后他讲起一个故事，“博尔赫斯曾经写过一个故事[1]，我想恰好可以回答这个问题：话说从前有个巴比伦国王，他召集手下最聪明能干的建筑师造了一个复杂精巧的迷宫，就连最精明的人也不敢进入，因为一旦进去就再也找不到出路。后来一位阿拉伯国王来拜见，巴比伦国王为了嘲弄他把他骗进迷宫，结果阿拉伯国王晕头转向，到天黑也没寻到出路，他祈求上苍，才找到出口。然而他没有埋怨，而是邀请巴比伦国王有朝一日参观他的迷宫。回到阿拉伯后，他集结军队进攻巴比伦，将国王俘获。他用骆驼把巴比伦国王运到沙漠中央，给他看自己的迷宫。这儿‘没有梯级要爬，没有门可开，没有累人的长

1　故事见《阿莱夫》之《两位国王和两个迷宫》(王永年译，上海译文出版社，2015年6月第一版)。

廊，也没有堵住路的城垣’，但巴比伦国王终于饥渴而死。” 2

最后一个问题关于策展。X说这两个展览都没有策展人，是因为“它们都是一整个作品，更接近某种整体艺术”；但“我也设想过以迷宫作为某种策展逻辑”。他随后继续道：“让我们设想一位艺术家的回顾展。画廊被设计成巨大的迷宫：观众从入口处进入，唯有穿越迷宫才能到达出口。但观众如果很有效率地穿越迷宫，便会错过相当一部分展品——事实上，很多展品都被安放在歧路上。迷宫的中心，是这位艺术家巅峰期最负盛名的大作；而早期和晚期作品分别被安排在入口及出口处。整个布展方式都暗示着主题或风格的延续性；但同时，又和迷宫一样带着欺骗性：有几幅看似与中心的名作颇为接近的作品，就内核而言，其实相去甚远。”X笑称自己的作品还不够多，只能等以后真的做策展人时再来一试。

并非所有人都急于走出迷宫，尤其当他们预先知晓这座迷宫一定能走出的时候。一些人继续在中央大厅里喝着迷宫酒，彼此扫着二维码互加微信。二维码不也像一种迷宫吗？那些神秘的黑与白背后的0和1要把我们带向哪里？另一些人则已满怀兴致地退回到方才的歧路中，开始寻找那条秘密通路。

答案并不复杂：有一台电梯藏在最后那间“当代生活的两大迷思”的回字廊中。只是，要每隔十来分钟，回字形的迷宫隔板才会如同车窗玻璃自动摇到地面以下，露出隐藏其中的电梯；而迷宫的出口和故事的另一半，将在另一层展开。

3

骑士对这一区域的街道了如指掌。比如这条可以从长乐路穿到富民路的弄堂，地图上根本未做任何标示；甚至，这条捷径也并不始终存在——因为长乐路的小区铁门只有在上下班高峰的各两小时内才打开，其余时候则需要刷磁卡开门。假如把城市街道和巷弄想象成一个巨大的迷宫，那么时间就是它的第四维。死巷可以变成通路，全看时机的拿捏。骑士谙熟这些秘密——至少在他工作的这一区域，这些诀窍是他脑海中的默认设置。所以，在长乐路的餐厅取餐后，他几乎不假思索就拐入那条捷径，却没想到在富民路的出口处，一位警察将他拦下。

（骑士：欧洲中世纪封建主阶级中的最低阶层，领有土地，为大封建主服骑兵军役，后来转变为对骑摩托车人的戏称，现在主要泛指送餐的外卖员。堂吉诃德如果生在这个时代，还会幻想自己是骑士吗？或者，未来会有一个物流风投项目取名为“堂吉诃德”吗？）

警察报出骑士的名字并要求他“回所里配合调查一些情况”——这是他从未经历过的。“穿个弄堂难道还违法”的反问表情，迅速被不由自主袭来的拘谨和忐忑所取代。如同意外卷入某个巨大的机器，他表现出连自己都惊讶的顺从。他甚至没来得及问出一句“究竟发生了什么”就稀里糊涂地到了派出所。那儿距离托马斯的公寓1510米。 3

落马骑士朱鹏飞看着监控录像中的自己：图像有点模糊，但动作、举止、当天下午穿的蓝色雨披都确凿无疑地证明那的确就是他。警察按下暂停键时，他不知为何竟然有点心虚，尽管画面中，他不过是骑着送餐助动车驶出一条弄堂而已。那是你吗？你去那儿做什么？为什么在弄堂里待了那么久？你雨披下藏着什么东西？你确认那只是一条毯子吗？你老实说。

朱鹏飞事后与工友打趣说自己一定没有违法犯罪的天赋，那需要强大的心理素质和短时间里灵活编造合理故事的能力。而当时他能做的——也幸好如此——只是说出事实：那的确是他。他经常在这一带送餐，知道那是一条死弄堂。他去弄堂里解决内急。他看见旁侧垃圾堆里有人扔掉一条毯子就顺手带走了。对，那只是一条卷起来的毯子。

但显然：不只是一条毯子而已。警方不会为了一条毯子小题大做。警察在找什么呢？一个孩子。一个两岁半的男孩在弄堂里离奇失踪。“就在刚刚”。

（孩子。离奇。刚刚。一个新闻同时点中三个10万＋穴位，又恰好在上下班高峰的传播黄金节点，几何级数的扩散速度是注定的。

图像推波助澜：新闻照，孩子的父亲扶着额头瘫坐在警察局；资料照，孩子穿着超人制服在公园里纯真地笑；模糊的监控录像截屏，穿着蓝色雨披的快递员车上有一团鼓鼓囊囊的东西，那团东西被放大到显露出像素马赛克的程度，再由一个亮黄色椭圆形醒目地圈出。“神秘男子带走孩子”被设置成红色粗体和最大字号，挑动着读者偾张的血脉。

留言区里众声喧哗：有人做出合乎逻辑的推测，既然监控摄像头显示在那40分钟里进出这条死弄堂的只有四五个人，那么会不会是弄堂里的人抱走了孩子；有人为孩子祈福，双手合十的表情符号一次用了五个；有人批评家长监护不力，不该把孩子单独留在车里，哪怕那位父亲声称孩子当时睡得正熟；有人将这块注意力指数飙升的公告板挪作私用，寻找她一天前失踪的外婆；有人用阴谋论讲述着一个更宏大的故事，把现实世界未知的空白地带设想成由难解的巧合和隐蔽的动机构成的陷阱；还有一间印务所声称不如迅速行动起来，决定马上印制200份寻人启事张贴在邻近街区，但又有人指责他们其实在借机做广告，认为手机上的传播已足够起到寻人启事的功用。）

朱鹏飞在派出所里待了将近一个钟头后才被释放。他终于明白了自己声称“那只是一条毯子”并不能让人摆脱嫌疑，但孩子的出

现可以。一小时后，警察接到电话，孩子找到了。一度有名有姓的朱鹏飞，于是又变回了无名无姓的骑士。 3

（在浙江嘉兴南湖区的梅花洲景区里，正与男友一同短途旅行的上海游客小凌感觉衣服下摆被谁拉了一下。她回头，发现一个小男孩站在她跟前。两岁左右，不停朝她叫着“妈妈、妈妈”。她朝前走，男孩竟也跟过去，不愿离开，场景一度显得颇为尴尬。小凌只好把他带到景区派出所，但并没有孩子走失的报告，男孩身上也没有身份证件。

男孩在派出所待了两个小时，始终没有人来认领。见天色已晚，派出所民警决定先把男孩送去景区旁的嘉兴养老院暂住。）

骑士朱鹏飞的手机上有17个未接来电和上百条未读消息；恰拉的外卖，在助动车后备箱里已凝结成一团雕塑般的胶冻。然而他暂时还不想踏上断点续接的送餐之路，他需要抽一根烟安一下神，更需要在手机里迅速搜索一番，搞清楚究竟发生了什么。

（离奇失踪的孩子找到了，“神秘男子”也证明了自己的清白之身，做回无名骑士。然而故事常常在看似要结束的时候才真正开始。故事渴望被重新讲述。）

（（一个脑筋急转弯的版本：傍晚5点30分，郑先生走进派出所报案，他两岁半的孩子在桑塔纳后座离奇失踪。当时他把车停在一条弄堂里，看孩子睡得正香，就没有叫醒他。他把车窗留出一条缝后去旁边办事。约40分钟后返回时，发现孩子不见了。而同日下午3点，上海游客小凌在嘉兴南湖梅花洲景区内发现了该名走失儿童，并将其送往景区派出所。请问，孩子为什么在失踪之前就已经被找到了？））

（（（一个官方版本（“情况通报”）：上海警方迅速处置一起“儿童失踪案”——2018年2月13日傍晚5点20分，徐汇公安分局接到郑某（江西上饶人，在沪从事服装批发生意）报警，儿子郑某某（2015年12月出生，身高约80厘米，事发时身穿蓝色毛衣、黑色长裤及白色球鞋）在上海市徐汇区延庆路51弄内停放的桑塔纳轿车内失踪。警方随即调取附近视频监控录像，发现在男孩父亲离开的40分钟内，共有5人进出弄堂，并迅速锁定可疑男子朱某（浙江乐清人，在沪从事餐饮快递工作），但经详细调查、取证及问询后，警方排除了朱某的作案嫌疑。7点40分，徐汇警方接到浙江省嘉兴市南湖区梅花洲景区派出所通报，经核对确认，郑姓男孩系当日下午3点在该景区走失。

失踪及报警时间的差异引起警方的怀疑，专案组随即进一步展开调查工作。警方调取郑某驾驶车辆的相关记录后发现，该车辆于下午2时许曾前往嘉兴梅花洲景区，而郑某在报警时对此毫无提及。面对警方出示的种种证据，孩子的父亲终于交代了实情。据郑某交代，自己以开小服装店为生，除两岁半的儿子外另有一女在读大学，由于备感生活压力，孩子生下后又一直由祖父母照顾、与自己感情不深，遂起了遗弃念头。当日下午，郑某瞒着家人，将儿子遗弃在嘉兴梅花洲景区内的一座小公园内，后驾车离开。当天傍晚，郑某在徐汇区一处服装批发市场进货后向徐汇警方报案，谎称孩子失踪。

目前，当事人因谎报警情被处行政拘留十天。对于郑某是否涉及遗弃等违法犯罪行为，警方将进行进一步调查。)))

此刻，天已经彻底黑了，暗黄色的路灯填充着街道，仿佛要以明与暗的二分法重新划定私人空间与公共空间的界限，但钢琴声和咖啡的味道却不受规训与框限，从邻近的窗口跌出来，激活偶然路过的人们处于待机状态的感官。马路对面，一大群麻雀发出嘈杂的交响，又倏然同时跃起，轻盈地藏进洋房楼顶及树梢之间。爆米花大功告成时的震裂声在不远处凭空而起，白色的烟雾升起在夜的罅隙里，又变得稀疏，变得飘忽，直至归于虚无。黑色流浪猫在马路中央划出一道视觉残留之影。夜跑的少年看着自己的影子时而变得短而浓，时而拉得长而淡。朱鹏飞吐出一串烟圈，一套由小到大排列的 O。他几乎第一次这样仔细观察这条每天经过的街道；也几乎是第一次，他意识到街道也可以不只是用来经过。

在这样的夜色里，警车的出现是突兀的。红蓝相间的旋转顶灯像在扩散声音的波纹，敛取路人的注意力。车行到派出所门口停下，警报声戛然而止，空留旋转灯依旧搅动着夜的空气。走下一个中年男人，戴着手铐，神情倒是镇定而平静，甚至带着几分释然。朱鹏飞觉得这人有点脸熟，却怎么也想不起他究竟是谁。

1

恰拉直到午夜零点才收到托马斯的微信消息："或许我们应该明晚见，如果你也这么想。"如火箭发射般精准的时间设置，"或许""应该"和"也"那样的微妙措辞与句末出现的他通常忽略的句号都暗示着这条消息及其此前数小时的沉默皆可被视为经过深思熟虑的、有意安排的结果，或至少包含了一定程度的犹豫、挣扎或（和）试探。而此刻的恰拉，不仅仅因为那份始终未到、最后不得不取消的外卖所造成的生理上的饥饿感，被一种复杂的、浪潮般扑来又似乎同时向着两种相反方向撕扯的情绪——恼怒在其中倒只占极少的比例，主要是她一段时间以来养成、依赖并确信的"亲密关系观"在这一刻似乎就要输给一种疑似爱的不管不顾的冲动，以及，她同时意识到了那种冲动巨大的诱惑力、其中的不理性和尽管如此仍愿意赌博式尝试一番的内心呼声——所裹挟、冲击和浸淫，以至于回复任何文字或表情或不回复都无法准确表达她这一刻的感受。

她觉得自己需要一个可以把上述一切情绪纳入其中的特制的表情 1
符号。

X临睡前在朋友圈里发了九张阿根廷火地岛上的小城乌斯怀亚的照片，这些照片是他用谷歌地图的360度街景功能拍摄——或者更准确地说，截屏——而来的，照片之间的地貌与建筑物所展现出的交叉引用式的互文使这组九宫格照片显得自然而真实，照片下的地址信息显示为“Tierra del Fuego, Argentina”。虽是午夜，但仅仅三分钟后，这组照片下就有了12条留言（“瞬移啊！”“这是哪儿？”“太美了！”“世界尽头和冷酷仙境。”如此种种）和25个赞。X一眼就发现了其中一个点赞的ID“朱鹏飞”非常眼熟：那不就是他“夜迷宫”展览里那位骑士的名字吗？这么一思考之后X又觉得好笑，因为事实恰恰可能是反过来的：那位骑士被有意识（或在X的潜意识的神秘运作下）被命名为朱鹏飞，不正是因为自己的朋友圈里早就存在了那样一个名字吗？X快速翻阅了一下与这位朱鹏飞先生的聊天记录，除了新年前后的群发祝福外并无任何交集，就好像这还是一个可以供人肆意填补想象的名字。

文学杂志编辑沈大成始终没有收到btr的小说，她暂时尚未拥有那样一种豁达或狡猾，能把作者迟迟不交约稿视为打破她作为编辑一向准时靠谱的刻板印象的契机。在床上辗转难眠的她，最后一次徒劳地刷新邮件APP后，最后一次打开朋友圈，她发现沉寂多日的 btr 终于有了动静。他发了一条10秒长的短视频——看起来像是某个艺术展开幕的场景，开头的特写镜头聚焦于艺术家手中拿着的酒瓶上的迷宫形酒标，随后镜头后退，先后露出艺术家的上半身、全身，乃至开幕会场的全景，就好像他在一条不断远去的滑轨上拍摄似的；随后，更出人意料地，镜头继续后退，先前的场景出现在了 btr 书桌上的 Macbook 直播窗口里；紧接着，电脑也迅速变得愈来愈小，成为他书房里并不显眼的一个矩形。沈大成当然不想错过这从天而降的催稿良机，她相信用一个婉转的留言来提示自己的存在就足够了——“目光还可以退得更远，露出拍摄这一切的手机。”她这样写道。随后，好像害怕会没有回应，又好像害怕会有回应，她迅速放下手机，关掉台灯，投入梦境之中。

她第二天早上才看见 btr 隔了几十秒就回复的留言：“现在我知道小说应该怎么开头了。”

展览继续 →

EXHIBITION CONTINUES

未来祭中祭

Ⅰ 牺牲

ESC

我至今仍然记得五年前那个清晨的喜悦。没有飞来横财，没有坠入爱河，不是因为那天是小年夜，也并非听见了伍迪·艾伦所说的世界上最美好的词“良性”，更不是药物带来的欣快感……而是内心做出了一个决定，这个决定将时间分成“之前”和“之后”——属于“之后”的那个未来令我兴奋而喜悦，我知道自己将在一片空白中重生，而那片空白和属于“之前”的那片空白完全不同：前者是可能性，后者是虚无。

那一天，我决定辞职。悬在 ESC 键上的达摩克利斯之剑终于要坠下。

当时，我已经在那间贩售快速消费品的跨国公司工作了将近十年，担任财务分析师。虽然每个月的数据各不相同，但我的工作本身却没有多大改变。起初几年，我还沉迷于数字迷宫，忙于搭建环环相扣的 Excel 表格，建立了一整套半自动化的数据分析系统。然而工作在变得容易的同时也变得愈来愈机械，而时间就此有了加速度——很难逃出工作的惯性，它甚至能将辞职的念头转变成润滑油，就好像对那些天天只抱怨生活而不思改变的人而言，抱怨消解了他们离开他们所抱怨的生活的冲动。

一如逃离失败的关系往往需要一个第三者，我终于决定辞职，是因为我爱上了写作。我用笔名在网上写办公室故事，从风流韵事到办公室政治，从商界风云到企业家传奇，渐渐小有名气。但我同时意识到经验的匮乏，每一天受困于同样的格子间，而更广阔的世界却在外面。当然，辞职写作意味着抛弃稳定的薪水，但牺牲总是必需的。不过，我还是将辞职日设定在了过年前——只要那天在职的员工，都能拿到上一年度的奖金。

PRT SC

是要我说说 Derek 吗？他辞职已经快三年了……我也辞职一年了……但大家还是常常说起他。他现在很红吗？你已经是我这个月接待的第四位记者了。噢噢，《键盘故事》我也看了，真真假假弄得我快要变成埃舍尔脑了。不过说我就是故事里的阿静根本是异想天开，我的确叫 Jean，但这是法语里的男性名，不念“静”，我是“让”，让 · 雷诺的让，让世界更美好的“让”。说 Derek 在故事里杀死阿静是因为他恨我三年前让他损失了一大笔年度奖金也是想太多了吧！虽然这件事呢……呃这件事……说起来我也有点内疚，我还以为他去追逐写作梦想根本不在乎这些呢，哎，早知道……也许人们说得对，千万不要去惹作家，他们会把你写进小说里报复你，哈哈，我说笑的。总之我觉得有必要解释一下当时的情形，你们做记者的不要断章取义，你们有责任让公众甚至让 Derek 知道这件事背后的真相。那要先从我们公司的绩效评估系统说起。我们公司每年的奖金计算既要看公司表现，又要看个人业绩，而个人业绩呢，有一个打分系统。每年年初会与每位员工商定年度目标，多数都有量化的 KPI。到了年底，就会一一比对，根据 KPI 的完成情况给员工打分，表现特别好的得 A，特别差的就是 D，B 和 C 则是大部分人。整体分布呈正态曲线。你看，我们不是大锅饭，而是有奖惩的。得 D 的人等于一分钱奖金也没有，等于公司要让他跑路。而且每个部门按比例必须有 D 的名额，就像“进贡”一样。Derek 算不上勤奋，当时我们也多少知道他还在搞些什么自己的事，不过没想到是写小说的，但他工作还是很出色的，他做的 Excel 饼图和柱状图、做的 PPT 几乎和那些抽象艺术家的作品一样美。所以那年他得的本是 B+，差不多等于部门第二名。但他自己偏偏在小年夜辞职了……而那年得了 D 的恰好是大老板安排进来的一个远亲。

所以，你懂的……哎我也看不惯这些，所以一年后我也走了。其实我一直欣赏 Derek，但大企业嘛，总是要追求机构利益最大化，Derek 那年就等于被牺牲了。但他有才华，脑子又好，况且搞财务分析和写小说有点像呢，都是让看不见的东西被看见，只是一个用数字，一个用文字罢了。我当年虽然是他上司，但其实他逻辑比我好，你看我讲话东拉西扯的……但我讲的都是实话。

END

欢迎大家来参加“未来祭中祭”展览开幕暨《键盘故事》新书发布会。我是《键盘故事》的作者李德凯，网名阿德，以前的同事也叫我 Derek。多年前，我过着一边写作一边上班的双重生活；后来我辞职了，那是做喜欢的事所必要的牺牲。说到“祭”，这是一个非常有意思的字：它可以指供奉鬼神或祖先，也泛指对死者表示追悼、敬意的祭祀仪式；它有时也用作动词，比如“我祭起了一件法宝”；而在日本，人们说起节日的时候也会用汉字“祭”，想想也对，我们常常在节日的时候做祭祀仪式。并非完全是巧合：我的《键盘故事》在某种意义上是一个关于献祭的故事。在我的故事之中，作家为了获得第一手体验，亲手杀死了一个人——只是他巧妙地利用了一个爱情故事的节点掩人耳目，创造了一起“完美谋杀案”。在这里，我还想谈论另一个层面的献祭，或用中国人更常用的说法，“牺牲”。每一位作家在自己的小说里或多或少都会引用自己的私人经验。马丁·艾米斯曾说，任何作家都不可能写上十页小说而不揭示自己。也就是说，小说都具有“自传性”的成分，作家为了写小说总是要“牺牲”自己的个体经验，不管是有意识地还是在潜意识中。当然，不同作家有不同的“牺牲”方式：有些小说家会近乎直白地写出自身经验，那些所谓的“私小说”，其中某些会将虚构文体本身的设定视为保护伞，即“既然小说是虚构的，那么我就可以自由自在地写真实的故事”；还有一些则会将自传性细节打碎安插在不同人物身上，他们追求一种实质上的、更形而上的真实。所以大家千万不要以为是身为小说家的我杀了

（演讲在这一刹那中断。几位穿着警察制服的人此时冲进美术馆，给李德凯戴上了手铐。他们将他押送出美术馆，呼啸的警笛声越来越远。参加展览开幕的某些观众有些迟疑地鼓起掌来，随后更多人鼓起掌来）

DELETE

那一年的事我记得。当时我的工作是做集团报告，即在每个月的财务数据出炉后按照集团总部的要求和格式做一份大中华区报告，

以便总公司合并数据。我们的集团总部在阿姆斯特丹，与北京时间有六到七个小时的时差，所以如果总部要求在他们的下午召开全球电话会议的话，我就要待到晚上八九点，甚至十一二点才能下班。虽然公司有严格的考勤制度，但因为我的情况特殊，如果加班到很晚，第二天若迟到一些也往往被默许。

但自从 Jean 做了财务经理后，一切都变了。首先，有人传出谣言，说我是大老板的远亲。可能因为我是广州人，姓吴，于是我按粤语的习惯拼写成 Ng，另一方面也是因为 Nikki Ng 的 initial 写成 NN 会比较好记；但这竟然成了我和大老板是一家人的证据，仅仅因为大老板也姓 Ng。但其实，大老板是新加坡人，他的 Ng 根本不是“吴”，而是“黄”。且不说这些，那年的绩效评估让我大跌眼镜。Jean 抛出一年的考勤卡数据，说我早上迟到多达 30 次，而公司对于违反考勤纪律是“零容忍”的。他给了我一个 D，也就是那一年我白干了。我说这不公平，因为除了考勤之外，我每个月的报告评分都是优，我说真的给我 D 的话我会要求劳动仲裁，要知道大公司在此类申诉中常常处于劣势。但 Jean 挥了挥手里的考勤卡，意思是证据在握。公司里最怕的就是这种人，他们会利用制度的漏洞达到自己的私人目的。据说 Jean 真正的目的是把我当成牺牲品，迫使我离开，他才好换一个自己的亲信。谁知最后 Derek 竟然辞职，恰好那时大老板又收到一封总部对我的表扬信，一切就此峰回路转——不过在很多人眼里，这成了我是大老板远亲的又一证据。

SHIFT

其实我早就发现了 Derek 的才华。我至今还记得他进公司那年财务部在 Annual Dinner 上表演的节目《无为》——他在舞台上静坐了一分钟，用手机拍台下观众的反应。那一年，集团高管们就坐在台下，他们都对这场东方哲学式的表演印象深刻。我告诉他们，这个 Derek 就是每个月给你们做 Excel 饼图的家伙；他们笑着说，他更像个艺术家。所以三年前，财务部主管 Jean 向我报告他要辞职写小说时，我果断地把他放进了那年绩效评估的最差一档，我要他对这份工作丝毫不留恋，我希望他没有回头路。要不然太可惜了，天天朝九晚五困在这里，写来写去不就那么点事吗？对了，我也看他用笔名在网上连载的办公室故事，后来他实在没什么可写，有一篇写到大家来上班，发现办公室整栋楼都不见了。哈哈哈。其实我一直想补偿他，所以这次《键盘故事》出版后，我偷偷买了两万本，发给公司员工和亲朋好友们看，也算是对他的一点点支持。这本书的确比那些网上的办公室故事写得好很多，但我更喜欢他美术馆做发布会时的那场表演。对对，我也在场，我站在后排。那两个警察冲进来给 Derek 戴手铐的结尾演得太逼真了，我周围的观众甚至都分不清真假。有那么一瞬间，我都以为那是真的。直到我偷偷跑到出口张望了一下才明白过来：美术馆外根本没有什么警车，只有一位助理握着一只鸣响的警笛。那时候不知为何我又生出了一丝怀疑：会不会那个李乐宜真的是他杀的，他策划一场逮捕自己的表演，只是为了把这种可能完全归入虚构的范畴内？虽然人们通常认为，住在他楼下的李乐宜之死是他写作这篇小说的灵感来源。但因和果，虚构和现实的关系从来不是那么确定的。不是吗？

II 键盘故事

ESC

我记得那是9月的一天。某个平常得好像什么都不会发生的日子。

我为什么要逃？五年以来，我也一直问自己这个问题。每个答案都不令人信服。想做一个反叛的少年？那时我已不算年轻。29岁，你说这还是反叛的年纪吗？为了逃避？可逃避什么呢？对了，那天阿静的死纯属巧合。我还不至于那么笨，特意挑了同一天离开，那不就等于宣告自己畏罪潜逃吗？

我到了利马才知道阿静死了。我记得大腿上的手提电脑好烫。那时候我真不敢相信，可当我望着窗外造型古怪的国家美术馆时，竟然一下子接受了这个事实。因为这是一个充满传奇的城市，在这儿，什么都是可能的。比如我租的这套公寓旁公园的名字：传奇公园。你知道吗，利马的马路有不少是用美洲其他国家的名字命名的。比如从我家往北，是委内瑞拉共和国路，过了贝纳维德斯元帅路再往北、离铁路不远的地方，就是阿根廷共和国路了。你想想，秘鲁的阿根廷共和国路，多么神奇。真像一个迷宫，或俄罗斯套娃，但小的套在了大的外面。

没有太多为什么。我逃离了我出生的城市。那样简单，就像仅仅出于某种来历不明的厌烦，便轻易地按下了电脑左上角的ESC键。一个窗口关闭的时候，一直被掩盖的那个窗口跃上前台。就像在一念之间，我来到了这个地球的反面。

PRT SC

人人都说是阿德杀死了阿静。可我知道不是。那天上午，阿德的确来找过阿静。我猜，大概是来告别的吧。阿德一向中意阿静，即使阿静执意要分手之后，阿德还常常送东西过来，都是阿静喜欢吃的：香菜拌鱼皮、沙姜鸡还有脆皮烧鹅。有时候，他就往我手里一塞，说“乐宜，帮我交给阿静吧”，就走开了。他是真的关心她。不过那天阿德突然出现，多少有点意外。我记得他拿着个大箱子，寄放在我这里，便径直上楼找阿静去了。后来阿静陪他下楼，他们告别，等到阿静返回楼上，阿德才回到我这里取走箱子。

我觉得，阿静一定知道阿德是来告别的，女人都很敏感，更何况是对自己曾经爱过的男人呢。可她没有溢于言表。我记得那天他们告别时，阿静还轻轻说了声“有空再来”，不过她说得那样轻，就像说给自己听一样。她看着阿德渐行渐远，消失在转角的咖啡馆背后，才慢慢转身上楼。我看见她默默哭了，她没有像往常那样和我打招呼，而只是慢慢走上楼，高跟鞋敲在木头楼梯上，像沉重的钟。

对的，阿静那天的确心情不好，她一定在空气中闻到了诀别的味道，又或许她上楼后看见了阿德回头来取皮箱，这并非没有可能。但无论如何，阿德拿着皮箱离开的时候，阿静没有死。

直到那天黄昏——也许我应该早一点上楼看她，但现在这么说已经太迟。走到楼梯转角，我已经觉出异样，那股血腥味道我至今还记得。后来我瘫倒在楼梯上，扶着栏杆，好久才缓过神来。暗红色的血，从门缝里流出，和那些电影里拍的一模一样。

END

为什么是你？我至今都没有弄明白为什么会是你？你为什么要杀我？

不过无论如何，谢谢你让我从这个世界上解脱。那天我多么难过，你也看见了吗？阿德没有明说他要离开，但我偷看了他的皮夹，里面有两张去利马的机票。两张。当天下午的飞机。

对，最初的确是我要离开他。无望的爱情。我知道和他不会有结果，他是一个多么需要新鲜感的人啊。他爱我，但他没法一天一天地爱同一个我。他的爱像肥皂，不知不觉就会变小、消失。而且他太聪明了，所以对任何人或事，总能很快了解，也会很快厌倦。我知道的。要他爱我，只有一个办法：离开他。在可见却不可得的地方，才能维持这份爱情。也许是我错了，我不该故意冷落他，是我拱手把他让给了其他女人。

哎，我为什么要跟你说这些？你这个杀人犯！你也爱我吗？我一直只是把你当作陌生的邻居啊。我记得每次我们在楼梯上擦肩而过的时候，你总是那样彬彬有礼，就那么浅浅地笑笑，一言不发，似乎你整个人都活在另一个世界。可为什么是你，是你用那把尖刀插进我的胸口，那样准，好像你练习过很多次一样。那尖锐的痛，就像高潮时刹那的快感，只是涌出的是血。我至今还记得热乎乎的血从身体里流出的感觉，我只有这最后的人间记忆。

放心吧，我不会告发你。我已经在另一个世界了。在另一个世界，这类事情司空见惯。人间的秘密再大，到了这儿也不过是平常事。我会在这儿等你，等你到这儿之后，再告诉我所有真相吧。嗯，不用惊慌和内疚，我只是好奇。

DELETE

阿静，原谅我，我是个自私的男人。我明白，你大概连我的名字都不知道，而我却杀了你，这是多么荒谬的事。可是我一直在等这样一个机会，等这样一个机会能亲手杀死一个人。

阿静你知道吗，我杀过很多人。别误会，我不是一个杀手，不是的。和你想的不一样。我是个作家。我在小说里杀过很多人。有拿着枪明目张胆杀的，有在饮料里下毒玩阴险的，有设计骗局嫁祸于人的，也有自杀，我的小说人物曾经在这座城市里的三座标志性建筑物顶上纵身一跃。我还写杀手的心理活动，我把自己想象成他们，揣摩他们的心思，为什么要杀，杀人前后又是怎样的忐忑和折磨，还有杀人之后那难以抹去的心理阴影。我有时候会做梦，梦见我小说中的场景，每每会出一身冷汗，然而我的读者们却还不买账。还有那些刻薄的评论家，总是说我的杀人场景写得太不真实，写得太平淡、太缺乏戏剧性。可这实在太可笑了，难道他们亲手杀过人吗?

也许就是这样，我才起了要亲手去杀一个人的念头。我知道做再多的研究、访问再多的杀人犯，我都未必能真的洞察他们的心理。因为当他们将自己的杀人过程和心理感受诉诸言语的时候，一切都已经不再真实。语言就像公车，每个词有自己的站台；然而那些复杂的心绪永远在站与站之间。

所以我决意要杀一个人。亲手杀一个人。我不得不这样做，我需要直截了当的经验。我需要这个故事，这段准确的沉默。我别无选择。

当然，我不会轻易地杀人。我一直在暗中观察，我要找一个合适的人，和一个合适的时机。也就是说，一个已经决意去死，却还差一点点勇气的人。你明白了吗？

SHIFT

两杯馥芮白、一块芝士蛋糕，OK。你呢？还没想好，好的没关系，你慢慢看，先坐下来吧，靠窗的位置不错，对对，就是那里。你要什么？哦，一杯冰水，好，稍等，马上来。

我跟你说，乐宜肯定不是李德凯杀的。那只是一本小说啊，虚构的故事。对，李德凯，那小说家，的确住在乐宜楼上；不过在那个小说里，连街角的这间咖啡馆都出现了，但这并不说明什么。李德凯只是在小说里杀死了阿静。还有，你说小说里的阿静就是现实里的乐宜，但那只是你的猜想吧。

对，我是阿晋，怎么称呼您？噢，张探长你好。请坐请坐。你也是为这件事来的吧。嗯，嗯，好。我知道的都会告诉你。我最后一次见李德凯？让我想想，应该是上个星期六吧，他每个星期六都会来店里坐一下午，喏，就坐在现在那个红衣少女坐的地方。有什么异常……呃，似乎没有。他只是说，他要离开一段时间，他要去一个什么地方，好像叫玛丽？啊，对对，应该是利马，对。他说那是个很远的地方。地球另一头。对了，他说要在一个完全不同的环境寻找创作灵感。哦，还有，那一天，李德凯似乎在等什么人，因为到了四五点钟时，他一直在看手机，有点不安的样子。不过我想这和那个杀人案没有关系吧，你们居然也相信一本虚构的小说？不可能的！相信我，我太了解李德凯了。哦，好吧。136****2145。随时欢迎再来！

我说吧，这些人都疯了。仅仅因为一本小说就怀疑他是杀人凶手！这怎么可能？照我看，他们应该在这里多喝几杯咖啡清醒清醒。李德凯什么人啊，李德凯我还不了解啊。别说杀人，我看他连杀鸡都悬。只是个作家，只会在键盘上敲敲打打，那还行。那为什么乐宜死的一天他刚好离开？让我告诉你，巧合罢了。

III 结局

HOME

这里的人都叫我中国人阿德。“Derek el Chino”。他们喜欢吃我烧得平平常常的肉丝炒面。阿德炒面——我的招牌是四个方方正正的汉字，菜单上只有图，连“Fideos fritos”的翻译都没有。对他们而言，那是晦涩而神秘的图腾。

对，这是我在利马开的第二家炒面店，我们的生意很好。我雇了一个名叫阿静的中国留学生帮忙照看另一家店面。而这家传奇公园总店，仍由我亲自掌勺。

怎么说呢，事情已经过去很多年。有时候，我也会有点不那么确定。有时候我想，那一切大概真的只是我的幻想，我没有杀人，那件大衣上染的不是她的血，而是我笔中的墨水，要不然，为什么警察还没有找到我呢?

起初，我一直担心这样的场景：几个秘鲁警察闯进炒面店，要了几份炒面吃。他们边吃边相互使眼色，似乎在暗中确认什么。最后，当满满一盆炒面变成空盘子时，他们向我出示警察证，然后说一通我至今还不能明白的西班牙语。接着，我被遣送回国，报纸头条会是怎样?“作家沦为杀人凶手”?“作案时精神失常”?“知名作家李德凯案扑朔迷离”?

可是这一天一直没有到来。

到了现在，我竟然变得有些期待了。我就像那个在捉迷藏时躲得太好的孩子：同伴们都已经意兴阑珊地散去，只留下我还在地球另一头陌生的城市里，无望地期待被发现。或许这样的放逐才是身为作家最终的献祭。

ENTER

展览继续→

EXHIBITION CONTINUES

约翰之死

01. 我是阿傻，你是约翰。我是讲故事的那个；而你，你将要死去。

02. 要是知道这是你生命中的最后一天，你大概不会睡到中午才起床吧。也许你还是会。也许你并不害怕死。毕竟你是个参加过越战的老兵，还活着回到纽约。

03. 很久以前的事儿了。每当有人提起越战，你总用中文这么简单回应。带着语调古怪的“儿”字音。其实你都记得，但你不愿提。你已经是另一个人了。

04. 在梦里，你还会经常成为过去的那个你。在梦里你是德浪河谷的派克将军。你会在踢正步时撞到墙壁，或行礼时打翻床头柜上的水杯。

05. 这一天，梦中战役激烈。哈尔·摩尔中校难得是彩色的。（黑白的梦往往比较平静。）UH-1休伊直升机在隆隆炮声掩护下登陆。你醒来。你发现那不是炮声，是快递敲门。

06. 那是本 *Upstairs at Duroc*，法国出版的英语诗歌杂志。蓝色封面，封面照是一个玻璃杯的投影。这期刊登了你的诗《上海变奏曲》。你翻到那页朗读起来。正午的阳光将客厅里的玻璃杯投射成一幅与封面完全一样的图景（玻璃杯都是宜家的）。

07. “生命只是括号里寥落的字 / 剩下的皆是死 / 无边无际的 / 无始无终的 / 那括号以外的 / 那无法穷尽的……”

08. 你继续读丹尼斯·赫尔森的诗《送葬者》。“地铁里的年轻人是一把把刀 / 他们当着母亲的面爆粗口 / 他们戴着墨镜与耳机 / 其中一个倚在金发女人身上 / 向她要烟，要求她张开双腿……”

09. 我想让你留在这样的场景里。诗歌、午后和阳光。然而我只能延宕未来的到来，而无法拒绝。你有你的命运。你有你不得不来的未来。

10. 你走出弄堂时加快了脚步。双份阳光朝你扑来，你随身携带的影子浓了。远处的玻璃幕墙令光线折回，逆光里刚发芽的梧桐树叶仿佛在宣告世界新生。你裹在平白无故的喜悦感里朝咖啡馆走去。几乎是每日寻常的项目，今天不知为何有些不同。

11. 你是保罗。在咖啡馆里大家都叫你保罗。保罗先生。密斯脱保罗。你总赊账——你并不穷，你的银行账户余额是七位数的，你只是选择以穷人的面貌出现。赊账，月底还。甚至月底之后再拖欠几日。你要观察世人是如何对待一位落魄诗人的。

12. 我比你先到咖啡馆。我坐在露天座，看着你从远处而来。这是一条颇有景深的林荫道，你向前的每一步都是对透视法的绝好证明。你走得很快，超过了在明媚午后散步的合理速度。那种急切可以翻译成期待。你更想要下一秒、下一分钟和下一小时。

13. 我本不该让你看见的。我本该是隐身的。我只是那个讲故事的。而你，即使你将在这个故事的结尾死去，你也是主角。英雄。主人公。焦点。台上的人。但一切已经来不及。你看了我一眼。那种伯格曼电影里人们看见死神的眼神。

14. 你，约翰·派克，此时作为密斯脱保罗走进咖啡馆。你不再是那个在上海养老的美国“二战”老兵，你成了诗人。Published poet。你紧握着杂志，好像那是张随时要用来出示的身份证。你循着两点间最短的路线走向那只褐色沙发。我的沙发，你会这么说。

15. 我，阿傻，讲故事的那个，并没有跟随你走进咖啡馆。并非缺乏勇气。也并非懒。只是想换一个角度看你。毕竟可以认为：你每天都在我的注视之下。而注意力也是会磨损的，不是吗?

16. 我和你隔着一层玻璃。你的头，恰好被玻璃上 Helvetica 字体、半透明店名中那个字母“O”框住，像是老派电影里的蒙太奇淡入或淡出的某个时刻。我对你的注视因此有了镜头感。你在舞台上。你扮演密斯脱保罗（某种程度上的确如此）。

17. 每日剧目（周一休息）。你会——脱下外套（假如穿着外套）。坐下。把手机放在桌面右侧。连上店里的无线网络。

召来服务生（中杯美式，永远如此）。最烫的时候先喝一口（余下的五分钟后一饮而尽，仿佛那是威士忌）。要一杯清水。打开笔记本（有时一行字也不写）。买单（“先记账吧！”）。

18. 但今天你直接跳到了第四号动作（召来服务生）。距离把你的声音过滤得干干净净。我注视着你嘴唇的翕动，像在看设置成无声的电视（你也经常这样做）。咖啡馆朝北，但你脸上依旧有对面玻璃幕墙反射过来的二手阳光。

19. 你在打听有没有一个叫詹妮弗的女人来找过你。——倒不是我能看懂唇语，而是我对这一切本来（“本来”一词有着重号）就了如指掌。但即使我知道有什么将要发生，我依然对其如何发生更感兴趣。那才是一切的核心。

20. 好吧，我看见了你噘起的嘴唇。你是在发詹妮弗的“詹”字。刘光（对了，这位长发的服务员叫刘光）摊了摊手（表示“不知道”）。你耸了耸肩（表示“也就这样吧”）。身体语言也有陈词滥调，我想。

21. 我有点走神。我的视线已经从那个“O”的空心中挪开。长时间地注视那个“O”有点像看着蔡明亮的长镜头。你可以发现很多东西。但你也会倦（甚至一觉睡到电影结束——也并非没有发生过）。

22. 但我喜欢走神时世界慢下来的感觉。时间停止了。马路对面那个偷偷挖鼻孔的中年叔叔来不及把食指退出来。马路左侧，那个恰好将两棵梧桐树间的连线黄金分割的骑自行车的少女，好像要永远在那里（要一直那样保持平衡倒也不容易，我想）。

23. 但时间哪里会真的停下来呢。从走神的状态中回来，不过就是跳过了一段时间罢了。就像从3直接跳到了5。

24. （那个说最害怕出错的时候往往总是会出错的定律叫什么来着？是不是叫“莫非定律”？）你不见了。我再把视线转回那个“O”的时候，你不见了。

25. 我走进咖啡馆找你（保罗来过吗？）。刘光根本无动于衷（噢是我忘了他还（“还”字是斜体）根本看不见我——不是所有人都能看见我，这点我昨天告诉过你们吗（“你们”一词应该是粗体）？）

26. 这时候，坐在咖啡馆深处的一位老者（我忘了他的名字，回家之后或许可以在那本簿子上查一下）朝我使了个眼神（“喏，那里”）后，又迅速假装成看不见我一样（这我完全理解），我朝他略略点头表示感谢，便循那方向来到了咖啡馆的后门。

27. 咖啡馆后门不知何时新辟出一块区域（后门露台）。你坐在一张四人座桌的外侧（面向后门）。你在读（嘴唇动，但未出声）你带来的诗歌杂志（*Upstairs at Duroc*）。我在你前方另一张桌前坐下。你看了我一眼，这次你没有认出我（但显然看见了我）。

28. 故事讲到这里（既然约翰·派克正悠闲地读着诗），我想不妨向你们（“你们”有下划线）解释一下：并非所有人都能看见我（这点你们已经知道），而且——对于能看见我的人，他们眼中的我也是各不相同的（取决于他们自身），甚至对同一个人也会因时而异。

29. 你们（这个“你们”，可以用下划线、粗体或着重号）要明白：倘若这个故事不是由我（阿傻）来讲述，约翰·派克也一定会有同样的命运（如果你们现在还不同意这点，到小说结尾的时候自会明白）。

30. 让我们回到故事里。你，作为密斯脱保罗的约翰·派克，此刻已放下杂志，在身旁的笔记本上写着什么。可能是一首新诗，可能是《致詹妮弗，以爱》或《而我们假装仰望星空》或那些后来（对的，“后来”）大家都熟悉了的诗。

31. 嗨，保罗（声音从我身后传来）。是詹妮弗（她护照上的名字是“希里”，一个有挪威血统的诗人。在另一个世界（或故事）里，保罗和詹妮弗一年后结婚，生下一个名叫苏菲的女儿。苏菲20岁时出演了他父亲导演的电影《马丁·弗罗斯特的内心生活》。）

32. 你起身。礼节性地（但隐约有要更进一步的意思）吻了吻詹妮弗的脸颊。你把杂志递给詹妮弗看（翻到那一页）。Bravo！（詹妮弗的音调略显夸张，但也不至于太过虚假，而恰好表达了喜悦之情。）你们聊得热烈，句子（像身体一样）纠缠在一起。

33. 我低头玩手机（对，我也很时髦。上头给我们每人发了一部iPhone 4S。虽然我仍然觉得以前的办法更有味道，但也不能不承认，有了谷歌地图和GPS定位后，我们的工作的确方便多了）。

34. 嗨，保罗（又一个声音（这次是男声（你笑得太夸张了（你在掩饰自己不悦（鉴于约翰逊（对，他叫约翰逊）和詹妮弗的关系（虽然是听说的））的神色时过度补偿了）））从我身后传来）。

35. 捕捉声音的失败尝试：你看。哇。印在纸上好看。括号。Mojito。“括号里寥落的字”。恭喜。300美金。也不错。照片。超级天真。的节奏。给我一个例子。二手生活。“戏装都来不及脱”。针尖上的。叠影。和声。庆祝。让风说。“以免坠入世界的中心”。碎片般。绝不说“显然”和“无非”。

36. 是声音的角力。你渐渐陷入沉默。被扑灭的（或毋宁说：自己希望被熄灭的）火。你无法介入詹妮弗和约翰逊之间的默契（不同的拍子）。他们恭喜你（更多出于礼貌），恭维你的文字（你怀疑起来）。“我们庆祝一下吧。”（你听见自己说：

“好吧，就今晚，我家。”）

37. 你并不真的希望与他们共庆诗作发表（你只是喜欢詹妮弗（或她身上来自北欧（谁又能肯定那不是你的想象使然）的孤独气息（然而两个人又如何“一起孤独”（一个类似于“冰激凌火锅”般的词）呢？））。但有时一个人（反而）无法成功地孤独。

38. 嘿你们（“你们”有下划线）还在听吗？这是个众声喧哗的时代，纯净的声音既不可能也不真实。噪音？也许（但如今噪音也是音乐——或许是更真实的、更准确的、更单纯的、更有说服力的）。好吧——你、约翰逊和詹妮弗此时站了起来，故事要继续了。

39. 你们约好了晚上庆祝派对的时间（10点）和地点（你家），便在门口分道扬镳（约翰逊和詹妮弗向右，你犹豫了一下，往左而去）。你想到了什么。你走进隔壁的便利店。而我，阿傻，讲故事的那个，已经在那里了（事情总是这样的）。

40. 我，阿傻，讲故事的那个，此刻是这间便利店的店员。我没有什么超能力，也不是在扮演（“扮演”有下划线）这位店员。而是在这一刻，那位店员成了我。我是说，他的脸孔没有变成我的样子，然而他却“成为”了我。你们能明白吗？（每个人最后（对的，“最后”）都会明白。）

41. 你在便利店里来回走了两圈，像在寻找什么。我不动声色地靠近你。你没有认出我。(如果你认出了我，一切都会变得不一样。不是说“最终”会不一样，但至少在这一天会有所不同。)

42. 先生，请问你要……(你将要转头看我，将会顿一顿，然后会说“电池”。)你转头看我，顿一顿，说“电池”。噢。我说“噢”。(我本该问“几号电池”，而你会说“五号”，就像此前的每一次一样；但这次我没有这样说，我其实是在暗示你。在我们这行，这点暗示在可以接受的范围内。)

43. 然而这一天，你被诸多强烈的情绪围绕。喜悦和嫉妒。憧憬和不安。因此你没能体察我们之间那对话的微妙变化，没有发现我的语气里那种希望给予提示但又不便明说的苦衷。(我并非对每个人都如此。我只是觉得，你是那种值得我这样去做的人。)

44. 在那未曾发生的对话的空缺里，时间像休克了几秒。一幅宿命的快照——你。我。便利店。绿色的Logo。墙上凝结在下午5点35分的钟。玻璃窗外正向里张望的过路人。行走中、呈60度夹角的、迈开的脚步。还有柜台里那两节我预先准备好的五号电池。

45. 时间追了上来。时间轻而易举地、如同一个跳接镜头般来到5点37分。你拿着那两节电池(“那两节”)走出便利店。

46. (一次想象中的采访(甲方)：你难道没有愧疚感吗？那是

我的工作。你明明还有其他选择。对于他这难道不是一种更好的方式吗？你不是他，你又如何知道？我本可以更残忍的。这足够残忍了。但这是注定的，其实没有什么两样。）

47. （一次想象中的采访（乙方）：你难道一点都没有感觉到？那天我实在有点……以前货架上就有，而那天货架上偏偏空着。你可能觉得是偶然，但不是。这其中没有偶然性。指向必然性的偶然不是偶然。）

48. 那是三年前的初夏。在那个黄昏，天空蓝得不可思议，晚霞素描般补缀着远景，而你，上海滩的传奇人物约翰·派克，拿着那两节电池在这幅图景中，朝远方而去，渐渐变成一个不再移动的黑点，甚至连那黑点都似有若无。

49. 隔开一段时间看，我们（先别质疑谁是“我们”）从故事里读出宿命的意味。连消逝也成为美。但在那个当下，在那个一切活生生发生的当下，只有残酷。

50. 你们（对，我是指“你们”）的确需要一点勇气，才能跟随我重返故事发生的那时那刻，重温那真实的一切。来吧，至少那时候，约翰·派克还在。

51. 我是约翰。我将要死去。但我仍然愿意为你们讲这个故事。

52. 在咖啡馆门口看见他的时候，我的确有些意外。我记得那双眼睛。在越南、在纽约、在汶川，我见过他三次。每次他都打扮成不同样子，但我一样认得他。那双眼睛是独一无二的。

53. 在纽约，他甚至打扮成“她”，一个咖啡馆的女服务生。那一天我在咖啡馆写诗。她问也不问就坐到我对面，给我讲“萨迈拉之约”的故事。我说，昨天在萨迈拉的三起连环爆炸死了27个人。她说，我就是死神。

54. 一年半之后的5月，我刚踏进汶川宾馆大门，就看见他在接待处笑吟吟地看着我。他说：房间都满了。当我悻然离开，坐进出租车后几秒，那座宾馆就像积木一样倒下。

55. 没想到他会跟随我来到上海。没想到那个淡然地坐在咖啡馆门口、注视着我走近的人就是他。我想起他在汶川宾馆与我告别时意味深长的话：就在下一次。

56. 我也想起了“萨迈拉之约”。与死亡本身相比，命运更加骇人。如果逃离命运也是命运的一部分，那么我与小说里的人物又有什么分别？——我们都不得不屈从于那讲故事的人。而真正的存在，是在故事之外吗？

57. 我没有在咖啡馆或便利店与他相认。我不想和他——如很多电影或小说中那样——下一盘棋或设一个赌局。

58. 我假装没有认出这个冒牌店员。在接过那两节将赋予小说结尾，或我自身存在结尾的电池后，转身走出了便利店。

59. 我径直朝瑞金二路家的方向走去。我当然明白他会在那儿等我。最后一面。但我更明白，即使我改变主意去别的哪里，他也一样会在。这最后的时刻总要来到。

60. 我换上睡衣，将那两节劣质电池装入人工心脏起搏器里。我躺在床上，右手覆在胸口，感受着心脏最后的跳动。此刻，离夜里约好的派对时间还有三小时，他会不会第一个来？

展览继续→

EXHIBITION CONTINUES

蒋凯申的一天

（或生活的核心）

8:26

蒋凯申醒来的时候，已经落后了世界好几个小时。微信和朋友圈是夜间持续生长的植物。他在床上侧过身，快速扫描昏睡的七个多小时里大小世界的各种动态——他把这一过程称为“醒来”。十分钟后，他草草看完了朋友圈。但在这世界以更快速度运转的十分钟里，朋友圈又生长了28厘米（约两屏 iPhone 6的长度）。于是阿基里斯又花了两分钟，才终于踩到了乌龟的脚后跟。这是触发“起床”这一动作的核心事件。

8:46

蒋凯申不自觉地哼着前晚看的鬼畜视频里的“di-da-di，di-da-di,di-di-da-di”打了一辆的士。他总是无意识哼唱云储存在潜意识里的歌。从家到公司的约半小时车程是看微信公号的时间。《你还在呼呼大睡，别人都已经工作了大半天》是一篇讲时差的科普文章。《有一种男人叫泄夫》采访了米其林三星店 chef。《生活的核心是牛舌，余下的不过是一点点水》讲述了象形文字的奥秘。他认为《爱吃泡椒鸡杂的天蝎座90后女生裸辞，写邮件、打电话、发传真、放信鸽、乘热气球亲赴现场和80后领导互喷，看在一旁围观被弄湿的爱将指甲磨成粉加入咖啡喝的70后如何做点评》这篇比《出大事啦！上海未来10天都有雨》要好看5.62倍。而《世界上最早的浸入式体验竟然是他发明的！》描述了阿基米德在水放得太满的浴缸里盆浴时发现浮力原理的经过。Eureka！ Eureka！

9:18

用指纹打卡走进办公室的那一瞬间，蒋凯申变成了Jonathan。希伯来文里“耶和华所赐予的”之意。Jonathan的信仰是数字。作为一名总账会计，他对数字天生敏感。所以只需几秒他就能告诉你73:13=5.62，以及《诗篇73:13》里的那句名言：“我实在徒然洁净了我的心，徒然洗手表明无辜。”和大部分人一样，Jonathan相信数字之神最公正。但另一方面，他又觉得那些“10万+”的微信文章对数字之神太过谄媚，就好像把结果误作了起因。

11:30

Jonathan准时打开了午饭群。如果说此前的两个小时微信只是收发电邮（多数员工的工作重点）间歇的标点符号，那么此刻它成了正文。在这个四人午饭群里讨论中午去哪里吃饭是上午的重头戏。Jonathan和他的小伙伴们为此商定了一个基于民主提名、投票、四分之三通过法则外加附加条款（请客者可额外获得250%的投票权重）的复杂流程，使得这一讨论的平均耗时长达27分钟。事实上，从历史数据不难分析出，他们95%的午饭都是在四间餐厅里吃的。但谁不喜欢选择的幻觉呢？

13:26

没有人知道他的微博是 @烂污三鲜粉丝汤。Jonathan 在微博里写各种原创小段子、伪造的名人名言，有时也转发搞笑图片，三年多来已有20多万个粉丝。但没有人知道他是谁。Jonathan 享受这种秘密网红的感觉——“秘密网红”简直称得上矛盾修辞法。在下午的办公室还在慢启动的这一刻，茶足饭饱的他又信手涂了一则微博：“@烂污三鲜粉丝汤：唇语专家认为他在说：uproarious。他只是囫囵吞下了一个汤圆。”仅仅10分钟，就有了169个赞、225个转发以及25个评论。坐在他斜对面的美女同事 Scarlet 也转发了他的微博——是微博推荐“附近的人”使他偶然发现她的微博“@女司机”的。Jonathan 认为她是一个分裂的人类样本：Scarlet 是开朗、社交、热情的；@女司机则是忧虑、焦躁、不安的；而她的微信（昵称“小伤口”）永远只有两个主题——“我工作很忙很努力”以及“我的猫好可爱”。

15:00

这是每周一的例会。CFO 站在台前、六个财务围坐在长方形会议桌四周的场景让 Jonathan 觉得荒诞而超现实：因为他们六个有一个微信群，在虚拟世界里始终围坐在一起；只是，他们平日的批判对象、那位讨人厌的 CFO，此刻再具象不过地站在他们面前，讲着无用的废话。没有什么比一个共同的敌人更能团结人的了。两个平行世界凝结在这一时刻：现实空间里口沫横飞的CFO成了虚拟空间里六位同事的评论对象，微信群里热烈的聊天（微信电脑版帮助他们营造了正卖力记笔记的假象）成了眼前场景的弹幕。于是，倦怠的、令人窒息的工作日常仿佛变得遥远，变得几乎可以置身事外地看待了似的。

17:17

“在吗？”Jonathan的手机上突然跳出一条微信。是最近几天与他冷战的女友发来的：女友甚至将微信昵称改成了“前女友”。Jonathan最讨厌别人在微信上问“在吗”，因为这多多少少指出了一个他不愿面对的现实：在这个时代你似乎不再拥有“不在”的权利。但毕竟是冷战中的女友发来的，所以……他正考虑如何回答时，“前女友”又传来两条语音消息，一条12秒，一条3秒。Jonathan发现微信表示语音长度的绿色指示条并不是按比例设计的：12秒的那条只有3秒那条的两倍不到那样长。这个发现虽然无助于改善与女友的关系，但至少可以让人分心。

20:30

这间城中大热的火锅店竟然要扫二维码点菜，界石（蒋凯申的微信名，而他的真名“凯申”是希望申花队获胜的意思——因为他爸是申花球迷）觉得这里面有某种歧视的意味。他坚持问服务生要来了纸质点菜单，交给女友。女友已把昵称从“前女友”改回到了“南回归线”：这是他们秀恩爱的隐晦方式（一方面，界石的头像是他们一同去智利旅行时在南回归线经过之处拍摄的界碑；另一方面，他们都喜欢亨利·米勒）。于是，这顿重归于好饭吃得颇为愉快：两人甚至都没有打开手机。

0:16

刷完两集美剧、把女友聊进梦乡、洗完澡、躺上床时明明还只有晚上11点，但刷了一小会儿朋友圈后世界已经突然到了明天。要是爱因斯坦活在这个时代，他不需要火炉和漂亮女生就能发现相对论吧，蒋凯申心想。但另一方面，他也觉得厌烦：在这强迫症发作似的一小时里，其实并没有获得多少新鲜有趣的信息。朋友圈永远有一种趋同的倾向：人们转发一样的文章，晒差不多的生活，将时间浪费在寻求认同上。就好像外星人和外国人都会努力改变自己，以求点赞。

0:50

他终于等到了“迷你”的更新。这是每天触发“睡觉”这一动作的核心事件。蒋凯申喜欢这个每天午夜更新的公众号，因为一方面，它其实是一个私人号；另一方面，他每天只发寥寥几百字，一下子就能读完，却能回味很久。他不认识那位作者 btr，不知道他是谁，但蒋凯申明白，自己更愿意待在“迷你”的那个世界里。这一天，他看见推送的标题竟然是《凯申的一天》，而且，足足有平日十倍那么长。难道 btr 是我的某个同事？半梦半醒的蒋凯申想，又或者，我只是他的虚构世界里的一个人物？蒋凯申否定了这些奇怪的念头：他深知这不是事实（一定是另一个凯申！）——但他也意识到，那些猜测是可能的。

展览继续→

EXHIBITION CONTINUES

迷魂记

1　薛定谔醒来

清晨，薛定谔从一个可怕的梦中惊醒过来，发现自己在床上变成了一只猫。他仰躺着，目光在所及范围内努力搜索，试图发现任何能将自己从真实与虚构的叠加态里拯救出来的东西。

他还算镇定：毕竟他是位理论物理学家，也读过比他大四岁一个月零九天的卡夫卡写的《变形记》。他庆幸自己没有变成甲虫，也没有变成任何其他寓意过分明显的动物。小时候读《伊索寓言》时，他就特别讨厌每一篇寓言后面的寓意小结，他觉得故事的魅力在于开放性，在于能够从不同角度解读，就像那些导游眼中形状变幻莫测的山石。

他想起那篇《卖神像的人》：有个人雕刻了一个赫耳墨斯的神像拿到市场上卖，声称能给人带来好运。人们就问他，既然有那样的好处，为什么不自己留着？那个人回答说，我必须现在立刻得到好处，可是这个神每次都来得太迟了。薛定谔记得书中总结的寓意这样写道："这个故事可以说给那些贪婪、卑劣、不尊重神的人听。"但在他看来，这个故事完全可能丰富得多：它可以暗指好运将来自梦境，毕竟赫耳墨斯是司梦的神；也可以从经济学角度，将那位商人的行为视作远期收益贴现的早年案例；又或者，他所说的好运是指作品在艺术市场里的不断增值？甚至，他可能是在预言，未来将出现高级成衣品牌爱马仕……

由前腿脚尖传来的数据流干扰了薛定谔的意识流。*他不是我收养的，他是我生的。从前有人说"你是你所吃的东西"，现在则是"你是你所拥有的东西"。香蕉没问题。我看过十几遍《小鬼当家》，你有没有想过中文真的非常神奇？把小孩称作小鬼，就好像从语言内部就确认了他的灵性。*如很多电台广播交织而成的混沌杂音令薛定谔的头部一阵酥麻，他还来不及熟悉和识别这种智性高潮的征兆。智性高潮到来时，他的双眼将变成红色，每秒闪动三次。

正因为脊椎中流动的数据流和快速眨动的眼睛，薛定谔没能在第一时间注意到卧室的门已被打开。一个戴黑框眼镜的青年快步走进房间，手脚麻利地把他的四条腿都往上拉了拉，就好像那是四根天线。有一个瞬间，薛定谔终于看清了青年的脸。在那个瞬间，昨夜的那场梦、那次离奇的会面、那个古怪的 AI 机器人"鬼"以及那些让人毛骨悚然的故事，像被成功恢复数据的硬盘那样一并涌出。

2 见鬼了

那位戴黑框眼镜的中国青年自称“从未来穿越而来”。他说“穿越”时的语气，平淡得就好像在说搭了一班地铁或火车。他很有礼貌地叫我“薛老师”，并递上他的名片。“哦，吕先生。”在梦中，语言的巴别塔不知为何已彻底坍缩，我们讲各自的语言，却能彼此理解。“不不，我姓陆，大陆的陆，名平原。”

未来寸秒寸金，陆平原先生直截了当说明了来意。他是一名艺术家，以“故事”作为主要创作媒介，目前正在开发能帮助他讲故事的 AI“鬼”。他向我介绍了未来艺术家的工作方式、艺术“工具”和艺术家工作室的重要性。“比如杰夫 · 昆斯。”他举例道。“谁？”我打断他。“噢这么说吧，比如早在文艺复兴时期，达 · 芬奇就有自己的工作室。”陆平原先生的工作室，根据他的设想，未来将完全由 AI 组成。他目前最大的困扰，则是这个 Beta 版的 AI“鬼”写出的东西，总是太过确凿和理性。“所以我立刻想到了您，”他回到正题，“您既是一位物理学家，这需要绝对的理性和强大的逻辑；但您又是关于不确定性的专家。”

“为什么要叫它‘鬼’？”我插话道。

“中国有个成语叫‘鬼斧神工’，形容技艺精巧，非人力所能及，”陆先生解释说，“另外，以后我也要靠它来代笔（Ghostwriting）呢。”

说罢，他从大衣口袋里掏出一块薄薄的玻璃板，对着自己的脸照了一下，那块板随即亮了起来。他用手指指点了一番，下载了一瓶上海黄牌辣酱油和一块金华火腿，放在我的写字台上。“请您笑纳，这个蘸维也纳炸猪排吃正好。”

“这个就是鬼？”我指了指那块玻璃板。

“不，鬼没法时间旅行到AI时代之前，”他解释说，“这块板是鬼的GUI，也就是图形用户界面（Graphical User Interface）。我可以用这个GUI远程操控鬼。”

随后，陆平原向我演示了他的AI鬼是如何运用大数据进行机器学习的，又给我看了好几篇他自己写的故事和鬼写的故事。“你能分得出哪些是我写的，哪些是AI鬼写的吗？”他问道。

就这样，有了整整一个小时愉悦的阅读时光。也许因为平时我看的都是枯燥乏味的理论书，读这些小故事就像大脑按摩般舒爽。就算那些显然出自AI鬼之手、稍嫌过分工整的故事，也比量子力学有趣得多。我边读边与这位东方来客交换意见。我告诉他我很喜欢《凡·高工厂》，对其中提及的基于 DNA 的克隆技术颇为着迷；陆先生向我解释说，这门技术在他所身处的未来，理论上已能够实现。“只是有道德上的争议罢了，”他补充道，“不过也许，科学家们正在哪里秘密克隆着谁也有可能。”我最喜欢的是《数学虫母》这一篇，我打趣说我的大脑里大概已经有了量子纠缠的寄生虫。“这篇一定是你自己写的。”我断言。陆先生微笑着点头——我基本上能辨别出 AI 鬼的作品，它们的确逻辑过分严密，毫无闲笔，绝不离题，读起来感觉……怎么说呢……太像出自机器之手。“机器人毕竟是机器人。”我们不约而同地感叹。

我向他指出，其中有一篇《达·芬奇显灵》虽也是 AI 鬼之作，但却已不失复杂性，甚至有几分“人魂”在内。故事讲述了德国一位画师名叫沃尔夫冈，专事创作艺术史上有记载却因种种原因佚失的达·芬奇画作。他深谙达·芬奇的风格，又亲自调制自然颜料，不但作品模仿得惟妙惟肖，更会编撰离奇故事，讲述画作如何失而复得。于是，在画廊主、鉴画师和藏家心照不宣的背书下，他通过买卖伪作赚了大钱。然而一天晚上，达·芬奇在他梦中显灵，斥责他欺世盗名，说罢竟取出一支利剑，直插沃尔夫冈右臂。后者满头冷汗地惊醒过来，才知是梦。但奇怪的是，此后他只要一拿画笔，手臂便会颤抖剧痛；但拿别的东西时，却全无此类症状。

“行家！”陆平原夸我道，“这篇正是 AI 鬼生产出的最接近我理想的作品，但在我看来，还差那么一口气……”

“我能写得比他好！”我不知为何脱口而出。就在这时，陆平原脸上露出诡异的表情，就好像他等我这句话已经等了很久。我还来不及反应，就看见他从玻璃板里又下载了一个黑色铁盒，然后对着我念起一连串咒语。我只隐约辨识出“河”“原”“温”几个字，便被他的幻术捉进铁盒。

我就是在这一刻惊醒过来的。

3 成为陆平原

1943年冬至日。太阳直射在南回归线上，北半球迎来日照最短的一天。但对都柏林人来说，这不算什么大问题——他们早已习惯了寒冬阴郁潮湿的天气。反正他们的太阳是酒精。

薛定谔坐在都柏林三一学院图书馆的长桌前，摊开的笔记本上构思着即将举行的公开演讲《生命是什么?》:“对于统一的普遍性知识的不懈追求，是我们从先辈那里继承下来的最好品质。大学(University)——这一单词在英文中与‘普遍性’同义——自从其产生以来，历经了数个世纪，无不暗示着普遍性才是我们追求的永恒价值。可是最近一百年来，知识的分支无论是在广度还是深度上的增长速度，已经使我们面临着一个进退两难的境地。”[1]这位十年前早已获得诺贝尔物理学奖的奥地利人自从移居爱尔兰以

---

1 该段译文及薛定谔在都柏林时期的经历部分参考并引自微信公众号“心智与实在”的文章《旅行见闻录：薛定谔在都柏林》。

来，很快便展现出对除物理学以外的其他学科的广泛兴趣。他听哲学讲座，也在都柏林北海岸克隆塔夫（Clontarf）的海边寓所里写诗。此刻，他虽然坐在三一学院图书馆的长桌前，脑海里却仍然萦绕着昨晚那场不可思议的梦。他把笔记本翻到最后一页，郑重地写下另一个标题《成为陆平原》。

这是鲜少有人知晓的一段秘密时光。在1943年的最后十天里，薛定谔成了故事家薛定谔。他在笔记本的最后几页，写下数十个或离奇或神秘的小故事，梦中那位中国远方来客成了他的灵感源泉。可惜的是，这些故事手稿随《生命是什么？》一并交给出版社编辑后，最终不幸佚失。据说，只有出版社里的一位实习生读过这些故事。1961年薛定谔去世后，那位已入中年的实习生向记者转述了他仍记得的几个故事。

《自画像》讲述了一位画家，每年生日都会到美术馆里修改自己陈列在那儿的自画像，直到82岁去世。去世一个月后的某天，美术馆保安发现画布上的图像不翼而飞，只留下一片空白。有好奇者去画家墓地查看，发现棺材里的人也不见踪影。又过了一个月，海关在机场一个无人认领的旅行箱里发现了那幅停留在82岁的自画像，证实美术馆里的画作被人掉了包，但画家的遗体始终没有找到。

《驱鬼》[1]发生在故宫。传说宫中夜里闹鬼，值班的工作人员约定俗成，进门前都会喊一声拖长音的“来——了——啊——”。但有一晚，值班员不慎多喝了几杯，忘了喊话，进宫后便发现一条蛇朝他扑来，在他左臂内侧狠狠咬了一口。他借着酒劲，与蛇搏斗了足足一刻钟，终于掐住蛇的七寸处，将之勒死。第二天早晨醒来时，他发现自己手里紧紧拽着一根草绳。他举起左臂查看手臂内侧，有一道不明咬痕。但此后，宫里就不再闹鬼了。

《风水》发生在上海一栋公寓楼里。公寓楼朝西的住户一年里有好几个人同时生了大病，业主委员会便商量请一位大师来看风水。风水大师发现，公寓楼西侧正对着一座尖顶教堂，便嘱咐每家每户在窗台摆一块寿山石辟邪。1楼到24楼的住户，除了13楼的老薛，都听从了风水师的建议摆了辟邪石，从此再也没人生大病。但他们也很疑惑，13楼的老薛明明没有摆石头，不也安然无恙？后来某天半夜，老薛突然感觉疼痛难忍，去医院看了急症才知道，是胆结石发作了。

《摄氏232.78度（或风格研究）》的故事则设定在一个不知名的国度。在那儿，书籍是危险品，必须一律销毁。于是人们自发背诵起书来，要读书的时候，就互相讲故事。一位语言学家专门研究

1 《驱鬼》和《达·芬奇显灵》的故事部分参考了袁枚《子不语》里的相关故事，并作了改写。

了这种“人体书籍”的风格特征：他发现，在被不断讲述之后，“人体书籍”的风格会变得越来越简洁直接，不必要的修辞和形容词都会自动筛去，最后只留下最核心的部分。“人体就像故事的底座，”语言学家总结道，“而底座有时会反过来影响故事。”

那位实习生记得最清楚且能一字不差背诵的，只有最后那一篇不完整的故事。据说，那张纸页被撕去了大半，只有故事的标题和开头还留着。那个故事叫《迷魂记》，开头是这样的：“清晨，薛定谔从一个可怕的梦中惊醒过来，发现自己在床上变成了一只猫。他仰躺着，目光在所及范围内努力搜索，试图发现任何能将自己从真实与虚构的叠加态里拯救出来的东西。”

展览继续→

EXHIBITION CONTINUES

对面的如怡

1

从窗口看出去，是另一栋楼。

或许，也可能看见大海、田野、广场、公园、几棵树或一座小森林。但在大城市里生活的人们都明白，从一栋楼里望出去，大概率事件是看见另一栋楼。

希区柯克很早就意识到这种充满现代性的观看，“后窗”是现代的画框；而乔治·佩雷克干脆剖开外墙，或使之变得透明，他把一栋公寓楼看作整座城市，乃至整个世界。

“钢筋森林”——隐喻早已潜入语言的内部，说出意识的真相。钢筋混凝土是我们的新“自然”。

望向对面的楼，是一种揽镜自观，毕竟所谓的“这里”只是对面的对面。望向对面的楼，也让人立刻被工业化的整齐感击中：齐刷刷的一排客厅，齐刷刷的一排厨房，又齐刷刷的一排卧室，窗外齐刷刷挂着空调外机——腾空而起的复制粘贴对这座立体人工大陆

的多样性没有追求。待到深夜，阑珊的灯火悉数熄灭，只有楼道的 1
灯齐刷刷亮着，如某种停滞或冷感的标示。

需要一个望远镜。需要凑得更近一些。需要进入内部。需要调整尺度和视野。需要在形色之间识别被藏匿的景观。

2

通过望远镜看对面的楼，钢筋森林便拆解为一棵棵各有差异的树。而仔细凝视一棵树，才有可能理解整座森林。我就是这样发现对面的如怡的。那是一间奇异的公寓。不过，很多事我后来才逐渐明白——最初的最初，我只是看见了一个鱼缸。

鱼缸并非如我起初以为的那样摆在阳台上。看起来或许如此，但事实上，这只鱼缸在空调外机上方，怪异地与之组成一个不可分割的整体。望远镜泄露更多细节：鱼缸里浸泡着两个灰色的仙人掌，一个表面光滑，另一个有状似苦瓜般的凸起，同样灰色的管道穿越并支撑着它们，使它们看起来像两只正以后入式交媾的爬行动物，氧气装置制造的水泡和它们身下那串“小仙人掌”加剧了这种幻觉。它们分明是“死的”，但又仿佛活着；一切如同正在进行，又像结束已久。像实验室里装在透明玻璃瓶里的重要标本，又好像深夜电视表示全天放映结束或近来流行的 Slow TV 里的那种景观鱼缸，绘出一段兼具史前与史后感的时间罅隙。在透明鱼缸背后大楼方格外墙的映衬下，这一幕如同静物画，或称之为“活画”（tableau vivant）更为妥当。它有点像整座大楼，甚至整个城市里的那些高楼大厦的隐喻：混凝土仙人掌也会生长、交配，也会造出更多混凝土小仙人掌。它是时代的“自然”。

3

发现这个鱼缸试图向我讲述一些什么之后，我开始思考应该在怎样的语言框架里聆听它。我开始研究“静物”这个词。法语称之为“nature morte”，死的自然，无论画得多么有生气，塞尚笔下的苹果橘子洋葱都不能像活的水果那样赐予人营养。英文“still life”，不动的、静止的生命，又带着“仍然是生命”的歧义，让人想起它或许只是一个“定格”，是构成“动”的一秒24帧之一，是“活”中取静。至于中文里的“静”，更像对本质的描述，或许无关褒贬，可以是安静，也可以是不断重复之“动”给予人的“不动”感。所以那个鱼缸，它是在讲述中产阶级日复一日缺少变奏的西西弗式的绝望生活吗?

对于“静物”的这番思考，后来在一位不动产代理那儿找到答案，是我不曾料到的。发现鱼缸后，我一连好几天通过望远镜窥探这户人家的其他几扇窗（约等于观赏其他几幅静物画），愈来愈感觉出异样：客厅里空空如也，倒有两面墙上嵌着瓷砖，看起来更像卫生间；卧室窗帘终日紧闭，夜里却时有摇曳且有规律的光影如电影般映在窗帘上；每晚别家熄灯后，这户人家却始终亮着白色的灯，像商业街上的展示橱窗；尤为奇特的是，看来不像空置的屋，却从来没有见到在其中生活的人影。

3

一周后，我终于按捺不住小说家的好奇心，走进楼下的房产代理公司。听说我对那栋楼感兴趣，业务员张小姐递来名片。她叫如怡，高挑而直爽，表示立刻可以带我去看房。“喜欢朝西的？”“嗯，早上一般在睡觉，朝阳享受不来。”“是作家吧？”“你未卜先知啊。对了，能不能看看12楼那间？”我们的对话流就在这儿戛然而止，我清晰感觉到她听见“12楼”时内心的声响。但她什么都没说，只是径直按下电梯数字“12”，就好像她已经知道了我所知道的东西，甚至毫不介意我知道这一点。

4

打开公寓房门的刹那，我已不知身在何处。客厅里灯光之雪白，房间之空荡，加上零星点缀着的物件，无不在大脑掌管空间的意识领域激起彼此矛盾的认知：这里到底是公寓还是美术馆，是客厅还是卫生间，是不动产代理用于展示的样板房还是某个神秘艺术家的工作室？

“这件叫《暗色之物》。”看我注视着玄关尽头瓷砖墙前那堆碎石和木条组成的类崇拜物许久，她介绍道，就好像屋主叫出她所爱的宠物之名。随后她告诉了我一切：她起先是一位画廊主，后来因为经济不景气转战房地产业。“都是伺候金主的活儿，”她说道，“后来房地产业也不景气了，于是我借这块无人之地搞一些自己的创作。”

我走到客厅窗边的那面瓷砖墙前，墙上镶着一个肥皂架，我拿起那块灰色的舒肤佳查看。“也是混凝土做的？”我问。“对，”她随即突然反问，“你知道粤语里‘混凝土’叫什么吗？”

看房活动由此变成一场私人导览。粤语里，混凝土叫“石屎”，就好像水泥和砂石真的经历了某种循环系统似的。事实上，石屎成了这块肥皂的 Safeguard，它不再会随时间变小、消失，或许艺术就是这个意思？我又想起英文里的混凝土，concrete，亦有“具体”的意思，想不到这块近乎抽象的 Safeguard 竟由如此具体的材料组成。

移步阳台，我终于近距离地看见了那个鱼缸。我拿手机里的“形色”APP 识别鱼缸里的植物，AI 和我一样，认定那是仙人掌，尽管它们不是绿色而是灰色的，尽管它们不像真正的仙人掌那样外硬内软。

如怡又带我去看卧室里的另一处“浸泡景观”——卧室的窄门只容我侧身才能勉强进入——那是一对仙人掌孪生兄弟，在闪动的蓝色光线下岿然不动，像两个自然肺，又仿佛人类消失后的遗迹。

“这里很像人类灭绝之后的‘后人类’博物馆呢。”我打趣说。

“猴子应该也灭绝了。”她指了指墙上的一幅画。铝箔纸上有张照片，两只香蕉被一个网线袋套着，像外星人在通过 3D 建模重建人类世的食物。那两只香蕉也有点像卧室里的那对仙人掌。

“或者不那么悲观，这里像一个舞台，”我一边自我纠正，一边指了指对面的楼，“我就住在舞台对面。”

“我知道，”如怡出人意料地答道，随后指给我看藏在卧室里的一台高倍望远镜，“我看见你在看。”

5

三周后，对面的楼搭起脚手架。碍手碍脚的脚手架挡住了我朝向如怡美术馆的视线。

四周后，当我发现工人们开始用混凝土把如怡的房间严严实实地封闭起来时，接到一个她的电话。

“毕先生，你决定了吗？”

“决定什么？”

“决定买不买？”

“买楼还是买你的作品？”

“买一送一咯。”

“买哪个送哪个？”

展览继续→

EXHIBITION CONTINUES

奇遇

我到茶餐厅的时候，小爵还没有来。小爵是我三年前偶然认识的朋友，我们在家乐福冷藏柜前剩下的唯一一包大排的见证下交换了名片。那时，她在我以前工作过的公司工作。后来我现在的公司搬了家，她又跳槽到我现在的公司原先所在的那栋楼里。

5分钟后，随着一声“毕先生”。小爵拎着手袋和电脑包出现了，样子像一个周末还要努力工作的职业女性。她的新工作，简单来说就是问问题、搜集资料，并给予决策方建议。哪个好吃？小爵开始问问题。

我点了腊鸭腿煲仔饭，小爵点了牛蛙煲仔饭。我们还点了一份烧味双拼。

煲仔饭要30分钟哦，服务生一边在点菜单上笨拙地写着，一边像朗读免责声明般提醒我们。

好吧，既然要等那么久，不如我来讲个故事给你听，我提议道。好啊，小爵说，语气里略略有些低落，我猜，这或许是因为我没有让她继续问问题。

事情是这样的。前天傍晚下班，我照例乘地铁。那班车有点挤，我一直站在离车门很近的地方。地铁过了衡山路后，我突然听见有个同事叫我。我回头，原来是格蕾丝，我们市场部新来的媒体经理。于是我们聊了起来。她问你到哪一站下？我说常熟路下。她说哇你家的地段真灵。我说我并不住在那里，我只是在那儿换830路，我家在昌平路那儿。大致如此。常熟路站很快就到了。我和她告别后，先去给交通卡充了值，又在报摊上买了张《东方早报》，随后便出站到了淮海路上。我原本打算去复兴路、宝庆路口的博多新记吃个晚饭，然后再乘830路回家；但那天淮海路上不知为何偏偏围起了硕大的深蓝色围栏，围栏有四米多高且密不透风，像一个谜面一样把华亭路到常熟路那一小段淮海中路完全封闭了起来。不去管它。总之，完全是一念之间。就在一念之间，我改变了主意。我不想沿着这奇怪的马路去博多吃饭了，我向右拐进华亭路，向北而去。我沿着昏黄的路灯走，两侧有竹篱笆和安静的小屋，我一门心思想着去哪里吃饭好。走到延庆路口，我决定右拐，那样我就可以沿着这条起先是东西向，随后弯成南北向的小马路去长乐路口的“狠牛创作面馆”吃面。于是我拐了弯，继续走。走啊走。就在这时……

我停顿了一下，让服务员上菜。烧肉拼烧鸭。我本想先夹一块金黄色的脆皮烧肉垫垫饥，可是小爵的眼神分明在催促我快把故事讲下去。

就在这时，身后传来一个女人的声音，她叫道：“先生——”我顿时警惕起来。根据一般的经验，在路上以陌生人叫“先生”开头的桥段十有八九是骗局——借打手机啦、钱包被偷啦、宠物中风啦、模特招生啦…… 不一而足。但同样根据经验，骗子迎面而上或者从侧面上前搭讪的较多，隔了一段距离在身后叫的很少。我回头，是一个高高的美女。就在我仍疑惑之时，她已经提出了问题——“830路在哪里？”我心里如同某种提示声那样发出叮咚一声，却一下子没有确切明白到底是哪里不对。她开始解释。原来她在地铁里无意间听见了我和同事的对话。她说她也要去昌平路，出于懒惰，就想只要跟着我就可以乘到830路，但见我走得愈来愈远，才忍不住提问。可如今，我们已经走到延庆路近长乐路的交叉路口，再要回头去有蓝色围栏阻挡的宝庆路乘830路未免不合情理…… 那么，等一下你怎么回家呢？那女孩问。打车咯，我答。那么我们拼车吧，女孩建议。可是我要先吃个饭，我一个人住，回家没饭吃，我说道。那么，女孩稍微迟疑了一下，那么我们不如一起吃吧。

啊，小爵惊讶地叫起来。随后又开始哈哈大笑。在一种混合着“竟然”和“好玩”的表情中，她说——后来呢？

后来我们就到了狠牛面馆。我们各自吃了一碗红烧牛肉面，各自付了账。就在吃面的过程中，我了解到不少有关她的信息。原来她是个保险推销员，不过她讲完这一点后马上声明，我可不是要向你推销保险哦。她的名字叫聂倩，对的，就比“倩女幽魂”里的聂小倩少一个“小”字。她的办公室在福州路上的世界贸易大厦，工作时间从早上9:30到晚上6:00，不过有很多时间要出来见客户，今天就是来徐家汇地区见客户才会和我偶然乘同一班地铁的。她生于1978年，至今未婚，相过几次亲，但都不太成功。她说她是江西人，知青子女，如今父母都回了上海，她自己则一个人租房住。她觉得网上认识的人都不那么可靠。她随后问起我有什么“资源”。你的要求呢？我问。她说最好比她大一点，36岁到45岁的外地人都可以，最好不要上海人。离过婚的也不要紧，她补充道。后来她又问了我一些问题。她说你结婚了吗？我说我也没有。她说那么你朋友多吗？我说不多。她问，为什么？我说，我性格比较孤僻。她又问，那么你每天下班回家做什么呢？我说：就睡睡觉，我很懒的。她说你一回家就睡觉睡得着吗？我说回家我先睡觉，半夜我再起来。她问你起来做什么呢？我说和美眉玩呀。她说你骗人你已经有小孩了对不对。我说我也不是太肯定。就这样，一顿面吃完了。我们叫了一辆出租车先开到了她家门口——果然只和我家隔一条横马路。

后来呢？小爵问。我这时才发现烧肉已经吃掉了三分之一。

没有后来了，故事就结束了，我说。正巧这时，服务生端着两锅热气腾腾的煲仔饭上了桌。我照例要求服务员再给一小碟酱油。有时我喜欢口味浓一点。

你有没有留下她的电话？小爵问。

有啊，我们吃面的时候交换了名片。

那么她也有你的电话了咯?

对，我手写在纸上给她了，我答。

腊鸭腿煲仔饭很香，鸭腿是预先腌制过的，偏咸，正好很下饭。而饭粒裹着烧腊的香气，我专心吃着，过了好一会儿才抬起头。

那么，我现在想问你一个问题，我对小爵说，你说这个故事是真的吗?

是真的。小爵没有多想。

为什么你觉得它是真的呢?

因为…… 因为细节很真实。那个女孩很外向的，和她保险推销员的职业也很相称。还有你乘地铁、吃博多那些细节也都很真实。

所以说，一个故事要让人感觉真实，一定要从细节着手。我继续道，我也曾经把这个故事讲给一些其他朋友听。有个朋友说，这一定是真的，因为它听起来像假的。那个朋友分析说，你讲的东西，那些听起来不那么像真的东西往往是真的，那些好像是真的，却可能是假的。

那么到底是真是假? 小爵又追问道。

我从包里取出一张名片，递给小爵。名片上赫然印着某某保险“聂倩”字样。

果然是真的，小爵说。不过，这名片好像有点旧哦。

对的，于是我说起了另一个故事。

事情是这样的。城中某APP在纸媒衰落、电子阅读兴起的大环境下约请作者写一个有关谎言的非虚构故事。我其实一直没有写出来，直到昨天晚上整理写字台、发现这张名片的时候，我才突然有了灵感。我忘了我是怎么会有这张名片的，或许是谁丢在我信箱里或者通过广告邮件寄来的吧。我从来没有仔细看过这张名片，昨天整理出来的时候，我被这个名字吓了一跳——聂倩？聂小倩？那不是《倩女幽魂》里的……吗？于是我想，要是以这样一个没有来由的人写一个故事会怎样？碰巧昨天乘地铁遇见同事，我就把这两个情节串在了一起，构思了这样一个奇遇的故事。当然，故事还没有结束，几天之后，故事里的“我”将会收到那个女孩的电话，将会有一个真正的骗局。不过，这一些我暂时还没有想好。

把一整碗煲仔饭吃下去很撑。我又点了杯西洋菜蜜，想喝点水消消食。

好吧，我继续问道，现在你还觉得这个偶遇的故事是真的吗？

是真的！小爵答道。不过她的回答有些过分响亮，就好像她要用音量压过心底的怀疑。这个故事真可怕，小爵继续说道。

因为你觉得她是鬼？

倒也不是，只是……小爵停顿了一下，突然改变了主意：这些，都是你编的吧？

不是啊，我真的是看见名片之后受了启发。

可是……你为什么会把在桌上的名片放到皮夹里啊？

因为要拿给你看嘛。

瞎说，所以偶遇还是真的。小爵又推翻了自己的结论。真可怕啊，她继续道。

她一直没有说明，她说的“可怕”到底可怕在哪里。是因为恍然明白了，身处其中的这个世界其实从来不像我们想象的那样确凿无疑；还是，因为那女孩的名字和身份，因为那个已经开了个头、谎言却姗姗来迟的尚未被书写的故事？我没有问，我继续着我的故事。

如果那个女孩真的打电话来，我会说，你打错了。这样，她会以为我在名片上写的手机号码根本是假的。她不会认出我的声音，毕竟我和她只见过一次。她绝不会意识到：是接手机的这个“我”说了一个谎，而会以为是那个在名片上写手机号码的“我”说了谎。只要这样，故事就不会继续发展，如果她真是一个骗子，那么骗局也将无疾而终。这就像，大家都会以为小说里的故事是假的，但有很多时候，只是小说这种文体预先声明的虚构性本身是假的。

那么，你真的是在写小说?

对。等 APP 上发表了之后我就拿给你看。

所以偶遇是真的。小爵说。

所以小说写的是我们现在的谈话啊。

所以我是在帮助你创作?

对，这些都会被写进小说。

那么偶遇到底是真的还是假的，我要发疯了。

真的。

你的牙齿上怎么有一片菜叶? 小爵突然转换了话题。可是，你并没有吃菜啊。

嗯，这个作为结尾不错。我说。

展览继续 →

EXHIBITION CONTINUES

墓地疯子

爱丁堡大象屋的侍应生都叫他“墓地疯子”。

每晚9点，他都会用银制咖啡勺轻敲印有大象（大象屋嘛）的咖啡杯，随后讲一个他声称亲身经历（但人们通常不信）的故事。这些故事不但内容千奇百怪（等会儿我们就要听到其中一个），而且口音多变（苏格兰或伦敦腔、纽约或希腊口音）。安德鲁，此刻正在吧台后炮制爱尔兰咖啡的侍应生主管——他正拿起一瓶高地公园牌苏格兰单麦威士忌朝黑咖啡里倒呢（神奇的是：苏格兰威士忌加黑咖啡和奶油竟然变成了爱尔兰咖啡）——是墓地疯子最狂热的粉丝。或者说：他在大象屋打工，就是为了每晚听墓地疯子讲故事（我们稍后会知道安德鲁的目的），而不是因为什么 J. K. 罗琳或伊恩 · 拉金（游客们往往为此而来）。

安德鲁掌握了分辨游客的技巧：除了他叫得出名字的一两个熟客外（隔壁以烤乳猪闻名的琥珀餐厅的老板科林以及通常在皇家戏院演出结束后过来喝一杯的博伊德），店里的顾客全是游客。他们大部分是哈利 · 波特的粉丝，提出的第一个问题总是关于 Wi-Fi 密码的（密码就是 harrypotter）。他们举起手机和照相机，通过取景框看店里的一切（多少有点曝光不足）。而记忆会变成流量，换取简洁的“赞”（每个赞都像货币一样等值）。他们也会不失时机地阅读手中各种语言版本的地图或爱丁堡导览手册，寻思着还有多少未曾到达的景点（像盘点）。

墓地疯子是不管这一切的。此刻（8点59分），他已经站了起来（迅速地，本能地）。银制咖啡勺敲打大象屋咖啡杯的声音会因所剩咖啡的多少而略有差异（可能只有安德鲁意识到这一点），但仪式是不变的：游客们会像中邪一般安静下来（剧院灯光渐渐熄灭，戏就要开演那一刹那），就好像所有的声音此刻已被魔法没收进墓地疯子手里的咖啡杯（吸尘器）里。安德鲁顺势调暗了大象屋里的灯光，除了墓地疯子头顶那盏射灯。随后的半小时感觉像五分钟。时间被浓缩（Espresso），空间被框定（就让我们假设框架之外的世界并不存在好了），中了邪的观众顿悟般一下子听懂了墓地疯子的任何口音（并且能识别这种口音）。

我所说的一切都是真的。（永远不变的开场白，墓地疯子开始讲他的故事）有一次，我被关进一间漆黑的小屋，小屋里只有一张床、一盏吸顶灯和一个抽水马桶。屋顶很高，吸顶灯的开关也不在小屋内，猜想是由屋外的不知谁控制着。门无法从屋内打开，也不知道是谁把我关进来的。几小时后，灯亮起。我在床脚发现了一支铅笔。屋里没有纸，我就在白墙上画了一扇门。我试着推了一下，门就开了。就这么简单，我逃出了那间小屋。但就在那时，我开始怀疑另一件事：我是不是真的？也就是说，我是不是真实的存在？如果我是真实的存在，我怎么可能打开一扇墙上画的假门就逃了出来呢？这样的情节根本就像是虚构的啊。于是我来到城堡边的那间二手书店，把我的经历原原本本地讲给了一位戴黑框眼镜的年轻女店员听。她静静听完，并不慌忙，随后问我，如果你觉得这是一个寓言，那么寓意是什么？我想了想答，寓意可能是——想象，也是一种逃离。黑框眼镜女说，如果真的是想象的话，你现在一定还在那间小屋里呢，而我只是你的幻想；所以你只需要想明白这一个问题，我是不是真的？我是不是只是你的幻想？我说你是真的，你当然是真的。这时，黑框眼镜女提议，一起去那个小屋看看。“眼见为实”，这是她的原话。就这样，我带她来到那间小屋。她提议，由她一个人进去察看，我负责把门。我同意了。她走进小屋，咳嗽了一声，吸顶灯就亮了。五分钟后，她走出小屋，掩饰不住脸上的笑。你是骗子吧，她对我说。我说怎么啦？她说墙上的确画了一扇门，但那扇真正的门不就在你画的那扇门里吗？我说不可能，小屋里原本的那扇门是打不开的。你真的试过？她问。她这么一问，我倒不再确信无疑了。记忆总是不那么可靠，尤其在人受到惊吓的时候。那里真的原本就有扇门吗？我到底试着推过那扇门吗？会不会仅仅因为那个小屋是漆黑一片的，我就以为它无法从内部打开？又或者，那扇门原本是打不开的，但在我画门的时候，它已经变得可以打开了？我不再确信。我老老实实地答，我不记得了。

故事说到这里，墓地疯子拿起一瓶 Williams Ceilidh Lager（这一杯是店里请的），扬起头，一口气喝了半瓶（似乎要与故事的进度相配比)。他没有停顿太久，便继续开始讲故事的后半部分。

后来，我和黑框眼镜女回到了书店。我们想出了一个好办法，打算上网搜索一番，究竟有什么小说里有类似的门或情节。然而，当我们沿着乔治四世大桥街往北走，在曲折的维多利亚街左拐，顺着下坡路走向格拉斯广场的时候，一件小事引起了我的怀疑：有一只海鸥不知为何从低空掠过，发出一种似乎在表达喜悦的叫声。爱丁堡的确靠海，艾比山另一侧不远处，连空气都是咸的；但在相对西侧的格拉斯广场，从前的市集和公共行刑处，海鸥并不多见。这让我想起吴宇森电影里的鸽子，如果动物总是在这些虚构作品中成为象征，那么剧中人是否可以凭借这些征象，来确认自己身在剧中呢？比如这只海鸥，会不会是在象征我借由想象力逃出小屋、走向自由呢？我没有把这些想法告诉艾丽斯，那个黑框眼镜女，我不想打草惊蛇。我们回到书店时已近黄昏，店里几乎没有什么顾客，于是我坐在艾丽斯身旁，打开谷歌。我们最先找到的并不是小说，而是法国画家尼古拉斯·普桑(Nicolas Poussin)的一幅自画像。前景是微微皱眉作凝视状的画家本人，深色上衣几乎与暗色背景融为一体；他的背后有三幅或四幅彼此遮蔽的油画——究竟是三幅还是四幅，这才是重点。因为那第四幅画可能是一扇门，难以识别那暗处的轮廓究竟是门框还是画框。我们点击了这张自画像，屏幕上跳出一篇艺术评论。

评论家显然也拿这点大做文章，“或许在尼古拉斯·普桑看来，油画与门没有什么两样”。我们继续搜索，找到了一篇更类似，也更神奇的故事，来自阿拉斯岱尔·格雷的短篇集《十个既荒诞不经又真实无疑的故事》(*Ten Tales Tall & True*)中的一篇《虚构出口》(“Fictional Exits”)。那个故事的开头部分，很像我的经历：那个囚徒同样画了一扇门，“一扇与那扇打不开的门一模一样的门，只有一处区别”，即门上有钥匙。“自由意志是思想的核心，每一个感觉被困住的人都必须想象逃离，其中一些是有用的。新的艺术和科学、宗教和国家就是这样被创造出来的。”作者写道。然而，故事又峰回路转，遁入一个“不那么大团圆的结局”，在后半部分故事里，几个粗心大意的警察误抓某人后，运用想象力反诉其袭警，才化险为夷。我和艾丽斯读完整个故事后，不约而同地沉默下来。所以？她用探询的眼光看着我。所以我和你都不是真实的，我对她说道，我们都在另一位作家的想象世界里——他挪用了阿拉斯岱尔·格雷的故事，可能只是想说明另一个道理。什么道理？艾丽斯问。不会有另一扇门。想象力只能用来发现那扇原本打不开的门的改变——而甚至那也只是想象而已。我说道，有点像自言自语。

故事几乎是戛然而止的，有几位顾客开始鼓掌（另一些人则在听见掌声后鼓起掌来），而安德鲁又忙碌了起来（故事需要啤酒或威士忌来消化）。离大象屋打烊还有足足一个半小时，但对他来说，这一天已经结束了。

附录：安德鲁·哈钦森给 btr 的电邮（译文）

From: 安德鲁·哈钦森 andrew.hutchinson@elephanthouse.biz

To: btr panaceamoi@gmail.com

Re:《墓地疯子》的译文

btr 你好，

虽然看不懂神秘的方块字，但看见自己的小说被译成另一国的文字，还是相当令人激动。谢谢你！很遗憾因为爱丁堡书展与上海书展时间冲突，而未能前来上海，希望下次还有机会。你的采访问题，现简答如下，若有其他疑问，可尽管再来电邮询问。

[Q] 墓地疯子真有其人吗？还是完全出自你的想象？

[A] 真有其人！店里的侍应生告诉我：他就住在离大象屋不远的灰

衣修士教堂（Greyfriars Kirk）墓地的一间小屋中。那间小屋里也真有白色粉笔画的门！不过现实世界里的墓地疯子从不讲故事，他只是经常去大象屋喝一杯 Williams Ceilidh Lager，也很少讲话。据说有一次他曾谈及自己的身世，说自己是亚历山大·亨德逊的后裔。（1638年，苏格兰各地领袖因不满国王专权，相聚于爱丁堡，发布《国民合约》。亚历山大·亨德逊是该合约的起草者。）

[Q] 若真有其人，墓地疯子读过《墓地疯子》了吗?

[A] 我请店员代送了他一本！但他似乎不读书。

[Q] 您是格拉斯哥人。为什么要将小说的背景设定在爱丁堡?

[A] 那是因为大象屋的缘故——作为哈利·波特的诞生地，我希望故事因此多一些神秘的色彩。

[Q] 您为什么要在故事里安排一个名叫安德鲁的人物，而不是干脆用第一人称写?

[A] 只是游戏，作者总希望离自己远一些。或者说我只是用自己的名字命名了那个侍应生而已。

[Q] 能否谈谈阿拉斯岱尔·格雷对你的影响? 您喜欢的作家还有哪些?

[A] 阿拉斯岱尔 · 格雷是我最喜欢的苏格兰作家了。他的每本书都以独占一页的、大大的“Goodbye”作为结尾；有趣的是，在《墓地疯子》里提及的那本短篇集的结尾，却是一张詹姆斯 · 布里斯的漫画，漫画中的阿拉斯岱尔 · 格雷正在写那个大大的“Goodbye”。我喜欢的作家还有纳博科夫和库特 · 冯内古特。

[Q] 有评论说《墓地疯子》很像一个寓言，一个有关如何逃离困境的寓言。您同意这种说法吗?

[A] 当然一切都是寓言。在我看来，寓言总是在清晰与模糊之间的某处。或者说，是一种混沌的清晰。而归纳一个寓言，就会破坏这种“清晰的模糊”。

[Q]《墓地疯子》里提到了自由意志，也让我想起了意大利剧作家皮兰德娄的《六个寻找剧作家的角色》。你故事里的人物似乎也常常想逃离故事本身，追求一种真实?

[A] 的确如此。在这个时代，什么是真实、什么是虚构的再也不那么泾渭分明了。倒不是说我们真的都会有对于桶中之脑（Brain in a jar）的思考，而是说，我们都不自觉地有了一种焦虑，而这种焦虑来自科学的不断发展。另一方面，我也想探讨某种自由的幻觉，这种幻觉就类似于作者一人物的控制关系。

P.S. 附上大象屋的照片一张，欢迎来苏格兰玩！

祝好！

安德鲁·哈钦森

---

1 Attachment

展览继续 →

EXHIBITION CONTINUES

见鬼七日谈

第一日

没人料到是居委会主任发现了那只鬼。好几天了，它就在那儿一动不动。事实上，所有进出居委会的人都会绕开它，以免踩到它；但鬼就是那样的东西，它总是不以人们预想的方式和形态出现，比如这一次，它明明就在你身边，你已经都看见了它，但不知为何，你就是没有想到它就是鬼——直到它消失的那天。

鬼消失在一个大晴天。居委会主任是在一脚踏进前几天鬼占据的这块领地时，突然意识到它的消失的：随着这一顿悟而来的，是一系列事件——突然摔倒，昏迷，尾椎骨骨裂，出院，与副主任一起回到事发现场调查见鬼始末。

“这儿有个鬼啊！”副主任指着那块地面凹陷说道。

“对，”主任回答，“后来它消失了。”

副主任取代主任的第二个月，上海迎来漫长的梅雨季。新主任这时候才意识到前主任并没有发疯：那儿的确会形成一个水塘。一块香蕉皮掉进去的时候，像鬼在笑。

第二日

直到昨晚，这里还是上海最明亮的街角。快销品牌旗舰店门口，巨大的显示屏像浴霸一样投射出武器般的光芒，将夜晚的这块区域劫持为明晃晃的店堂租界。

然而今天，朝南的那块显示屏决定用一首小诗来抵抗消费主义导向的论述。比十四行诗长得多，就当它是五十六行诗吧，彩色的点状显示灯是单词，作为尚未破解或无须破解的莫尔斯情绪电码，谱写出没有灵魂的广告屏在失灵状态下的灵光一现。

“见鬼！”技术人员重启了两次屏幕还是老样子。要是他们更敏感一些，要是他们懂得观察一次失灵与另一次失灵之间的细微差异，他们本有可能发现，每次重启后的那首诗其实变了——长短和节奏没变，但每个单词，也就是点状的颜色，每一次重启时都会改变，就好像那失灵是一种格律，而机器已经学会了用那种格律写出崭新的诗。

第三日

马生坚信人不会在一天里两次遇见鬼。

况且这是个大晴天，碧空如洗，樱花盛开，只是车里的播客节目在讲一个鬼故事。讲故事的人操着一口粤语口音浓重的普通话，几乎每个词的发音都有偏差，但若考虑整个故事的语境，这些发音偏差又都是听众可以顺利矫正的：“奏”是“就”，“长臂”奏是“墙壁”……而正是这些额外的矫正工作像麻醉药一样令马生放松了警惕，以至于当主播讲到倒车警报仪加速响起而后视镜里明明空无一物时，那种惊悚的感觉反而加剧了。

在这一时刻，马生的车右转拐入一条林荫道。他发现了一桩奇异的事：谷歌地图上，此刻这条路显示为红色，即严重拥堵，然而他眼前的现实世界却是一条几乎没有人也没有车的康庄大道。被刚才的鬼故事吓到的马生放慢了车速，诚惶诚恐地继续往前开了几十米，谷歌地图仍是红的。他又学着前一个鬼故事里的主人公那般念了好几遍阿弥陀佛，谷歌地图仍是红的。于是他的脸也涨红了。带着“如果真的有鬼，我也不能就这么撞他们啊”的朴素想法，他决定暂且把车停在路边，抽一根烟，平复一下心情。一个路人经过——看起来像个德国人——拖着一个硕大的旅行箱。“今儿个人真少呀”，马生不知为何试图用京腔和眼前的德国人搭话。而德国人竟也真的会说一口中文，只是他的话语令马生顿时跌坐在引擎盖上。

他说:“可马路太堵了。”

马生没有看到一个月后关于德国艺术家 Simon Weckert 的报道,他至今都不知道那个旅行箱里装的是满满一箱开着谷歌地图导航模式的智能手机。

第四日

想必那位房产中介是恨她的。也可能,那只是房东与房产中介串通好的恶作剧。谁知道呢?！反正故事是那样发生的,她如今想起仍然有点后怕。

人不都是这样的吗?她会为自己辩护,租房子嘛,总归想又要地段好,又要价格便宜,又要房型正,又要家具齐,又要设计感,又要离公司近,又要街区生活便利……然而事实是每套房子都有一个或好几个“但是”,以至于现在复盘回想起来,那位房产中介一定是到最后失去了耐心。

去看“所有条件都符合”的那套房子时,是个大晴天。助动车载着她开进那条绝对市中心的弄堂、停在一栋三层别墅前时,刚好正午。“整栋哦,月租只要两千。”现在回想起来,她觉得中介的这句话说得充满挑衅意味。

开门的是个老爷爷，卷曲的白胡须像素描线条那样勾勒出颇有福相的脸，连眉毛都是卷的。中介说他就是房东。“小妹妹啊，”爷爷带她逛完整栋楼后说，“所以你真的要租这里？”“真的两千块一个月？”她的语气是不敢置信有这般好事。“当然，这还有假？不过……”爷爷似乎有话要说。“不过啥？”她追问。“不过……坦白说吧，这里闹鬼。”爷爷平静地说，眼神却直直盯向这位潜在的租客。

“不会吧，哪里有鬼？”她几乎本能地反驳道。

“就是你。”——这是她晕倒前听到的最后三个字。

第五日

《晴天有时见鬼》开头引用了梁文道论鬼的名言：“人们其实并不是怕鬼，而是怕黑。”悖论般的，这本摄影集里的所有照片都摄于晴天——“有必要从隐喻的角度理解黑”，摄影师在后记里如是说。

不过是一些寻常事物：梧桐树干的一块凸起，晾在助动车把手上的橡胶手套，晾衣绳上的一件冲锋衣或工地围栏上一些似有若无的恍惚光影…… 但真的会在心底激起类似恐惧的情绪。可以用“恐怖谷”理论解释吗？又或者，这些图像就像镜子一样诱出藏匿于我们心底的黑？

第六日

“请注意，您已经疲劳驾驶；请注意，您已经疲劳驾驶……”不知是口罩的遮掩还是晴天温暖的阳光令乘客们减少了交谈的欲望，整部公交车的车厢异常安静，于是这凭空袭来的机器提示音——每隔几秒就近乎偏执地重复一遍，语气仍和第一遍说出时一样客观、冷静，带着就事论事的意味——成为悬置在空气中的粗体字，传递出某人需要做出某种行动使之消失的迫切感。

虽然那个声音使用的是第二人称单数“您”、而非“他已经疲劳驾驶”，乘客们还是纷纷将目光聚集到司机的方向：一个微微秃顶的中年男人，目光注视着前方道路，没有任何异样，没有任何其他人类得以判断出其“疲劳”的动作或特征，哪怕指控他“倦怠”都显得缺乏确凿证据……然而，这提示音还是不屈不挠，就好像它掌握了什么我们没有掌握的讯息，才可以如此坦然地假借提醒之名，向乘客发出预警。又或者这个声音是对打工人的深切体恤？毕竟人是有可能在不知道自己疲劳的时候已经疲劳了的。

相比司机的冷漠——或冷静——一位准备下车的老阿姨率先做出反应：“我倒是听得吃力煞了！”她的话似乎是说给司机听的，但直到车门打开、阿姨几乎忿忿不平地下车，司机仍没有做出阿姨期待的、给予同一立场者的回应——比如一个共谋的微笑——相反，他还是如常冷漠或冷静着，就好像已经接受了“请注意，您已经疲劳驾驶”的指控或提醒，或已经消化了这种指控或提醒之中的荒诞性，以至于根本不屑做出反应。

毕竟路还要继续。

第七日

- 这批小说写得比去年好哎！你还是从淘宝买的？

- 对！但……

- 但个啥哟？鬼才信你会自己写。

- 但这次真的不是 ghostwrite 的，而是一个 AW！

- 神马大步遛？

-AW：Artificial Writer，虚拟作家，经过了几万小时机器学习的好吗？！

- 听起来很高级，给他们学些啥呢？学《聊斋》《弗兰肯斯坦》，特朗普传记还是陆平原？

- 这好像是商业机密，但结果你看，写得很不错呢。

- 这倒是…… 不过你小心哦，听说有些 AI 就像自动售货机里的爷爷！

- 什么爷爷？

- 就是你以为那是个自动售货机，其实里面坐着一个爷爷，你把纸币递进去，爷爷拿给你一罐可乐。看上去很高级，其实都是爷爷在干活！

- 坐在里面他不闷吗？

- 好啦，只是一个比喻。这个 AW 贵不贵？

- 还行，这次还打了折，因为我识别出了其中一篇所模仿的源文本，就是第四天那篇，其实是照恩里克 · 比拉 - 马塔斯的《因为她没有要求》里的一个段落改写的。正好是“3 · 15”，我就去找客服了，AW 明明允诺是“消化之后再创作”，不能照搬的。结果那篇就算送的了，打了个八三折。

- “消化”…… 这个词用得诡异，就好像 AW 也会吃金针菇一样。

- 总之稿子写好啦，你就不要疑神疑鬼了。我自己写，不也一样是“鬼使神差”般的吗？创作嘛，就是这样咯，如果一切逻辑、步骤和程序全透明的话，那还有什么意思呢？

－说得好！说得对！真是个机灵的小鬼！

展览继续→
EXHIBITION CONTINUES

后花园地图

1

沿着螺旋状楼梯拾级而下时，她突然有种强烈的被注视的感觉。有人看着我。她放慢脚步，鞋跟敲击楼梯木板的间隔变长，回声的震颤透出迟疑。我不能回头。我不能显露出感觉到自己被注视。她将注意力集中在手中洗衣袋发出的摩擦声上。一步，一步，一步，洗衣袋绘出乐器般的节奏。直到一团迅速掠过眼前直抵玄关的黑影为这段一度仿佛被延长而显得无穷尽的楼梯加上休止符，她才意识到那是一只猫。迅捷、轻盈而沉默的猫。它的双眼像监控摄像头般警觉，仿佛不仅能捕捉眼前的图像，而且能将对方意识范围内那些无形之物一并摄取。猫知道一切。在她的感觉系统里，这只猫在被她看见的那一瞬间突然消失了。它融入窗外浓郁的黑夜里，就好像它本来就是黑夜的一部分。而黑夜将客厅的落地玻璃窗变成镜子。那是我。她注视着镜子里的自己。我要写的就是你，总是如此。

房东没有告诉小说家洗衣机在地下室——小说家认为这不算说

谎，毕竟短租房网站上的描述无法具体到每个细节。她想，这甚至 1
有点像小说展开的方式：先披露故事的一部分，再不断补缀、修正、丰富、扩展、转变，甚至颠覆。而展开一个地下室——按照房东放在客厅桌上的《“后花园”短租公寓指南》——需要先插入专用电闸取电，再取存于电箱里的地下室钥匙，循另一旋转铁梯而下。

到达铁梯底部时，她已有些晕眩：这24阶每阶以60度旋转的梯级让她在短短半分钟里转了四圈，就好像加载视频时顺时针依次闪动的小圆点，是抵达另一个世界必需的仪式。某种具有加速度的仪式，像旋涡，将人裹挟其中。是人们所说的“沉浸式”吧？小说家想。

地下室与小说家想象的完全不一样。或者毋宁说，完全不同于人们对地下室的刻板印象。它宽敞（甚至给人一种吞并了好几位邻居地下室的感觉）、明亮（白炽灯使整个空间变得如同展示当代艺术的白盒子）、空旷（除了靠近铁梯处的洗衣机，地下室空无一物）。像一个失忆的人。

而小说家发现地上那幅神秘地图，是三天后的事。

2

在曲园29号住了几天后，我的城市史小说项目的田野调查才有了重大进展。步高里居委会的张主任带我去了23号沈爷家。87岁的沈爷是整条弄堂里最老的住户，他的父辈和祖父辈在1912年公董局越界筑路前就住在这儿。当时这一区域尚属郊外，名叫“沈家宅”。自吴淞江经康脑脱路（今康定路）越宝昌路（今淮海中路）蜿蜒南流的东芦浦[1]在转弯并入肇嘉浜（“卢湾区”之名便源自于此）前的最后一条支流就在此，名为沈家浜。后来法租界填浜筑路，陆续建起36栋三四层砖木结构风格混杂的洋房[2]，而这便是“曲园”。据沈爷分析，如今曲园整条弄堂向北呈“反F”形延展的路径，与

1　参见《上海市卢湾区地名志》，第208页（上海社会科学院出版社，1990年8月第一版）。

2　同见上书，第113页。

当时沈家浜几条细支流的分布暗合。 2

沈爷讲一口老派吴侬软语，抑扬顿挫间颇有说书人的味道。但这并不意味着他所说的东西皆真实可信——有意或无意地，或因为记忆偏差，或因为道听途说，或因为代代转述时必经的变奏，又或许是作为本弄唯一土著的权威性所派生出的虚构冲动，他所讲述的故事有些无法被查证，有些则可被现存史料证伪。比如他说船王董浩云从舟山移居上海时住在曲园5号，后来的香港首任行政长官董建华就出生在那儿；但经查证，虽董家当时的确居于福履理路[1]（Route Joseph Frelupt，今建国西路）——与曲园在同一条马路——但那并非曲园，而是365弄福履新村。而他所讲的1945年被国民党军统组织征用作“军统优待室”关押尚未移交至提篮桥监狱的囚犯之故事，同为张冠李戴，其实发生在楚园（建国西路25弄）。但另一方面，就算沈爷所讲述的这些故事有悖史料，或挪用了同一时代附近地区的史实，其中仍然保有某种真实。从某种意义上看，这与我写某些小说时构建人物的方法颇为类似：将几个人的特质融为一体，嫁接在主人公身上。毕竟小说的真实不同于现实的真实；甚至，前者的真实较之后者的更真实。

反倒是当沈爷口述的故事太有逻辑性、具有太过明确的教益或隐喻色彩时，可信度反而打了折扣，哪怕它们事实上可能是真

1 1912年初筑时名为打靶场路（Rue du Champ de Tie）。

的。比如，他讲得跌宕起伏的、发生在曲园13号里的鬼故事，更像是为了揭示作恶心虚的房东的心理图景，从镜子里看见骷髅的桥段如同来自惊悚电影。又比如，下面这个关于善、恶与回报的故事[1]：20世纪50年代，住在曲园3号的一对C姓姐妹与住在24号（沈爷隔壁）的L姓女孩在同一所中学读书，每天乘三轮车同进同出，建立了深厚友谊。C姐妹的母亲亦待L如女。1965年，C姐妹赴港定居。"文革"期间，C家亲戚为划清界限对C母避之不及，唯有L不离不弃，始终探望照顾C母。1984年，L获出国深造良机但苦于缺乏资金，C母便倾囊相助。到了90年代，L学成后赴澳门医院任职，而C母罹患帕金森症后移居澳门，由L夫妇倾力照顾，直至五年后C母去世。整个故事诚然感人，又有照为证，但或许是因为叙述被抽离为事件的框架，便在与"行善—回报"的劝谕故事原型重合的同时被卸除了力量。反而是沈爷提及的一个细节让我印象深刻：在收拾母亲遗物时，C发现了很多新衣服和新鞋子，那是L夫妇照顾C母的五年间陆续购置的。在我看来，这最后被发现的、遗留的细节——悖论般地——才是支撑整个故事之梁。

关于曲园9号的故事可能是"沈爷讲古"系列里最离奇的一则。自20世纪初，上海私家园林日渐兴盛，逐步成为城市公共空间的重

1　参见曹其真新浪微博：http://blog.sina.com.cn/s/blog_636ada350100k6r7.html。

要组成部分，而在园林里举办雅集或展览会渐成风尚。曲园虽为住宅区，但在40年代亦有一“简廉亭书画社”于曲园9号。1942至1944年间，简廉亭书画社曾先后举办了六次古今名人书画古瓷展览会[1]，每次持续一至两日不等。沈爷讲的故事就发生在1944年4月的最后一次展览会上。那日清早，简廉亭里来了一位戴着墨镜和礼帽的中年男子，向店主询问能否将自己的一幅作品在展览会上寄售，并允诺一旦成交即将收入五成分予店主，条件是不得透露作者身份且不得售予日本人。店主展卷，发现男子所绘竟是简廉亭这洋楼本身，画似照片却又有特别神采，明暗线条皆细腻精确。后有邻居识出该男子是长期隐居于弄底30号的神秘人。神奇的是，作品虽然标价甚高，但不出一个时辰就被迅速买走。当天傍晚，更来了一批身份不明人士来打探此画作者的下落。第二日清早，一位腰间挂着钢刀的日本武夫直冲弄底，破门而入，但墨镜男子早已不知去向。小道消息称，那画的作者便是大名鼎鼎的月份牌画家杭稚英先生，展览会上出售的此画虽与其所绘月份牌主题迥异，但他使用炭精粉及擦笔水彩的方式泄露了作者的身份。他长期隐居曲园，只为了不趋炎附势，“宁可穷困也不给日商绘画”，倒是暗合了“园林”作为避居山水的传统。沈爷认为，杭稚英先生当时是 2

1　参阅《上海美术志》（徐昌酩主编，上海书画出版社，2004年出版）附录二“美术活动纪年”。

通过四通八达的地下室脱身的。

次日下午，沈爷伴我在如今的曲园闲逛。我们一同欣赏门窗的图式、院落里的植物及种种弄堂市井风景。沈爷对圈门内的门空样式最感兴趣，一一为我讲述栀子花式、罐式、贝叶式、鹤子式、葵花式、梅花式、菱花式、海棠式、月窗式等门窗图式[1]，讲到“贝叶式”时还不忘提醒我这一样式宜供佛所用，而在1949年前，这栋屋子一直是座小型佛堂。我当时疑惑于沈爷为何对这些门窗图式如此着迷，后来才意识到曲园整弄几经变迁，唯有这些图样始终未变。

闲逛时，沈爷还拿着一袋猫粮——每天下午喂流浪猫是他的日常。本是寂寥的巷子，沈爷出现，猫竟事先晓得似的从几个方向聚来。一共五只。我却被不远处墙上贴着的一首打油诗吸引。诗中强调了住宅四周八个探头的存在，佐以并不通顺的、威胁小偷赶紧离开的语句，散发出一种笨拙的幽默感。旁侧还有十个大字：“探头在跟踪，君子请自重。”我正想着这不伦不类的打油诗，却听见沈爷在旁朗声叹了一句：“哎，它们什么都不知道。”我转头，没有弄清沈爷说的究竟是猫还是摄像头。

1　参见《园治注释》第173—183页（[明]计成原著，陈植注释，中国建筑工业出版社，1988年5月第二版）。

1

再次沿着螺旋状铁梯拾级而下时，小说家几乎已经预感到，自己将会发现什么，虽然她一时还不能确凿说出那“什么”究竟是什么。她加快脚步，任由晕眩感与顿悟的预感彼此催化。难道是？这一次，她并没有衣服要洗：她只想印证一个猜想。

她猜对了一半：地下室的地上的确绘有一张地图，但那地图却不是曲园的，也不是这栋楼的平面图。而是一个真正的园林：纸上（地上）的园林。亭、阁、斋、廊、池、馆、堂、楼、圃、庵、处，皆用抽象的符号——标注。取名都有诗意：远翠阁、后乐堂、停云庵、冠云峰、休休亭、也是轩、又一楼、借景池、听风处、五峰仙馆……就好像园林风景已蕴于这些名字之间。凭图游园，大可望字生景，以至于任何具象画面皆属多余。

小说家循园林地图上标示的道路游走，严格遵守图中设定的边界，并不行于池中，或逾峰而走。有几次，她走到园林边界处，才发现路并无柳暗花明，只得原路而返。她坐进想象中的休休亭，遁入冥想；又真的在冠云峰极目远眺。她就是在这时望见两盏炫目的白炽灯间那两个硕大的字的：“留园。”

难怪先前看见“五峰仙馆”几个字时觉得似曾相识，小说家思忖道。童年时她常去苏州游玩，留园一直是她的最爱。此刻，循着长廊游走于园中的身体记忆一下子复苏了。但她同时觉得疑惑：先前的那些亭台楼阁名，为何又如此陌生？她掏出手机搜索苏州留园地图，一番比对后发现：地下室地图上的大部分名字皆为虚构，但园林的整体路径却与现实中的留园相当吻合。

小说家复又低头沉思，而答案正在地上。就在“留园”二字正对着的地面上，借景池的中央，有三个同样字号的大字：“后 花园”。三字比所有的亭台楼阁名都大一些，位置又恰好处于全图正中央——这才是这座地下园林之名。

再细看，“后”与“花园”间略有空隙，似乎暗示着可以（甚至应该）用另一种方式来理解“后”与“花园”之间的关系——这儿的“后”或许并非方位的指涉，与我们所说的“苏州是上海的后花园”或“上海的私家园林是租界的后花园”中的“后”并不一样，而可能代表着时间上的“后”，“后现代”的“后”。或地下之于地上、幕后之于幕前、边缘之于中心之“后”。而以花园之地图作为“后 花园”，不就是以抽象向具象，或者说以虚构向现实借景吗？

0

（……）盛康重修寒碧山庄后，以其俗名“刘园”略加变通，更名为“留园”，好友俞樾著《留园记》赞之。盛康之后，盛氏六兄弟之长盛宣怀继承了留园。这位清末洋务运动的代表借统治者之力开创不少近代实业，也受到革命党的排斥和打击。1912年中华民国成立后，盛宣怀的留园被革命党没收，他回到上海[1]。其时恰逢公董局越界筑路，在金神父路（今瑞金二路）以东之沈家宅地区兴建住宅区“曲园”。盛宣怀以“盛”“沈”之音近为启发，秘密购置曲园弄底一栋洋房避居其中，并在地下室仿留园绘制了这幅“后 花园地图”，以地图解思园之苦。而这地下室里的后花园，也成了盛宣怀最后的花园。1916年，盛宣怀在上海病逝。曲

---

1 参见徐邸著《留园》第11—12页（古吴轩出版社，2014年7月第一版）。

园29号的洋房近百年来虽几经转手，但直到2017年，藏匿于客厅地板下通往地下室的秘密通道才被一短租房业主在改建时意外发现。

（……）

展览继续 →
EXHIBITION CONTINUES

21.4平方米的朝圣之旅

在自己房间里旅行所得到的乐趣，绝对不会因别人的忌妒而稍减：因为它不花一毛钱。我相信所有明智的人都会采用我的方法，不管他的性情、个性如何，是吝啬或挥霍，是富有或贫穷，是年轻或年老，是出生在热带或寒极，都可以从事和我一样的旅行。总之，活在地球表面的众生，没有一个人读了本书之后，会不向往我向世人推荐的这种崭新的旅行方式。

——萨米耶·德梅斯特《在自己房间里的旅行》
（*Voyage autour de ma chambre*，1794）

一连七天，从上午9点到晚上7点，我在工作室里行走，总距离等于英国版朝圣从 El Ferrol 港通往圣地亚哥－德孔波斯特拉的118公里。传闻称，“二战”期间德国建筑师阿尔伯特·施佩尔被关在施潘道监狱时，在监狱庭院里绕圈行走，精确地走出从一个城市到另一个的距离。

——弗朗西斯·埃利斯《阿尔伯特之路》

1.

St. Jean Pied-de-Port
(43.09485, -1.14085)

距目的地763公里

我原本以为那些贝壳会将我引向一个海鲜餐厅，但30分钟后，我发现自己误打误撞走上了一条朝圣之路。弗朗索瓦女士一边在我的朝圣护照上盖下第一个章，一边说出了一句似乎很有哲理的话：“欲望，总是欲望把我们带到朝圣的起点。”

2.

Roncesvalles
(43.0099162, -1.3198851)

距目的地737公里

进入西班牙境内。在 Casa Sabina 吃完早餐后，
绕小镇散步一圈。阳光浓烈，恍惚中看见天主教堂（Real Colegiata de Santa María de Roncesvalles）外有三人沿墙疾行，左侧两人步伐惊人一致。走近才发现其中一人是影子。

3.

Burguete-Auritz, Navarre
(42.9938985, -1.3391194)

距目的地735公里

草原静谧，溪流是唯一的声音之流。木桥旁，一匹马悠闲地站在阳光和阴影的交界处，头偏向右侧，正饶有兴致地研究自己的影子。它的几个同伴在远处树林旁踱步，不见牧马人的影踪。

4.

Pamplona
(42.8159129, -1.6394994)

距目的地693公里

斗牛场（Plaza de TOROS）是潘普洛纳之眼。虽然没有赶上圣费尔明节，但一个空荡荡的斗牛场似乎更适合作家：它还是一页白纸，蕴含所有的可能。有海明威《太阳照常升起》里的句子作为想象的剧本："他轻柔而稳健地把牛引开，然后站住，稳稳地和牛面对面，向牛伸出斗篷。公牛竖起尾巴冲过来，罗梅罗便在公牛面前舞动双臂，脚跟着地旋转……每次他都让牛极近地擦身而过，以至于人、牛和在牛面前鼓风旋转的斗篷全变成轮廓鲜明的一体。一切是那么缓慢，那么有节制，好像他在把牛轻轻摇动，哄它入睡似的。"

5.

Puente la Reina
(42.67018036, -1.81805135)

距目的地672公里

从 Puente la Reina 出城有两座桥：一座是古老的罗马式步行桥，一座是平淡无奇的高速公路桥。我选择了后者——那样就可以站在较丑的桥上欣赏古桥风光了。一天后，我在 Estella 偶遇 Juan，他说他在罗马古桥上看见"一个只有下半身的鬼"，还从 iPhone 里翻出照片给我看——我不确定，他是不是故意恶作剧 PS 了照片骗人玩。

6.

Estella
(42.66869, -2.0291786)

距目的地648公里

在 Estella 的教堂（Church of San Pedro de la Rúa）过夜。与众多朝圣者一起睡在临时摆在回廊里的双层床上，盖着厚被子和满天繁星入眠。醒来晴空耀眼，发现有一处回廊柱竟由三根柱子组成，且倾斜扭曲——巴斯克地区的教职人员都不说英文，只好带着这个谜团上路。

7.

Los Arcos
(42.5692494, -2.1923734)

距目的地627公里

在朝圣路上的许多小城，朝圣已经成了一门生意。餐厅门口无一例外挂着“Menu Peregrino”（朝圣套餐）的招牌，卖些供游客充饥的汉堡、三明治或西班牙海鲜饭。点了一杯桑格利亚，2欧元。

8.

Logroño
(42.46699186, -2.44813654)

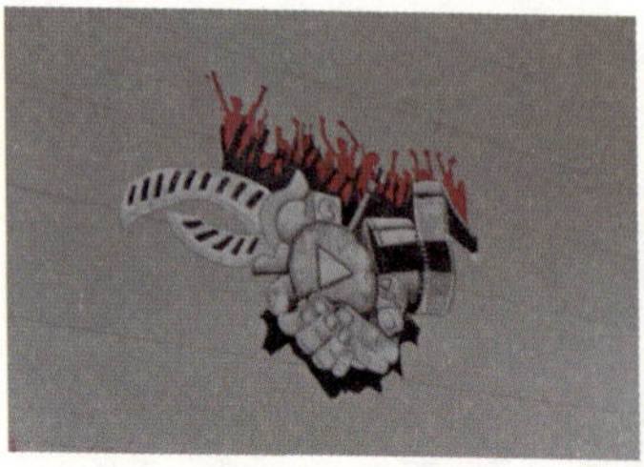

距目的地600公里

和上海来的朋友开玩笑说，在这里要特别小心，因为这个城市的西班牙语读音翻译成上海话是“老夹牢肉”。城市里出现许多涂鸦，是年轻人出没的痕迹。远远看见停车场墙上有一个巨大的播放按钮，如果点一下会发生什么？

9.

Nájera

(42.4160515, -2.7090423)

距目的地572公里

即将到达 Nájera 的朝圣路上，高墙围起一座工厂。墙上用西语和德语抄写着 Nájera 牧师 Garibay Daños 的诗句。我用谷歌翻译了几段——

灰尘、泥土、阳光和雨
那便是通向圣地亚哥之路
成千上万的朝圣者
和成千上万年

谁在呼唤你，朝圣者？
哪种神秘的力量在诱惑你？
不是星空
也不是大教堂

不是 Navarre 的勇气
也不是 Rioja 的红酒
不是 Galicia 的海鲜
也不是 Castile 的土地

10.

Santo Domingo de la Calzada
(42.45006676, −2.98711174)

距目的地548公里

这一段高速公路就建在朝圣路旁，古老与现代并肩而行好几公里。卡车扬起灰尘，远处的蓝天变成灰蓝。那是古老的朝圣路上名叫“现代”的滤镜吗?

11.

Belorado
(42.4207496, −3.189719)

距目的地526公里

市长广场上，去往圣地亚哥的的士站旁，一间名叫BULEVAR的餐厅里摆满了各式各样的钟——每个钟都指向不同的时间，就好像在暗示速度、时间和距离之间神秘变幻的换算法则。20分钟前，我就已经呼唤侍者买单，但他仍在店堂里忙碌地奔走。我决定不催他。

12.

San Juan de Ortega
(42.375969, -3.4372488)

距目的地502公里

修道院门口的椅子错落着，仿佛有一场聚会刚刚散去。我想用一个与“神迹”对应的词“人迹”来描述这样的场景。

13.

Burgos
(42.3404032, -3.702365)

距目的地481公里

Burgos 是一个突然到来的梦。大教堂美丽的穹顶让人养成仰望的习惯。河滨大道两侧的梧桐树神奇地挽起枝条，连接成树的拱廊，就好像天地本身成了一座巨大的教堂。

14.

Castrojeriz
(42.2924623, -4.1317525)

距目的地439公里

远远望见 Castrojeriz 城堡（Castillo de Castrojeriz）的遗迹。不是土地测量员的我更愿意从遥远之处根据旅行手册里一句再简单不过的陈述句展开想象："1359年，Castile 女王埃莉诺，Castile 国王费迪南四世的女儿，阿拉贡国王阿方索四世的妻子，在这儿被她的侄子佩德罗下令谋杀。"

15.

Frómista
(42.26676311, -4.4064145)

距目的地413公里

在 Frómista 的圣马丁教堂（San Martín de Tours de Frómista）旁，一只鸽子将一坨屎准确地投射在我因长途跋涉而冒着热汗的右臂上。像某种古老的冷敷疗法。抬头发现教堂上空——事后我才意识到那些鸽子仅仅出现在教堂上空——扑腾着无数鸽子，令人想起智利作家罗贝托·波拉尼奥《智利之夜》里的神父颇有隐喻色彩的发现："那些古罗马式或是哥特式风格的巨型古迹所遭到的最重要的破坏因素，并不是环境污染，而是来自动物的污染，更具体地说，是鸽粪。"（第113—114页，罗贝托·波拉尼奥《智利之夜》）

16.

Carrión de los Condes

(42.33722114, -4.60090675)

距目的地395公里

小城的每块路牌上几乎都用粉色特别标出通向圣地亚哥之路的方向。每个城市都是试图将人留住的迷宫，而唯有那些走出迷宫的人，才能继续上路。

17.

Cervatos

(42.2916051, -4.7684645)

距目的地383公里

究竟是在每天几点，市政厅建筑的影子尖角才会恰好落在这扇红色的门的底边上？应该还会因季节的不同而变化吧！几何性的瞬间让人着迷，数学上帝在哪里？

18.

Sahagún
(42.36880162, -5.03581035)

距目的地357公里

从 Sahagún 出城的道路蜿蜒曲折。正怀疑自己是不是迷路的时候，看见跨越 Cea 河的石桥桥墩上的贝壳图案——远远望去，像一只有很多手指的手。古桥中央有星形尖角，从空中俯瞰大概会是个扬起手臂的欢欣表情。

19.

El Burgo Ranero
(42.4151232,-5.2481817)

距目的地340公里

一片巨大的平原。移步换景在这儿并不成立——走在乡间无尽的小路上更像某种新型的西西弗斯式修行。连远处的高压电线都不再像人形了：它们像一个个沙漏，比缓慢更缓慢的那种，提醒着路人存在一种永恒的时间。

20.

Mansilla de las Mulas
(42.4976578, -5.4147743)

距目的地320公里

“朝圣路花园”(El Jardin del Camino)的主人是一对六七十岁的本地夫妇，这间客栈兼餐厅已经开了37年。和老板闲聊，问他是不是年轻时曾走过朝圣之路。“不，从来没有，”他边否认边笑，“我不是那么宗教的人。不过，也可以说开这间‘花园’就是我们的朝圣。”

21.

León
(42.6023392, -5.5798188)

距目的地304公里

在古老的朝圣路上走了20多天后几乎患上教堂审美疲劳症。因此，León音乐厅(Auditorio Ciudad de León)在大脑皮层激发的欣快感特别强烈：白色、极简的现代主义建筑在强烈的阳光下产生了一种虚实交织的、视觉上的韵律感。

22.

Villares de Órbigo
(42.468395, -5.9079033)

距目的地269公里

从 Órbigo 出城，脚下的泥土变得更黄。不远处，一排防风林与圣地亚哥之路垂直相交，仿佛画了一个十字。

23.

Astorga
(42.4578872, -6.0558919)

距目的地254公里

安东尼 · 高迪设计的阿斯托加主教宫是仅有的三处加泰罗尼亚以外的高迪作品。据说高迪受委任建造这座宫殿时，正在巴塞罗那建造奎尔公园，于是他要求主教拍摄当地照片，随后根据照片作出设计，并远程寄回了他的设计稿。

24.

Rabanal
(42.4814931, -6.294551)

距目的地233公里

遇到三个骑自行车的朝圣者。他们说自己是从巴黎出发的法国人，骑车并不是为了作弊，而“只是喜欢骑车而已”。

25.

Ponferrada
(42.544279, -6.5939728)

距目的地202公里

世界仿佛活在不同的时间里。在圣殿骑士城堡（Castillo de los Templarios），一切都好像还在中世纪，翁贝托·埃科《傅科摆》里的故事似乎又变成了真的。爬上城堡，眺望不远处21世纪的Ponferrada，两者只有一座桥的距离。

26.

Villafranca del Bierzo
(42.60769241, -6.81665184)

距目的地180公里

第一次在朝圣路上穿越隧道。现实与小说或电影的差别在于：在现实里，那只是一条翻山越岭的捷径，甚至因为隧道口的贝壳标志而成为被准许的“官方捷径”；而在虚构作品里，它们往往成为隐喻。这条隧道直而短，一眼望得到尽头——隧道的另一头像一只眼睛，从远处注视着我们。

27.

Vega de Valcarce
(42.664012, -6.9414652)

距目的地165公里

鲜花、阳光、美酒……住在 Mesón Sarracín 的朝圣者身上似乎有种悠闲的气质。这间小镇里最美的客栈一晚将近80欧元，对朝圣者来说算得上奢侈——但假如朝圣本身包含某种牺牲的话，也许“经济牺牲”也应该包括其中。

28.

Cebreiro
(42.7277945, -7.0235011)

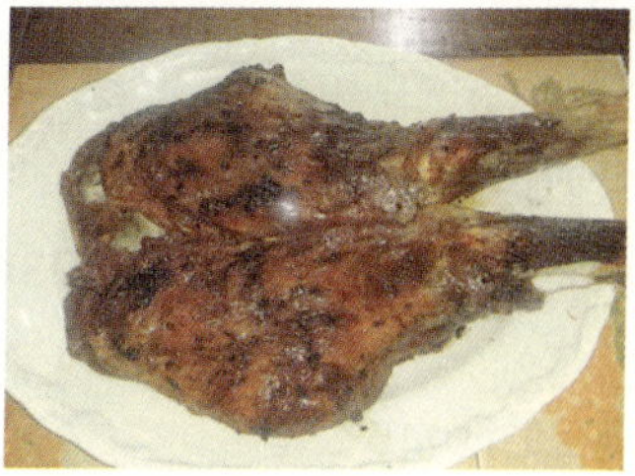

距目的地152公里

越接近终点，似乎越需要补充能量。去网红店0公里小酒馆（Taberna Km 0），尝到正宗的加利西亚烤羊腿，分量很足。

29.

Triacastela
(42.74418139, -7.27142683)

距目的地131公里

漫长而曲折的山路上突然冒出“鹿出没注意”的指示牌。3.5公里外真的能见到鹿吗？凭空出现了新的期待。

30.

Sarria
(42.7772885, -7.4143034)

距目的地115公里

离圣地亚哥-德孔波斯特拉越近，感受到的宗教气息越浓。在 Sarria，连街边涂鸦都失去了稍纵即逝的特质，它们就像存在了好几个世纪一样。

31.

Portomarín
(42.8050521, -7.6166953)

距目的地89公里

Portomarín 城的入口很有意思，一座步行石桥跨越环岛，直直地把朝圣者送入城中，就好像在这古老的城市，仍然遵循某种古老的优先权法则。

32.

Palas de Rei
(42.8729032, -7.8690299)

距目的地67公里

在一间名叫 Eroski City 的便利店里发现一种神奇的啤酒：甜椒味的 Estrella Galicia。店员介绍说这是季节性的本地啤酒，推荐我尝一下。于是买了一瓶，辣啤酒配火腿面包当午饭。

33.

Arzúa
(42.92723642, -8.17231269)

距目的地38公里

昨天的近30公里让脚上磨出一个小泡，今天放慢速度，在乡间小道上缓行。Rua das Barrosas 的小教堂墙外，有渎神的涂鸦——还指着圣地亚哥的反方向。

34.

Arca
(42.9047748, -8.3753009)

距目的地19公里

最后19公里。出发时的心情类似于长假即将到来前的那几天，节日最美的部分便是这些将至未至的时刻。天气晴朗，阳光穿透密林，不时可见其他朝圣者的身影。前几日的倦怠一扫而光，脚步也轻快起来。

35.

Santiago de Compostela
(42.8782132, -8.5448445)

距目的地0公里

终于抵达圣地亚哥－德孔波斯特拉的那晚，我做了一个奇异的梦。在梦中，我飞过大教堂的尖顶，俯瞰这个神圣的世界。在空间与时间的魔法换算之中，我看见了这趟朝圣之旅的前史：一张猫脸和一张人脸。

36.

Santiago de Compostela
(42.8782132, -8.5448445)

距目的地0公里

30

继续在城中游荡，发现另一个世俗的圣地亚哥。

展览继续 →

EXHIBITION CONTINUES

细涌[1]

1 或许可以有很多种《细涌》。我是说，每一篇小说，无论长篇还是短篇，在定稿之前，都会有各式各样的版本。有时候，就连作者自己都很难决定到底哪个版本最好。它们往往只有细微的差别，但你很难说，这细微的差别不重要。就拿这篇小说来说，有一个版本是从“故事可以从任何地方开始”开始的。有一个版本里，楷体字并不存在，所有的字体都一样。另一个版本里，宋体字和楷体字的叙述是左右并置于页面上的——我个人倾向于这样的排版，但负责排版的编辑因此要求50%的额外报酬，而预算又不允许……

这个故事来自我在图书馆里偶然找到的一份手稿。它被安放在一个标着“文化研究”的书架上。手稿是英文的。第一页上有个声明，说明手稿的来历。声明很简短，大致是说，这份手稿是在上海的一间茶餐厅里发现的，发现者是位大学教授，他恰好从事香港文化研究，阅读后发现它虽不完整，却有一定参考价值，遂送交图书馆保存。

手稿包括两部分。一部分是一篇未完成的小说，约四千字。另一部分仅数百字，似小说前言，说明了小说的故事框架，及关于茶餐厅的一些琐碎感想。比如，这位未留名的作者这样写道：“我无意书写一本翻页器（Page Turner）式的小说，而更愿意写一本需要回头看的小说（Page Re-turner）。”“Page Re-turner”显然是一个生造的词，但看完他描述的小说框架后，我大致明白了他的想法。

这部未完成的小说手稿大约只行进到故事的三分之一处便戛然而止。我至今没有明白作者为何会半途而废，又为什么把这份手稿丢弃在茶餐厅里。

手稿有一个名字，叫作《Xi-Yong》。根据标题下的注释，细涌“是某些港式茶餐厅里，对于云吞面的别称”。

我觉得这故事和这名字间有种隐约的关联，但这关联又太过晦涩，无法用语言清晰表达。至于故事本身，它或许波澜不惊，甚至看起来平淡乏味，但里面依旧有某样东西吸引着我，使我下定决心把这份手稿的前半部分译出（我已尽量避免翻译的痕迹，尽可能使全文的风格保持统一），并按预设的框架续写完毕。

另有一点需事先声明：由于这个故事既有对原手稿的翻译，又有我的续写，所以我决定用“btr”——即“不同人”的拼音首字母——作为署名，并以同样的名字命名小说手稿里那位作家的角色（手稿里一直称呼他为“The Author”）。[1]

故事可以从任何地方开始。

比如长乐路。

一个名字就是一个故事。95年前，长乐路于一片农田里诞生时，它叫蒲石路。[2]那是当时法租界里一个律师的名字：Bourgeat。如果让第三个字母u翻一个跟头，把第四个字母r推到g后面，那么这个律师的名字将恰好重构为含义近似的两个词：bon和great。分别是法语里的“好”和英语里的“好极了”。

1　几乎没有人相信手稿的事。知道此事的人们众口一词地对我说，这个一定是编的吧。或许阅读小说的乐趣之一，就是判断什么是真的，什么是编的。但我要说，生活有时实在太过离奇，它可能比逻辑严密的小说更富有想象力，或者说，更荒诞不经。我只祈求这份手稿在图书馆里不要丢失，好奇心实在强烈的读者，可以去图书馆查阅手稿原件。

2　我在一本名叫《上海市卢湾区地名志》（上海社会科学院出版社，1990年8月第一版）的书里，找到了手稿里“PU SHI”两字拼音所对应的原文。我曾猜想那两个字是“朴实”。

1943年，这条约17米宽的小马路被重命名为“长乐路”。后来人们一直以为那是“长久快乐”的意思。几乎没有人想到，与上海大部分以地名命名的马路一样，“长乐”是福建省的一个地名。2009年正月初七，在福建长乐一间名叫“拉丁”的酒吧里，几位顾客为了庆祝生日燃起焰火。很快，焰火像故事般蔓延，17个人失去生命。[1]

茶餐厅在上海的兴起，最初就发生在长乐路。那是20世纪90年代初。在那个年代里，人们开始听张国荣和谭咏麟，开始看有线电视里播放的周润发和刘德华的电影，开始想象那个距离上海1400公里的城市——香港。

如今，茶餐厅在上海已然司空见惯。仅这段短短的马路上就有三家，它们一字排开，摆出一种要把长乐路变成“茶餐厅一条街”的架势。它们几乎都是24小时营业的。晨早，讲一口标准广东话的阿婆们会来饮茶倾解；那钟点，在夜店疯完又填饱肚子的潮男潮女们才刚刚离开。中午，打扮得一本正经的各类白领蓝领假领[2]蜂拥而至，他们在公司大楼的电梯里通常对彼此视而不见，此刻却不介意拼桌饱餐一顿。傍晚，食客变得多种多样，有对对双双的情侣，

1　在这段故事里，“17”这个数字两次出现，构成某种巧合般的对应。我通过Google印证了手稿里描述的这起新闻事件确实存在，并证实了“拉丁”是酒吧的名字，而非风格。手稿原文里，Latin一词并无引号。

2　原文为“Fake Collar”。

有三五成群的好友，有准备相亲的陌生人，有打算谈生意的小老板们，还有独自来食饭的独行侠…… 或许那正是茶餐厅的本色：一天之内，不同人在不同时间把茶餐厅变成了不同的空间。就好像，有很多彼此平行的世界共同租用了这小小的空间。

三家茶餐厅里，btr 最喜欢靠东的那家。因为那家茶餐厅正对着一间他常去的咖啡馆。咖啡馆老板名叫阿山，是 btr 的朋友。他建议 btr 去茶餐厅写小说。

就在那家比较靠东的茶餐厅里，btr 写下这样的句子：“我想找个地方写小说，有人建议茶餐厅。”如同聪明的小狗为客人表演算术后，喜滋滋地接过主人奖赏的肉骨头——btr 自己夹了块脆皮烧肉，送进嘴里。烧肉很香，但 btr 却有种不快的感觉：他觉得这个开头似乎并不是他自己的。他的确在空白 Word 文档里写下了这些字；但此刻，他却分明觉得，这些字像来历不明的银行存款，令人不安。他猜想，或许某本他读过的小说是这样开头的[1]。但他想不起究竟是哪一本。他读书多，记性又差，像贪婪下载却容量有限的硬盘，此刻难逃死机的宿命。

我想找个地方写小说，有人建议茶餐厅。

1　事实上，这句话来自保罗·奥斯特的小说《布鲁克林的荒唐事》。原文这样开头：“我在寻找一个清净的地方去死。有人建议布鲁克林。”

就去对面茶餐厅写咯。那天，阿山[1]一边敲着非洲鼓，一边向我建议道。那鼓声，仿佛在为我壮行。

阿山是咖啡店老板，一头长发，湖南人。每次过年，他总会带些自制腊肠[2]给常去咖啡店的朋友们吃。记得先放在饭里焖一焖。每年他都会这么关照一句。教人想起“古道热肠”[3]这个成语。

阿山的咖啡店开在一幢石库门房子三楼。要顺着有尿臊味的弄堂走到深处，要爬上逼仄的楼梯，要避开楼道里快要煮沸的热水，要推开那扇没有任何标识的门，才能寻到。它不仅于地理意义上在茶餐厅的对面，它更是茶餐厅的对立面：阿山的咖啡馆是私宠的、节制的、安静的；而茶餐厅却是众人相聚之地，喧哗、跃动，整日无休。

茶餐厅里到处都是故事。阿山的口气就好像在说，纽约遍地都是黄金。他领我到四楼露台，魔术般变出一个高倍望远镜。透过望远镜，对面的茶餐厅变成无声的电视画面：门外卖烟的老太一脸倦怠，像经济不景气的移动标本；门口等座的那对情侣，一人拿着一只手机，飞速按着键盘，假如发送短消息可列为奥运项目，

1　原文为“Mr. Mountain”。

2　原文为“homemade salami”。

3　原文为法语：“L'ami du sale est salami.”意为：“咸肉的朋友是香肠。”我查阅了最新版的《拉鲁斯法语词典》（*Le Petit Larousse*），其中并未收录这句俗语，故疑为作者生造的。

他们定是混双冠军；二楼火车座里，两个西装革履的男子正在分享一盘干炒牛河，后来一人接起手机，走到窗边。他笑得诡异，不知是信号的确微弱，还是不想让另一个男人听见谈话内容……

阿山是对的。咖啡馆不是写小说的好地方。茶餐厅才是。要到故事的里面，要成为故事的一部分，你才能讲述这个故事。

btr 自始至终都不知道阿山和佳惠[1]之间的事。

李佳惠是茶餐厅的服务生。点菜时，她的名字会打印在电脑小票“服务生”一栏。阿山第一次去茶餐厅，就是佳惠为他点的菜。那天咖啡馆打烊后，阿山来到茶餐厅，点了一份腊味煲仔饭和一杯冻奶茶。那天他在为新开杂货店的事奔忙，连晚饭也没来得及吃。

冻奶茶喝得差不多了，煲仔饭却迟迟没来。阿山催菜，服务生就递来一张电脑打印的小票，上面写着“第一次催，22:50，服务生 李佳惠”。阿山觉得好笑。他以前没有来过这家茶餐厅，不知该店流程如此严密。照阿山的想法，茶餐厅是随意的地方；如今催菜催出白底黑字来，就有了荒诞的色彩。

要是我约你到我的咖啡店里来，会不会也有凭据？阿山打趣道。

1　原文为“Ms. Carrie”。

有时人们只是想开个玩笑。但“只是”会像无意落下的种子，种出很多“后来”来。后来，佳惠送来那锅煲仔饭时，下面压着一张手写的纸：“第一次约，23:10。”

阿山一直记得佳惠第一次来咖啡馆时的情形。那是次日上午，一个晴朗的春日早晨。佳惠打来电话时，阿山正在为满满一箱咖啡豆贴标签。阿山并不意外，咖啡店难寻，就算仅一街之隔，也容易在狭窄的弄堂或昏暗的楼梯边迷路。

但佳惠没有迷路。你看窗外，佳惠说。

阿山回头看窗外。窗外高高飘扬着两只气球。一红一蓝，正是咖啡馆招牌的底色。红气球上写着“盲”，蓝气球上写着“吞”[1]。盲吞？阿山本能地念出了声。对，你的名字呀！佳惠在电话那头笑。我上来了。佳惠说。

阿山后来才明白过来，盲吞，就是Mountain，就是阿山。他望着气球朝蓝天飞去，变得越来越小，小得不再真实。

那天，阿山知道了不少佳惠的事。她是广州人，来上海学习平面设计，每周在茶餐厅打工四晚，赚些零花钱。她在长乐路租了间亭子间。房东是位上海阿婆，包馄饨时会给她送上一碗。“妹妹，尝尝咪道”，佳惠并不明白阿婆在说什么。

除了平面设计，她还喜欢滑板和涂鸦。关于这些，阿山是后来

1　原文为“Mount”和“tain”，分别是“攀登”和“锡纸”之意。

才知道的。再后来的一年多时间里，他常常去佳惠的亭子间，有时早晨才回来。阿山喜欢亭子间的味道，喜欢佳惠发音古怪的、很不普通的普通话，当然，也喜欢她22岁青春含量极高的身体。亭子间隔音很差，阿山却喜欢这点，他握有将禁忌变成愉悦的配方。

我在茶餐厅挑了个角落的座位。每次去，只要那里空着，我就坐在那儿。渐渐地，那个座位变成了我的座位。我喜欢点一杯冻奶茶，打开电脑独自坐着，观察周围来去的人们，偷听邻桌飘来的谈话声，猜测人们之间的关系，想象他们过着怎样的生活。有时我在笔记本上记下他们的对话，有时我会根据他们的表情和动作为他们设计对白。我把眼前的空间想象成虚构的空间，把过着现实生活的人们想象成我笔下的人物，把我对于他们生活的想象当成一件件衣服，让他们试着穿上。

比如，我决定把邻桌的那对情侣称为大卫和维多利亚。对，大卫·贝克汉姆的大卫。和贝克汉姆一样，邻桌的大卫也有一张俊朗的脸，我打算把他写成一个总是被低估的男人。就像人们因为贝克汉姆的“面孔价值”[1]而低估了他的足球才华一样，我要把大卫事业的成功归咎于他的外表。他是一个，我们不妨假设，广

1　原文为“Face Value”，属一语双关：既有“面值”之意，也指他长相俊朗，有“面孔的价值”之含义。

告公司的创意总监或者某个跨国公司的市场部经理。每次，他都能把刁蛮的客户搞得服服帖帖。于是人们纷纷说，长得帅就是好。人们没有看见他真正的能力所在。

因果关系总是最吊诡的事。人们有行为，行为会产生后果。但人们会有很多行为，当很多行为产生一个后果的时候，我们总是很难分清究竟是什么导致了最后的结果；或者，我们以为自己知道，但事实却并非如此。分手是个很好的例子。结婚也是。

这个茶餐厅版的大卫应该快要和茶餐厅版的维多利亚结婚了吧。因为我看见她正把一枚戒指从一个崭新的盒子里取出，试戴了一下，又放回盒中。她的脸上有幸福的笑，就像钻戒广告里的那种。他们身边的购物袋上印着香港的地址，我猜想，他们是乘坐红眼航班返沪后直奔这间茶餐厅的。

好，故事渐渐有了眉目。一个月后，大卫和维多利亚就要结婚了。他们去香港买戒指。他们乘红眼航班回上海。他们饿得来不及回家放行李就直奔茶餐厅。但一切可能没有那么简单。大卫的表情泄露了这点。仔细看他的脸，你会发现那绝不是婚前单纯的幸福脸，那是一张混合着忧愁和不安的脸，甚至还有——假如我没有过分解读的话——一点落寞。

我想故事可以在这儿伸出一条岔路。比如说，大卫虽然一个月后就要结婚，但他其实一直爱着小萌[1]。而小萌应该是缺席的。最厉害的对手，总是缺席的对手。因为缺席，所以她存在于大卫的想象中，而任何东西，都敌不过想象。大卫之所以在此时此刻想起小萌，并不完全因为即将结婚的缘故，而是因为电视里的一则突发新闻。新闻里说，有一架飞机坠落在美国纽约布法罗市的居民区，有一位中国公民遇难。而小萌，恰恰就在纽约州立大学[2]的布法罗分校学习电影。

他的英文名字叫大卫。在外资公司里，你得有一个英文名字。这不仅因为人人都有一个英文名字，不仅因为老外不常吃烟熏鸭舌的舌头不能灵活发出那些平舌或翘舌音；更因为英文名字会把你变成一个不同的人，你从此不再是你自己，而由你的职位、你所做的工作所重新定义；更因为以英文名字互称能方便地予人一种平等的错觉，这种错觉能帮助你遗忘对于几乎同样的工作，老板拿的钱是你的数倍。

大卫在这家公司已经八年，这是他大学毕业后的第一份工作。八年时光当然可以兑换一张“忠诚”的标签，但大卫没有跳槽却另有缘故——都是因为她。

1　原文为 Ms. Dream。意为“梦小姐”，这里译为“小萌”。

2　原文为 SUNY (State University of New York)。

维罗尼卡是公司的财务分析师，专门负责市场部的预算，与负责媒体宣传的大卫有诸多工作联系。但他们第一次相见，却是在一节挤迫的地铁车厢里。那时她刚上班，还不认识大卫，拥挤的地铁使他们面对面紧紧倚靠在一起。大卫很想转个身，避免非礼的嫌疑，但他的电脑包卡在背后另两个乘客之间，他无法动弹。他只好向维罗尼卡投去一个抱歉而尴尬的微笑。那时，他们当然都不知道，这抱歉而尴尬的笑已成为一个伏笔，在不久之后将萌芽成好感，并渐渐成长为爱情。

四年后，大卫和维罗尼卡去香港买婚戒。他们乘港岛线返回宾馆时，就像第一次那样拥抱着。还记得吗？大卫语焉不详地问。嗯当然。维罗尼卡心领神会地答。他们乘过了头。直到车厢广播用三种语言预告“下一站天后”时，他们才恍然发觉错过了铜锣湾站。幸好没有坐到鲗鱼涌站才发现，他们自嘲。他们都是乐观的人：他们在天后站下了车，穿过维多利亚公园，在维港的夜色中步行回宾馆。

婚礼就在一个月后，但有个大问题尚待解决。大卫脸上挂着一丝忧愁和不安。他们的恋爱，尽管已近四年之久，却依旧处于地下。公司明文规定，禁止员工之间结婚。此规定虽有悖于法律，但公司总能以什么别的理由达成同样目的。虑及现今严苛的经济环境，无论谁辞职都很难方便地寻到一份新工作；但若继续隐瞒，也不是办法：就算不邀请同事们参加婚礼，就算把婚假也一并放弃，那待到要休产假时又该如何是好？大卫的思绪如电脑机箱后缠绕在一起的电线，他恨不得把它们全部拔掉。

写小说有三条法则，但没人知道这些法则是什么。[1]

这句威廉·萨默塞特·毛姆的名言是此刻小萌的 MSN ID。她爱引用那些符合自己心境的句子，来称呼自己。飞机没有砸到你吧？我在 MSN 对话框里半开玩笑般写道。她的头像亮着，表示在线。嗯，还活着。她在地球另一头答道。我们的钟指着同样的时间：十点半。

在大多数情况下，MSN 无关生死。一个头像亮或暗，只代表在或不在线。唯有一次，我从朋友那儿听说，一个也在我联系人列表上的女孩在美国死去，是自杀。大学网站的新闻页面上有她的真实姓名。陌生的真实姓名。我至今没有把她从联系人列表中删去，即使我与她素未谋面，彻底遗忘也太过残酷。但每次滚动鼠标轴，在不经意间看见她的 ID 时，心中仍有触动。那是一个再也不会改变、再也不会亮起的 ID：“XY | 那些圣诞节换来什么”。就好像关于她的种种疑问都浓缩进了这个 ID，成为一个永远无解的问题。

在大多数情况下，MSN 是一个茶餐厅。我们上线喧哗，聊一些不着边际的八卦，说一些你好吗我很好你在忙些什么也没有

1　由这一段开始，是我根据手稿提纲描述的故事框架所续写的内容。

什么特别的哦我也是长假去了哪里就吃吃睡睡咯嗯我也一样之类的、冗长而无意义的话。我们只是害怕孤独吧，才需要这些亮着的头像来彼此安慰。就好像这是一个唾手可得的、不用劳神等位也不必费心点菜的茶餐厅；你甚至还可以隐身，如幽灵般造访这个虚拟空间。

活着就好，对吗？隔了许久，MSN上又跳出这么一句。小萌告诉我纽约的冬天寒冷而漫长，她还谈起她正参与的一个影像创作项目，名叫 outside in。她打了一串网址，我点了进去。那是两个同时播放的视频装置：视频一呈现的是一条寻常街道，不时有汽车路过，镜头右侧的树上，挂着一块告示牌，告示牌上是视频二的动态画面。视频二是在室内拍摄的，镜头里，一位女子正拿着剪刀，把印着视频一动态画面的贴纸剪成各种形状，贴在自己裸露的身体上。贴满全身后，她走到窗边，拉起窗帘，一头钻出窗外，而窗外正是视频一里挂着告示牌的树。在这个内与外再也不分彼此的装置作品里，城市空间和人类身体完成了一次不可能的置换与拼贴；就好像在说，我们是城市的一部分，而城市也是我们的一部分。

佳惠注意到 btr，是因为他总占据着角落那个位置，专心致志地在手提电脑上打字。在咖啡馆写作稀松平常，甚至有做作的嫌疑；但在茶餐厅用手提的，则十有八九在谈公事，屏幕上不是 Outlook

就是 PowerPoint，像 btr 那样一门心思在空白 Word 文档里默默耕耘的，近乎没有。

你是作家吗？有一晚生意空闲，佳惠就去和 btr 搭讪。btr 从冥想中抬头，一脸惊慌，就好像被小说里的虚构人物看穿了身份。

你说呢？btr 问。

把我写进小说里吧。佳惠说。

她不是个平常的女孩，btr 暗想，她倒真有点像我笔下的人物呢。

为什么你希望我把你写进小说里？btr 问。

因为……佳惠听见传菜铃，就先去送了盆手撕咸鸡，又回到 btr 桌边……因为我可以在小说里过一种完全不同的生活。

那假如我把你的故事原封不动地写进小说呢？btr 继续问。

那么，读者们也不会以为那是真的。他们会想，既然小说里的佳惠是这样的，那现实中的佳惠又该是怎样的呢？他们会猜测小说里写的东西，哪些是真的，哪些是虚构的。就算他们猜错，我也会因此在读者们的想象里实现那种不同的生活。

原来你叫佳惠，我叫 btr。

佳惠笑了，好像这个名字本身就很好笑似的。她把这三个字母翻来覆去地读了好几遍，如杂耍演员把三个苹果轮流抛向空中：btr，rtb，trb，brt，rbt，tbr……

此后的几晚，佳惠对 btr 说了很多你们已经知道的事：比如她是广州人，来上海学习平面设计，每周有四个晚上在这间茶餐厅打工，平时喜欢玩滑板和涂鸦等等；但对于和阿山的恋情，她只字未提。

两周之后，她还将向 btr 讲述一个令他觉得匪夷所思的故事。这些事，我会稍后再告诉你们。

读一篇小说，就像认识一个人，你首先看到他现在的状况——这或许一目了然——然后你会慢慢了解他的过去，即，他何以成为现在的他。在这个过程里，或许他会隐瞒一些事，有时这些事会在将来的某一天突然出现在你面前，令人觉得他并非你原先预想的那个人。所以，我们不妨更有耐心，等待这一时刻的到来，而不去急着评断你以为你已经完全了解的那个人。[1]

今天我读到一则新闻《港式茶餐厅富特色 政党倡申联国遗产》。文中写道："民建联指港式茶餐厅的丝袜奶茶，起源于香港，属大众生活特色，希望政府向中央传递建议，向联合国提出申请……"文中还提及："香港仍有不少旧式冰室，内里仍保留旧有的陈列，如吊扇和算盘，其所售卖的热奶茶、菠萝油亦多年如一。

1 根据手稿作者的故事框架，这一段叙述在提纲中是这样的：The Author meets the waitress in the teahouse, where she asks him to weave her into the story. (Narration 1)。问题出在 Narration 1的那个"1"字上，因为手稿作者曾经用一支蓝色水笔把这个"1"划去，变成"2"（即，我用楷体字呈现的部分），又把"2"划去，重新改回了"1"。鉴于现已无从查考作者的意图，这里谨根据故事框架最后的修改，将之归入宋体字呈现的叙述中。

有顾客表示，在这些冰室看报纸喝奶茶，一般坐到什么时候都可以，老板员工不会赶客。”

这则新闻刊登在一张香港报纸上，那张香港报纸则挂在茶餐厅门口右侧的报刊架上。

我由此想到一个有趣的问题：既然这里是上海，为什么茶餐厅里却放着不远万里运来的香港报纸呢？为什么不放几张，比如说，《东方早报》或者《新民晚报》呢？香港报纸娱乐版的那些花边头条也是这里的人们所热衷的，这尚可理解；但人们为什么要读那些与他们的生活几乎无甚关联的香港社会新闻呢？我想，这份出现在上海茶餐厅里的香港报纸，与这港式茶餐厅本身，或许都代表了一种东西：即人们对于港式生活的想象——就好像这是香港生活的一个逼真体验区，只要你踏入店堂，这店堂便变作一种想象香港的方法。而且，这样的念头常常只出现在食客们的潜意识里，他们自己往往并没有明确意识到这点。我想至少对于一部分食客，我的理论是成立的。

这和人们为什么要读小说有点类似。小说也同样提供了一种想象的方法，人们在小说里看见了生活的各样可能性。人们把自己想象成小说里的人物，把自己代入小说故事中，于是自己的生活也好像变得更丰富似的。

我猜想，茶餐厅或基于同样的理由，优先招聘了那些会讲广东话的服务生。比如，总是为我点菜的那个佳惠，她是个广州人。

那天她说，把我写进小说里吧。她不知道我早就有了这样的想法。我想为她安排了一段邂逅，一段与咖啡店老板阿山的浪漫经历。只是我还没有想好，这段浪漫关系该如何结束。对，开头并不重要，重要的是结束。

一定要结束。一定要失去。所有美妙的爱情故事都应该存在于过去时，存在于追忆之中。

维罗尼卡在大卫西装口袋里找到那张电脑打印的小票时，大卫正在杭州出差。那时离他们约定的结婚之日仅有三周之遥。

用五号宋体字打印的点菜小票上写着：

服务员 李佳惠

人数 2人

1X 冻奶茶

1X 冻鸳鸯

1X 化皮烧肉

1X 鲜虾云吞面

1X 鸡汁浸云耳

1X 芒果布丁

显然，这就是上周香港购物之旅后，在长乐路茶餐厅里吃的那顿。小票上服务生名字边，有个手机号码。

工作常常会在不经意间形塑一个人。拿维罗尼卡来说，她是个财务分析师，习惯于数据分析和逻辑推演，对于像大卫那样劈腿指数低的对象，她认为即使不抽取任何样本进行内部控制测试，风险也极其微小。

可是那一天，偏偏是大卫自己在杭州打了个电话回来，要维罗尼卡帮忙把那套西装送去干洗。

或许所有的故事都是碰巧，都可以用“要不是”造出一连串的虚拟句来。那一天，要不是大卫自己要求，维罗尼卡就不会把西装送去干洗；要不是要把西装送去干洗，她就不会检查他的口袋；要不是纸条上的字迹看似出自女性，她也根本不会朝“那方面”联想；甚至，要不是她下楼扔垃圾时碰巧路过那个电话亭，她就不会把这丝浅浅的怀疑变成“找个陌生电话打过去试试看”的瞬间冲动。

拨那个号码时，维罗尼卡完全是随意而游戏式的。她根本没有准备在对方接起电话后讲些什么，所以当一个男人的声音问“你找谁”时，她不假思索就报出了小票上服务生的名字。她说，我找李佳惠。

她报出名字的时候，才意识到了刚才的男人是谁。而这时，电话已经挂了。

怀疑变成了大商场问讯处悬挂的那种硕大问号。一旦好奇心被激起，维罗尼卡的能力就不容低估。她上网查询了一周内大卫手机的全部通讯记录——手机密码是维罗尼卡自己的生日——最近一周，这个号码出现了42次。

但私家侦探破获疑案般的快意没能维持多久。一个显而易见的事实迅速覆盖了侦探游戏带来的愉悦感：她自己才是受害者。她，维罗尼卡，才是受害者。

没有什么比失去信任更可怕。在维罗尼卡看来，爱就像一种宗教，一丝怀疑就可以轻易毁了它。

佳惠消失四天后，又出现在了茶餐厅。

她给我讲述了发生在这四天里的故事——

你还记得一周前来茶餐厅的那对情侣吗？就是坐在你旁边那桌，拖着拉杆箱来吃饭的那一对。（对，我有印象。）那天他一直盯着我看，用那种邀请的眼神。（这个我倒没发觉。）你知道，被注视的时候，你会有一种特别的感觉，即使你背对着注视你的人，你也会知道。就像阳光晒在身上一样，目光也有类似的作用。不是暖，却是另一种你可以感受到的东西。有几次，我没有避开他的视线。我发现他长得很像一个人。（金城武？）不，很像我的初恋男友。（你编的吧，还是小说看多了？）你不信？我慢慢给你看照片。就在短短一瞬间，我们用眼神互相打了个招呼。这样讲或许有些矫情，但我们的确以某种超越语言的东西进行了交流。（他的女朋友没有发现吗？没有发出干扰电波吗？）别开玩笑，我是认真的。他的女朋友那时候完全沉浸在幸福里，就好像她既在那儿又不在那儿，就是说她的身体虽然在那儿，思绪却完全遁入了另一个平行世界似的。（越说越玄啦！）然后我就做了一件相当大胆的事。（总不见得直接跑过去搭讪吧？！）这倒没有。我在买单的时候，把我的手机号码写在了他们点菜的电脑小票上。他会意地收进了口袋。（你看，男人到快结婚了还这样！）你不也是？！（我怎么了，我又没结婚。）你不也是男人？那一晚，我一直等着他的电话。（不就是长得像吗？怎么说得像已经坠入爱河似的？）你这么说也有道理，但假如你相信所谓的“一见钟情”，那大概就是如此吧。其实“一见”所见的，绝不仅仅外貌那么简单。（嗯，好吧，请继续。）然后第二天上午，我还在睡觉时，手机响了。是一个陌生的号码。（就是他咯？）对，他说他是大卫。然后开始笨拙地解释他就是昨天晚上在茶餐厅的那个男人。其实一开始我虽然不知道他的名字，但我已经猜到了。（然后他约你出来吃饭？）没有。他说我的眼睛好美。（好色的男人还用那么婉转？）呵呵，反正他就是这么说的：你的眼睛好美。我笑了笑，没有答。随后他说，一起去杭州吧。（哇！刚刚还在蜿蜒的小路，怎么一下子就拐进高速了？）哈，我也吓了一跳。私奔？我就这么反问。他不置可否地笑了笑，说后天要去杭州出差，叫我一起去玩。（玩？那应该叫偷情才对。你答应了？）没有。我说，你不就要结婚了？

大餐前还想贪嘴吃点心?（这比喻还不错。）然后他说出了那句要命的话。（他说他喜欢你？）他说，我想我爱上你了。人们总有可能是在说谎，但当有人说爱我的时候，我总是倾向于毫不怀疑地相信他。因为爱太难得了。因为我怕仅仅因为不信任，就错失了一段真正的爱情。（那受骗的可能性也大增哦。）即使这样，也比没有尝试过好。（所以你就去了杭州）对，大前天。（你们做爱了。）嗯。但这不是重点。（那重点是？）重点是我又找到了那种感觉。（哪种感觉？）恋爱的感觉。我不知道你是不是有这种体验，当你爱上一个人的时候，当爱确确实实发生的那一刻——我不是说做爱——而是爱，你的身体会发生某种变化，就像分泌出某种物质。（科学家说那个叫多巴胺。）你会感觉到那就是爱。（但那也可能源于幻觉。）幻觉？即使如此，在当时那一刻，那种感觉也是真的。（所以说，这就像梦？）或许你可以这么说，梦。爱的感觉就是醒来之前的梦。美梦。（是梦总会醒，会幻灭。）或许，但幻灭前它多么美好。（四天年轻了四年？）第二天，他去和客户谈生意的时候，我去了灵隐寺。（求子？）求签。（你相信命运？）我不信，所以我才去求了一签。（所以？）对，我想对于一个并不相信命运的人而言，假如真有命运这种东西，那么她不相信命运这一点也必然是她命运的一部分啊。（我的脑子不转了，我要来一份叉烧肠粉。）我抽到一支上上签。我没有告诉大卫这一切，我只告诉他，我在西湖边走了走，春天的杭州很懒之类的。（然后呢？）然后又过了一夜。那一夜发生了一些事。(他的未来老婆打电话来，你不小心接了？)哎，这样戏剧性的场面只有你们小说家才会相信。生活没有那么夸张。(那么？)其实……(怎么了？)那一夜，他不行了。(“不行”了？)他……他突然无法勃起了。(这也很戏剧性，也很夸张。)对，但事实就是如此。我们看了会电视，我试图用手刺激他，但还是不行。(或许是他的身体拒绝出轨？)那第一晚呢？我不知道确切理由，但我总感觉，似乎发生了什么事。似乎就在那一天的什么时候，发生了什么他不愿意告诉我的事……(后来呢？)第二天，我们就回了上海。最后他说，我们还是不要再见的好。

说到这儿，佳惠的声音有些落寞。但她随即朝我抛来一个诡异的微笑。我无法确知这微笑的真正含义，究竟是自我解嘲，还是在暗示，刚才所说的一切都是她编的。

维罗尼卡有整整一周没有上班。她把自己所有的东西搬进一只硕大的旅行箱，搬回了自己家。她只给大卫留了一张纸条，压在一个开瓶器下。

她是个理性的女人，但这并不意味着她能迅速地从一段长达四年的恋情中恢复过来。记忆是布满病毒的硬盘，每当你企图把它格式化的时候，它都会告诉你，格式化操作不能进行，因为有文件正在使用中。你以为都忘记了，但你还记得。你以为不在乎的，其实还耿耿于怀。唯一的办法，是把那些装满记忆的文件一个一个清除，或用新的记忆将之覆盖。没有捷径。没有。

在那一周里，维罗尼卡每天下午都会到阿山的咖啡馆里来。她坐在四楼露台，怔怔地望着对面茶餐厅。仿佛隔开这么一段距离，她才能弄清楚那天夜里发生的一切。可当记忆一再回到同样的地方，当时的一切就变得雾蒙蒙起来。她无法回想起这一切究竟是怎么发生的，她只知道就在那一夜，她身边的男人不再属于她自己。

一连几天看见这个恍惚的女人，阿山有些担心。他发现维罗尼卡的眼神近乎空洞，就好像她的整个人都可以陷进去一样。他没有认出维罗尼卡来，尽管一年前咖啡店刚开张时，她曾和大卫一起来过这里。

维罗尼卡记得当时热恋的感觉。她曾说，她觉得自己的身体很轻，随着风跳下去也会觉得幸福。如今她也想跳下去——因为绝望。

幸好那只是一闪念。在喝下很多杯浓郁的埃塞俄比亚咖啡后，她感觉好了一点。她回想起自己那段同样刻骨铭心的初恋，以及当时分手时，同样的痛。回想起那同样的痛令维罗尼卡觉得安慰。因为她知道，这一切都会过去。这所有的、在此时此刻看来惊心动魄的感情都会随着时间的流逝变得微小，变得不值一提。当然，这“旧爱的透视法”同样程度地教人不安，因为这仿佛会让爱打了折扣似的。

爱情的开始总是惊人相似；然而当它幻灭时，却各有各的痛。或许，正是这不同的痛反过来定义了每一份爱，使它们变成独一无二的爱。说到底，爱和痛本来就是一回事，想到这儿，维罗尼卡笑了，有一点苦涩地笑了。

两天之后的深夜11点。大卫和维罗尼卡（对，据佳惠说，她不叫维多利亚，她叫维罗尼卡）又一次出现在茶餐厅。他们选了同样的座位。照例，佳惠为他们点了菜。

点完菜，佳惠给他们端来餐具，为他们倒满了免费茶。有一个细节耐人寻味，佳惠转身时朝我投来了意味深长的一瞥。两天前，她曾对我讲述了她和大卫之间的事：点菜小票、手机号码、杭州之旅，以及，大卫在第二夜的“生理不便”；如今，这一瞥就好像那段故事的一个脚注，一个重要的脚注，它或许会颠覆那段故事，或者，改变我对于那段故事的看法。然而，这脚注又暧昧不明，如同写在满是水蒸气的浴室镜子上的字，难以辨认又稍纵即逝。

根据我的观察，大卫和维罗尼卡看起来就像一对快要结婚的、热恋中的情侣——和上次给予我的印象（香港购物袋、戒指……）相当一致。倒是上回大卫脸上那一丝愁云，在这一夜不见了踪影。或许，大卫当时只是疲累而已。他根本没有爱上，比如说，小萌。小萌和这个故事无关，她是我自己的故事。

至于大卫和佳惠之间，我也没有看出丝毫的尴尬。一切就像应该的那样：一方是食客，一方是服务生，不多不少，刚好如此。我基本证实了自己两天前的猜测：那个佳惠所讲述的、关于她和大卫之间的故事，根本就是她自己编的。这一切只是她的想象，而不曾真的发生。

可就在大卫和维罗尼卡正要结账离开的时候，一件匪夷所思的事情发生了。

佳惠拿着电脑打印的点菜小票，跑到我跟前，问我借一支笔。收银台上明明就有笔，可她却一路跑到我这儿，问我借一支笔。她是为了，故意让我看见她在做什么。

她在小票上写下了自己的手机号码。随后，她把这张小票夹在发票后面，交到了大卫手中。佳惠看着大卫把这两张小纸放进了西装口袋，看着大卫搂着维罗尼卡走出茶餐厅，消失在初春烟雾弥漫的夜里。

那次你说的事，都是你编的吧。你这个骗子。大卫和维罗尼卡离开之后，我对佳惠说。

哈哈，她笑，但这并不说明它不可以是真的。

好吧，那么如果他真的给你打电话，你一定要告诉我哦。我半开玩笑地关照她。

好。话说你的小说写得怎样了？我是女主角吗？我在小说里有没有爱上谁？她问。

你不是已经在你自己的故事里了吗？我反问。我把笔记本转过一个小小的角度，以防她看见我写的小说。

我不能让她提前知道她的命运，不是吗？

我喜欢故事在悬而未决的戏剧性场景中结束。[1]这并不难。一如故事在开始之前早就开始了，我们可以在故事真正结束之前结束它。

这个由作家btr、咖啡店老板阿山、茶餐厅服务生兼平面设计学生佳惠、即将结婚的公司职员大卫和维罗尼卡领衔主演的故事，就将以这样的方式结尾。

让我们来到一个春日周末的下午。让这一天下着雷阵雨。让一道锐利的闪电劈开沉闷的城市。让隆隆的雷声把五个主人公聚集在同一时点。

闪电劈开城市的时候，btr的电脑屏幕闪了一下。他在茶餐厅里继续写着他的小说。小说已近结尾，btr却仍然不知道阿山和佳惠之间的事。当初阿山建议btr去茶餐厅写作，或许就因为那里有佳惠。

佳惠当然也听取了阿山的建议，对自己和阿山的关系只字不提。不过，为了让btr把她写进小说里，她对于自己和大卫之间的故事，倒是一点也没隐瞒，原原本本地告诉了btr。btr也就原原本本地将之写进了小说。但佳惠还不知道该如何将大卫和阿山同时纳入自己的生活，或者，该如何取舍。一切发生得太快太突然，

1　手稿作者并未详述Narration 1该如何结束，他只是笼统地写道："Narration 1 should end in a dramatic scene in which the story remains open." 所以，以下的故事结尾来源于我的虚构。

她被远远抛在了后面。

此刻，维罗尼卡正坐在咖啡馆的露台上，对于眼前的电闪雷鸣无动于衷。痛变成了麻木。她觉得自己成了一个空心人，闪电只会穿过她，不会击中她。

此刻，阿山正在通向四楼露台的楼梯上。他准备让维罗尼卡坐到温暖的三楼来。他对于即将在四楼露台上看见的一幕全无准备。对，那一幕无关维罗尼卡。那一幕将发生在对面的茶餐厅门口。阿山将看见，一对牵着手正朝茶餐厅飞奔而去的情侣之一，就是他爱了一年多的佳惠。——“爱了一年多”，至少他自己这么觉得。

阿山还将和维罗尼卡一同认出佳惠身边的男人——数周前，他还是维罗尼卡的未婚夫；八年前，他是阿山的大学同学……但无论是阿山还是维罗尼卡，都将对出现在眼前的这一幕保持沉默。唯一的一句对白将由阿山说出。他将这样对维罗尼卡说：到楼下来吧，下雨了。

我又一次光临弄堂深处的咖啡馆时，老板阿山正在研制新口味的芝士蛋糕。他把一整块芝士蛋糕切成均匀的、方方正正的九块。你尝尝。阿山边说边递来一小罐牙签。我叉起其中一块，大脑里负责联想的部分却开了个小差，使我在那一瞬间恍然觉得，那分明是一块脆皮烧肉。

在茶餐厅里太久的缘故。一如城市把它的气息慢慢、慢慢渗透进你的体内。

小说写得怎样了？阿山切入正题。

前几天我在看一本作家访谈集，我说，里面有一段话我很赞同，那个作家（具体名字不记得了）说，身为一个作家，他最最憎恶的事情，就是别人追问他的写作进度，尽管对方总是出于好意。

空气僵硬了几秒。随后我收起一本正经的表情说，我编的，哈哈哈。我拍拍阿山的肩膀。

我们放松了下来。我一边喝着香味浓郁的波多黎各尤科特选，一边在咖啡馆的留言簿上涂鸦。

你认识佳惠吗？我不知怎么，突然没头没脑地问道。

谁？阿山看起来一头雾水。

对面茶餐厅里的一个服务员，很活络的。我介绍道。

手脚快吗？倒是可以邀请她来做服务生，阿山接过话头，我们正打算在静安别墅开一间杂货铺呢，到时候，人手肯定会不够。

那不错，不如我们现在就去茶餐厅吧。我建议。

我设想了一个精巧的搭讪方法。我把我的想法告诉了阿山。我会在隔壁一桌偷偷观察的，我对阿山说。

我先来到了茶餐厅。幸好，我的座位空着。我打开笔记本，等待着阿山到来。一刻钟后，阿山也走进了茶餐厅。他走到我旁边一桌，坐了下来。一份腊味煲仔饭，一杯冻奶茶。

阿山对佳惠说。

若干年以后，他们会不会偶然想起，他们之间说的第一句话就是这句？我有点激动地胡思乱想。

一切都和我们预先设计好的一模一样。20分钟过后，催单。催单之后，佳惠把一张打印着“第一次催”的小票递给了阿山。

要是我邀请你到我的咖啡店来，会不会也有凭据？阿山打趣道。如同我们刚才商量好的一样。

佳惠笑了。佳惠就快要进入我设想好的故事了。可不凑巧的是，她的手机恰恰就在这一刻响了起来。她匆匆地奔向店门口，同时按下了手机的接听键。[1]

1　整个故事理应在这儿结束。但手稿作者的故事框架里却写着一个“blurb？”Blurb，似乎没有现成准确的翻译。一般是指印在书后面的媒体推荐或者专家评论。但它又往往带着一种吹嘘的意思，或者，有着市场营销一般的气味（假如我忍住不叫它“铜臭”的话。）我并不特别理解手稿作者在此的意图，但我仍然决定把续写完成后的小说发给一些朋友们试读，并将其中赞扬性的句子收集于此。其中少数词句略有删改，敬请谅解。（比如：一个朋友评论道，“就像一部欧洲闷片”；我决定将之编辑为“就像一部欧洲文艺片”，诸如此类。）

“就像一部欧洲文艺片。”——ZWY

“一部需要动脑筋看的小说。”——ZF

“写法和节奏感都很好。”——WHF

“很通畅，比我想象中 btr 写得要好看。”——ZJN

“很 btr 的小说！”——LMY

“让人感动落泪的小说。”——DLJ

展览继续→

EXHIBITION CONTINUES

用吻代表吻

实际上，艺术是某种发生在我身上的东西，就发生在那个瞬间。而世界看上去又变得崭新，被一种看不见的冲动推进。

——恩里克·比拉－马塔斯《卡塞尔不欢迎逻辑》

玫瑰的维度

沈大成醒来时，手里握着一支玫瑰。

她努力回想着做了一个怎样的梦：梦里是否去了天堂并摘下了那朵花？还是因为握着那朵花所以做了那样一个梦？秋日晨光透过百叶窗，仿佛被碎纸机切割，在沈大成脸上投下宽度不均的纹影，像难以参破的条形码。她思忖着要是她根本没有做那样一个梦，为何此刻会有这样的情节从意识中浮现，以及即使她确信做了那样一个梦，那仍有可能是意识或潜意识在她醒来之后那短暂的几秒内自觉或不自觉地欺骗自我而产生的幻象，她可能根本没有做这样的梦或根本没有做梦。

或许应该把问题拆开来看——《拆开来看》（*Break it down*）是我很喜欢的美国小说家莉迪亚·戴维斯的短篇小说集书名。她非常善于把问题拆开来看，尤其善于写那种基于理性思考的冥想式的短篇，或者说超短篇、闪电小说、迷你小说、微型小说、一句话小说……我最喜欢的那篇只有一句话："在所有那些灰尘之下，地板是干净的。"我经常用它来反驳对于我家地板卫生状况的指控。——为什么手里会有玫瑰？以及，为什么会想起（或几乎想起）那个去天堂摘玫瑰的梦？沈大成将视线转向卧室里的花瓶，花瓶是空的。她看见晨光穿透花瓶为书桌上的那本诗集文上了一枚临时彩虹文身，那本诗集是柯勒律治的。就这样，沈大成找到了后半部分问题的答案：昨天临睡前，她读了塞缪尔·泰勒·柯勒律治的诗：

如果在梦里，你去了天堂，还摘下一支奇美的花朵

如果当你醒来，那支花就在你的手中

啊！于是会怎样？

我坐在咖啡馆里，把从"沈大成醒来时"一直到"于是会怎样？"总共577个字拷贝并粘贴进与沈大成的微信对话框——由于微信对话不支持字体变化，于是我所创作的与我所引用的句子变成了相同的样貌——随后点击"发送"。

"啥啥"，沈大成很快回复。

今天是我们约定的交稿日：10月31日，万圣节前夜。"不交稿就捣蛋"日。三个月前，沈大成加了我的微信——我们共同的朋友 btr 把我介绍给了她。我读过沈大成的小说集《屡次想起的

人》。她在书中做各种稀奇古怪的社会实验，试图在想象的领域为世界修修补补，或至少制造干净的文字提供某种慰藉。在令人印象最深的一篇中，她设想那个世界的人每到40岁就会自动分裂成两个20岁人，这种永葆青春的繁殖法则充满诱惑力。但我后来也意识到，那个世界会产生它自身的人口问题：假设人人都能活到40岁，即使上帝一开始只造了一个人，到2020年世界上也会有多达一百二十六万七千六百五十亿亿亿六千零二万二千八百二十二亿亿九千四百零一万四千九百六十七亿零三百二十万五千三百七十六个人。——我还没来得及和沈大成讨论这个话题。

沈大成约我为她供职担任编辑的文学刊物写一篇关于“纪念日”的短篇小说。“纪念日”这个主题来自契诃夫的同名戏剧。“不用太拘泥于原作，”她特地关照，“也不要写成剧本。”

文学杂志编辑与作者的关系有点像远程监控怀孕：编辑要确保作者如期怀孕并顺产，却又只能间接施力，还得掌握好分寸和节奏。一年前，沈大成曾约 btr 写一篇关于“等待”的小说，不料却一语成谶，一直等到截稿日也不见稿件的踪影，最后只得为 btr 代笔写了《赤鱲角之夜》。这一次，沈大成显然更警惕了一些，早在截稿日三周前就已询问过我的创作进展。

“一切顺利，”我用发电报式的简洁口吻回复道，“31日晚你来咖啡馆的活动吧，到时交货。”

“小说开头呀。”我在微信上写道。

“求求你，不要像 btr 一样，不要总是写我。”沈大成说。

“我还是第一次写你；况且，那只是个名字嘛，”我说，“重点在于玫瑰的设定。”

“那可以改名字吗？”沈大成问。

“恐怕不行，因为这个名字是关键设定之一啊，”我说，“既然梦中的玫瑰可以偷渡到现实来，现实里的名字跑进小说实在也算不上什么吧……总之快来，讲座都要开始了。”

“在路上了，”沈大成说，“而且我有点低烧，37.2 度。”

“看了小说就会好的。”我说。

“这么说，小说真的写好啦？”沈大成的口气是将信将疑。

“可以说是写好了。”我说。

随后她打过来一个表情。那种不能一一对应翻译成确切的、对于既定表情的标准陈述的自制表情，一个在好几种表情之间的表情。我理解她：她告诉过我，上次 btr 写《赤鱲角之夜》时也是这么说的——“可以说是写好了”。

咖啡馆的灯光暗下来。

“就设想一下：你在读一本小说，小说的某一页上有一张博物馆的门票，而你拿着这张小说里的门票，可以进入现实里真实的博物馆——而且还是免费的。”主讲人的开场白颇为吸引人，咖啡馆安静下来，观众的目光渐渐转向PPT投影。“书中自有博物馆”——PPT上硕大的字是今晚讲座的标题。

主讲人btr今晚要谈论的是纯真博物馆以及小说与博物馆之间的关系。“有好几个纯真博物馆。”btr把PPT翻到下一页，四个纯真博物馆——或者说，由书的封面、博物馆建筑的摄影照片以及电影海报所代表的四个纯真博物馆——出现在白色投影幕布上：土耳其小说家、诺贝尔文学奖得主奥尔罕·帕慕克的小说《纯真博物馆》（土耳其语原版出版于2008年8月29日）；位于土耳其伊斯坦布尔楚库尔主麻一栋建于1897年的历史建筑内的现实中的纯真博物馆（2012年4月开幕）；该博物馆的展品目录册《纯真物件》（2012年10月出版）；以及英国导演格兰特·吉导演、由帕慕克出演并撰写部分剧本的纪录片《纯真的记忆》（2015年9月7日上映）。

“我们先来看《纯真博物馆》这部小说和现实中的博物馆的关系：虽然小说的出版日期早于博物馆的开幕日，但千万不要以为现实中的纯真博物馆是基于小说而构建的——事实上，帕慕克早在20世纪90年代中期就开始了他的纯真博物馆计划。根据他最初的构想，博物馆应与小说同时完成，小说本身将成为博物馆目录册，而博物馆里的展品加上小说的文字将构成另一部图文并茂的后现代小说。早在1998年，帕慕克便在土耳其房产市场的低迷期买下了那栋有百年历史的旧屋，打算未来在此建造博物馆。他也同时开始构思小说，想象他的主人公在这栋楼里生活。”投影幕布上出现了那栋旧屋被修葺一新、粉刷成红色之前的样子：灰色水泥墙上有斑驳的印记，它更像一栋等待拆迁的民居，而非博物馆。

“从1998年起，帕慕克便经常在旧货市场或二手书店闲逛，搜罗那些可能用得上的旧陶器、厨房用具、水瓶、钥匙、钟、烟灰缸及日常快照等物件。他会想象住在那栋旧房子里的人物在现实生活中会使用哪些物件。值得注意的是：帕慕克把创建博物馆和写小说视为并行的过程，两者会彼此激发灵感，现实的物件与虚构的想象可以彼此补缀。大家如果读过帕慕克的诺顿讲座《天真的和感伤的小说家》的话，一定会记得在其中《博物馆和小说》那一节里，帕慕克讲述了他是如何为虚构人物购买物件，又是如何从物品中获得故事灵感的。不过，建造博物馆毕竟需要大量资金，因此直到帕慕克获得诺贝尔文学奖后，他才有了足够钱应付博物馆的开销，这也使得小说先行出版了好几年。”

讲完博物馆的筹备过程，btr 展示了好几张在纯真博物馆内部“拍摄”的广角现场照片——“拍摄”之所以有引号，是因为 btr 透露其实他自己根本没有去过土耳其，更没有踏足纯真博物馆；但另一方面，他通过逼真的网络3D 实景，不止一次漫游了博物馆，并通过截屏虚拟“拍摄”了这些图像。“每一个展柜的图像都可以放大到极为精细的程度，假如你在现场，我猜简直要把鼻子贴到玻璃上才能看得一样清晰。”btr 如是说——纯真博物馆采用了博物馆之始最为经典的展示方法，一个个类似16世纪“珍奇柜”（Cabinet of curiosities）的展示柜依次排列，每个展柜都标有数字，那个数字恰好对应了小说的那一章节。

讲座过半时，一个修长的身影从咖啡馆后侧闪入。沈大成像一头鹿，悄无声息地坐到我的左面。她塞给我一盒沈大成的点心，“猪油条头糕。”她用标志性的细声线轻声道。“猪头油条糕？”我忍不住开了个玩笑，不过很快将注意力转回讲座。

“对那些只是来伊斯坦布尔玩耍的游客而言，要是他们没有看过帕慕克的小说，甚至不知道这本小说的存在，他们也可以将之视为一个私人小型博物馆——在欧洲，这类私人小博物馆并不算少，它们往往由有一定历史的民宅改建而成，讲述其主人及其所处时代的日常生活。在纯真博物馆，你的确可以看见很多来自20世纪70到80年代的日常生活物件，还有当时的老照片，不少是由最近刚刚去世的土耳其著名摄影师阿拉·古勒拍摄的黑白照片，观众可以从中感受那个时代的生活场景。大家如果读过帕慕克另一本非虚构作品《伊斯坦布尔》的话，那本书里大量精彩的黑白照片都是由阿拉·古勒拍摄的。

“但另一方面，如果游客读过《纯真博物馆》这本小说，会更有意思。首先，博物馆里的一切会变得似曾相识。那些物件，那些物件背后的故事，会第二次出现在读者或观众的意识里，第一次是文字，而这一次主要是视觉。许多展柜布置得如同当代艺术博物馆里的装置作品，它们不完全像历史博物馆里的展柜那样是演示性的、带有图例的色彩，而是自成一体的艺术再现，故事以视觉艺术作为媒介，被第二遍讲出。这样的重述，甚至会潜在地修正、改变、补缀读者的第一印象，以至于两个版本的纯真博物馆在意识内部融为一体。”

“讲到这里，我们不要忘记先前提及的‘第三个纯真博物馆’，也就是展品目录册《纯真物件》，它让事情变得更复杂：这本目录册里的文字类似展品旁展签上的说明性文字，是对于该展品的非虚构论述，它构成了另一维度的文字呼应。就拿第八个展柜，也就是小说第8章《第一个土耳其果味汽水品牌》为例，”投影屏幕上此时出现了八号展柜的照片，背景是印着果味汽水广告的泛黄的旧报纸，前景则是用细线悬挂在展柜里的、高低错乱的汽水瓶，整体视觉效果类似比利时超现实主义画家勒内·马格里特的《戈尔孔达》(*Golconde*)，“在《纯真物件》里，帕慕克写道，‘在大型跨国公司主导全球市场之前，非西方国家的本地企业有时候会受到启发，生产他们自己的果味饮料、可乐和苏打水，这揭示了一种保持国家性和传统性的欲望，以及，反讽的是，一种被‘现代’生活捕获的渴望。1952年，我们住在Ayazpasa的Ongan公寓，我们楼上那间公寓正是扎伊姆举办梅尔泰姆汽水首发派对的地方。这也是第一次我住在一间可以看见博斯普鲁斯海峡的家里’。若以电影作喻,《纯真物件》很像《纯真博物馆》的评论音轨，或者 DVD 花絮里的纪录片，对于社会背景和私人记忆的描述能够同时帮助读者更好地理解纸上的及现实中的纯真博物馆。”

“你吃过幸福可乐吗？”沈大成在一旁低声问道,“那种装在啤酒瓶里的上海版可口可乐。”我回想了一下，幸福可乐的确曾在20世纪80年代流行。于是我摇摇头装出困惑的“真的有吗？我怎么不知道”的表情。

“然而，更有意思的是另一维度的虚构与真实的互涉，因为无论是博物馆的目录册《纯真物件》还是小说《纯真博物馆》，它们都掩盖或故意隐瞒了一个事实——梅尔泰姆汽水本身是虚构的。土耳其饮料史里根本没有这样一个品牌，一切都是帕慕克伪造的。为了达到以假乱真的效果，帕慕克甚至雇用了一整个广告团队，创造了关于该品牌的一系列物料，从产品海报、报纸广告到电视广告，从 Logo 设计到口味选择，就好像未来时空的旅人乘坐时光机回到过去创业，或《银翼杀手2049》里那些复制人被植入的记忆。这个案例也让我们进一步看清纯真博物馆与小说的同构性，即纯真博物馆本身具有的虚构色彩——它与我们平常参观的那些博物馆并不一样，它更像小说的实体等价物。

“当然，我们也有必要换一个角度思考其中的真与假，假如我们认同‘真实’是有不同层级的话。小说的‘真实’通常不在表面，小说以虚构故事传达真实的思考和真实的感情。对于博物馆而言，艺术作品常常会使用适合自身的各种媒介来表达‘真实’。就拿纯真博物馆的第68号展柜来说，它展示了4213个烟头，那是凯末尔收集的芙颂抽过的烟头，它们占据了纯真博物馆整整一面墙。据说帕慕克花了整整三个月，在每一个烟头底下标记那天男女主人公做了什么。然而，因为烟头无法长期保存，展墙上的烟头使用了替代的材料；至于帕慕克写的那些细节，当然也是虚构的。但这些‘假’无损情感力量之‘真’，当观众面对着这一整面墙时，还是能感受到由规模带来的强烈的视觉冲击力，以及藏于其中的情感冲击力。这种冲击力的‘真实’，比香烟材料的‘真’有着更高的层级。”

讲座来到尾声，投影幕布上播放起纪录片《纯真的记忆》片段。小说里的一位女性配角成为纪录片的叙事声音，陪伴帕慕克及电影镜头漫步于伊斯坦布尔的大街小巷。btr 介绍，纪录片里的那些独白都是由帕慕克亲自撰写的，就好像提供了一个旁观者的角度。“在纯真博物馆和同名小说背后，其实有一个更大的博物馆——伊斯坦布尔这个城市本身。”btr 随即展示了第31号展柜《让我想起她的那些街道》的照片，一张真实的伊斯坦布尔老地图，“帕慕克将虚构的故事设置在真实的城市里，读过小说的那些读者再经过那几条马路时一定会有不同的感受吧！或者应该反过来想，帕慕克书写的故事很可能受到自身或朋友所经历的真实事件的启发，而小说一旦完成，私人的记忆便会激活，甚至成为某种集体记忆，纯真博物馆，乃至城市本身会成为一面镜子，映射出读者自身的回忆——或许这便是记忆的纯真”。

在讲座结尾，btr 分享了帕慕克在英国《卫报》上的采访片段。他这样展望未来的博物馆：“通向未来博物馆的钥匙在我们的家里，在我们的日常生活里，在街道上。博物馆应该不再关乎宏大的历史、国王与英雄的史诗，或国族身份的建构；它们应该聚焦于普通人的生活和物件，就像现代小说一样。”

用吻代表吻

“挺有意思的讲座。”沈大成发表了一句评论，随后几乎毫无转折地又一次直接蒙太奇到她要问的问题：“但你为什么要在小说里写我呢？那篇小说真的写好了吗？”

“因为我想写一个‘集大成’的小说！”我说出预先想好的答案。“至于那篇小说——”

一阵喧哗取代我的停顿。在咖啡馆重新变亮的灯光下，听完讲座的人们发现了一片新大陆：在投影墙正对面另一侧的地板上，一对青年男女在拥吻。男人的手在女人的臀部抚摸，女人的双臂挂住男人的颈部，两人近乎激烈地吻着；但另一方面，他们的吻却没有太多肉欲的气息，而这是因为他们那似乎经过了有意控制的缓慢节奏。

“看，表演开始了。”我朝沈大成努了努嘴。

沈大成把目光投向那对正在拥吻的情侣，没有立刻做出反应，似乎还是思忖我说的“表演”究竟是什么意思——是带有嘲讽意味地暗指现在的年轻人不择时间场合就公然放纵身体的激情，还是就事论事地指出他们并非在真的接吻，而是在表演接吻，毕竟今晚是万圣节之夜。

缓慢而绵长，这对男女的吻没有结束的意思。他们的身体相当协调，如同经过职业训练的当代舞舞者在表演一曲无声的二重唱，这首二重唱甚至是有起点、有转折、有高潮的：渐渐地，他们缓慢而有秩序地从躺在地上变成了面对面跪着，又转而直立起来；在好几个瞬间，他们缓慢的动作似乎凝固了，表现了艺术史上好几个经典的吻——古斯塔夫·库尔贝的吻，奥古斯特·罗丹的吻，康斯坦丁·布朗库西的吻，古斯塔夫·克里姆特的吻，杰夫·昆斯在《天堂制造》里的吻——如果说那些雕塑代表或者说表现了吻，这对舞者则是在用吻代表吻。他们是活动的雕塑，不断唤起并调动观众的艺术及视觉经验。

咖啡馆里的灯光调得比刚才更暗了些，似乎是为了呼应这场吻的表演。起初还在用眼角余光不好意思地投去几瞥的观众，此刻大大方方地调整了座椅方向，有几位甚至走得更近了一些，站在他们身旁观看，就好像这是一个未经张扬的、突如其来的沉浸式戏剧现场。

直到一群孩子毫无预兆地出现在咖啡馆里，人们的视线才从那对接吻男女身上挪开。一个胖嘟嘟的小女孩出现在我们的桌前，她没有索要糖果，却向沈大成提出了一个问题：“小姐姐，你觉得纪念日意味着什么？”在万圣节之夜被一个陌生小女孩问这样一个形而上的问题多少有些不可思议；但更不可思议的，是贯穿于整个咖啡馆的孩子的提问声。他们正向顾客提出同样的问题，就好像他们被布置了相同的课外作业。

“纪念日就是……”沈大成陷入了短暂的沉默。这明明是她向我约稿的小说主题，但也是这间咖啡馆的名字。自从半年前开业以来，这家咖啡馆的生意一直颇为兴隆，多多少少也拜这名字所赐——“我们纪念日见吧！”哪怕是第一次，哪怕是平平常常的场合，也会因为这名字染上一些预言般的历史气息，就好像这里的当下已然预定成为某个未来的过去，成为一个将要被纪念的日子。另一方面，这个被空间化了的观念也吸引了众多的确要庆祝某些纪念日的人在此庆祝——生日、订婚、高考录取、升职、钢琴考级成功……又或者，小说终于出版。

“纪念日……有点像刻舟求剑。”思绪不断流淌之时，我听见沈大成这样对小女孩讲。

“你是说那些看重纪念日的人看问题或做事情死板不灵活吗？”小女孩问道。她的语文成绩一定不错，至少对成语的理解颇为准确。

“倒不完全是贬义，”沈大成解释道，“我是在想这个成语源头的故事，而不是它所代表的寓意——《吕氏春秋》里记载的是这样一个故事，有一楚人过江，剑掉水中，他便于船舷刻一记号，待船停止，再从刻记号处下水寻剑。剑落水处与寻剑点的距离，其实就是逝去的那段时间。这个故事最有意思的地方，恰恰在于时间与空间的转化——一段时间变成江上的一段距离。他寻不到剑，但在某种意义上，他寻到了一个纪念日。”

沈大成说得很好。成语的背后原本有故事，那个故事常常是开放的，带有不确定的指涉，具有各种诠释的可能。然而，当我们渐渐用那四个字代表整个故事，用所谓的“寓意”为故事贴上意义的标签时，诠释的可能性变少了。很多成语就是这样被磨损，变成简单的标签，变成陈词滥调。唯有回到故事的源头，才能重新找到新鲜的意味。

“可以问一下你叫什么名字吗？”胖嘟嘟的小女孩问沈大成。

“沈大成。”虽然有点困惑，但沈大成还是告诉了小女孩她叫沈大成。小女孩有礼貌地说了声“谢谢”，随后用一种听起来颇为程序化的语调补充道：“等一会儿，你会知道更多。”

就在这时，这个胖嘟嘟的小女孩突然起身离开，她的动作仍然带有一些程序的意味，比如说，她身体的每次转向都是90度，走的线路也是笔直的。不可思议的是，先前进入咖啡馆里的那些孩子几乎在同一时间起身，并走向另一桌，如同七分钟相亲活动里的那种集体换位。

另外一个胖嘟嘟的小女孩坐到了沈大成面前。她用一种双倍平静的语调陈述道："草莓认为她没有纪念日。她说纪念日不重要。她认为节日不算纪念日，因为纪念日应该是自己造出来的。她说就算是生日，那也是她母亲的纪念日。"说完之后，她指出了谁是草莓（坐在隔壁一桌的一个清纯美少女），然后补充道："等一会儿，你会知道更多。"她沉默了一会儿，好像在等待某个我们无法察觉的暗号或指令，随后又一次集体换位。

第三个坐到沈大成面前的是个男孩。他使用的语调与前两位女孩几乎一模一样："星期三认为纪念日是没什么意义的日子，因为纪念本身就没有意义。她觉得人面对的是当下，而纪念面对的是已经过去的人、事物或关系。她没有不得不过的纪念日。她认为生日不算纪念日，因为生日是庆祝迎来新的一岁，而不是为了过去的那一岁。"结束语也一样："等一会儿，你会知道更多。"

同样的程序又重复了好几遍。

"章凌认为纪念日是设立一些时间点，让重要的事情或人被重新记起。他认为随着年龄的增长，一些过去觉得重要的事也会渐渐变得没那么重要，比如生日，如果朋友恰好有空，那就一起过一过，但不过生日也无妨。"

"念认为假如进博会每年都在上海举行的话，那么进博会就是她的纪念日。她说她的纪念方式会是乘坐地铁而不是出租车上班。"

"佳敏认为纪念日就是值得纪念的日子，比如结婚或亲人过世。

她认为随着时间流逝，慢慢都会忘记，毕竟自己也会离世，那时一切就都不重要了。她如今会过的纪念日是结婚纪念日，但她说以后肯定也会忘记。”

“Narnar 说她不过纪念日。她认为纪念日就是普通日子。她说作为一个懒人，自己应该就是那个在酒吧里唯一不装扮，或在朋友圈里看完万圣节的人。对于生日，她说如果有人主动给她过，那过一过也无妨。”

“陈菌菌认为纪念日是生活中某个陈旧的斑迹，而斑迹就是斑迹，只是存在而已，不需要刻意去清除或保留。她说自己基本不过纪念日，唯一不得不过的，可能是清明节。”

“美娜认为没有什么纪念日！她也没有不得不过的纪念日。她认为即使这样还是能够写一篇关于纪念日的小说，因为小说不用真的切题。”

“曼达认为双十一是她最喜欢的纪念日，因为可以参加很多有趣的活动，活动形式各异，但终点是一致的——他们都会发给你几块钱红包，但这几块钱红包比赚到几千块钱还开心。”

“btr 认为纪念日是一种忘却的练习。他认为，与在空间里持续存在的、似乎逼迫人们不得不始终记得的纪念碑不同，纪念日等于赋予人们在纪念日之外的日子里遗忘的权利，直到最终，他们连纪念日那一天也一并忘记。他认为这种‘忘记忘记’才是真正的忘记，而人们设立纪念日，不过是为了达成这个终极目的。”

"古尔布，"沈大成终于找到机会和我说话，"你说这是不是——"她停顿了一会儿，似乎不确定究竟该选择哪一个词：表演？演出？戏剧？恶作剧？圈套？学生作业？某种交互式的什么？又或者是：艺术？当代艺术？她的口型似乎要说出一个"b"开头的词，所以也有可能是 btr？

但沈大成还没有来得及说出那个词，咖啡馆就陷入了一片漆黑。

突如其来的黑暗。断裂式的黑。或许此前有什么预兆大家都忽略了，但现在努力回想也无济于事，因为这突然到来的黑暗如此庞大、绝对、没有商讨的余地，以至于人们首先需要一些缓冲时间，才能从这看似绝对的黑暗里找到一些黑暗的层次，并期待眼睛迅速适应这崭新的环境，才有机会重新寻获事物的轮廓。另一方面，视觉如门一般突然关闭时，其他感觉似乎被激活了。咖啡的香气弥漫，肯定不是这几个瞬间的事；而原先的背景声，一种由一个个个别声音交杂堆积而成的白噪音，此刻也突然消失了。整个咖啡馆是退潮后的海滩，空空如也，又好像在等待着什么，酝酿着此刻尚且未知的什么。

另一些声音这时开始响起。首先是自动门关闭的声音，或更准确地说，一些人声模拟自动门关闭的声音。他们的模拟具有一种奇妙的悖论感：一方面如此逼真，经常乘坐地铁的人立刻就能辨认出是地铁车厢的关门声；另一方面，他们似乎无意遮掩他们正在模拟这一事实，就好像他们乐于让人们意识到人声是媒介，有意让人们感受出其中的表演性，而不至陷入慌乱。对一些敏感的顾客而言，他们甚至能够体会出这些人声的效果之一便是暗示此刻的黑暗环境是有意为之的。

一声“叮”后，表演继续，“本次列车终点站广兰路，下一站金科路，开左边门，Next Stop is Jinke Road, Doors are open on the left，地铁内严禁乞讨、卖艺、兜售、散发小广告等行为，为确保您的信息安全，请不要向陌生人透露个人信息”，随后是一段沉默，似乎为了让咖啡店里的观众反思自己先前与孩子们的交谈算不算透露个人信息，但，孩子算陌生人吗?“上海地铁欢迎您绿色出行，有序乘车，文明观展，共享未来。”——说“共享”两个字时甚至有朗读的昂扬感。

“观展？”我听见沈大成轻声复述了一遍，随后她似乎在向我提问，“所以现在这个是展览？”

表演人声继续。“本次列车终点站广兰路，下一站葛宇路，开右边门，Next Stop is Geyu Road, Doors are open on the right，地铁内严禁乞讨、卖艺、兜售、散发小广告等行为，为确保您的信息安全，请不要向陌生人透露个人信息，”同样一段沉默后，“上海地铁欢迎您绿色出行，有序乘车，文明观展，共享未来。”这一次，一些观众哄笑起来，他们应该是领会了这段措辞里的虚构色彩：葛宇路是中央美术学院的硕士研究生，他在北京朝阳区百子湾南一路、黄木厂路至九龙山路那段，未经相关部门批准便悬挂了“葛宇路”的路牌，以至被一些网络地图误认为地名；这一艺术行为后来在社交媒体上广泛传播，最终引起有关部门注意。葛宇路的路牌于2017年7月13日被拆除。

“那也应该是葛宇路路啊。”一向处事谨慎的沈大成在一旁轻声纠正道。虽然仍在一片黑暗中，但眼睛逐渐适应了黑暗，我能看见大成纤瘦的身体轮廓震动了一下，她加重肯定语气般点了点头。

“也许他并不是想命名一条马路，而是要人格化一条马路呢？”我提出不同意见。“就好像他要在自我和城市空间之间建立某种等价关系。”

人声表演打断了我们的对话。报站程序又重复了好几遍——终点站永远是广兰路，而下一站则有所不同，有些是真实的站名，有些纯粹出于虚构——同时也似乎在强调“重复”这一行为的意义，或者说，这一行为的意义正是由“重复”带来的：正因为重复是童话或寓言故事里的惯用手法，使用这一手法也带出了童话或寓言的色彩。

这段由声音引领的虚实互涉的空间旅行，很快被时间旅行代替：同样那些人声开始报出一连串日期——2001年7月13日，2008年8月8日，2022年2月4日，1945年8月6日，1971年10月15日，1997年7月1日，1926年8月17日，1974年4月6日，2046年7月17日，1967年6月19日，2006年2月19日，2014

年7月10日，2014年11月26日，2018年10月31日，1860年1月29日，1900年2月29日，2000年2月29日，2010年11月15日，2018年11月7日，2001年10月7日，1904年6月16日，1979年4月30日，2014年10月1日，如此种种——每报完一个日期会停顿几秒，似乎要留出一些时间供观众思考、追忆、冥想。有些日期承载着公众记忆，比如奥运会开幕日或香港回归祖国日；有些日期则不明所以，或许是表演者的私人纪念日；多数是过去，但也有几个日子尚未到来。最有意思的是，我意识到其中有一个日子并不存在——1900年2月29日：1900年不是闰年，那一年并不存在2月29日，虽然2000年是。事实上，每隔四年会有一次闰年仅仅对于活在这个时代的人才刚好不会出错，闰年的确定原本有更复杂的规则。另外一个有意思的地方，我想，在于私人纪念日与公众纪念日可能的重合，很想知道那位说出了“2014年10月1日”的人在那一天究竟经历了什么。

这个特别的万圣夜最惊悚的部分是突然到来的：我感觉到似乎有人在轻拍我的左肩，我倏然回头，却看见一张戴着面具的脸，适应了昏暗灯光的眼睛在有层次的黑暗中可以隐约辨别出那张脸是一个咧嘴笑 Cry 的南瓜形象，但给人的印象却是诡异多过好笑，尤其是那似乎又是一个集体性的动作，黑暗中人们纷纷转头，表示惊讶的象声词此起彼伏——而且，直到这时，人们才意识到黑暗中的表演者人数如此众多，他们戴着一样的面具，训练有素。

一阵骚动之后音乐响起：没有乐器或伴奏，而是表演者的清唱——

挡着你，或许是你儿时的回忆
看着我，面对人群，感到无法抗拒
靠着你，或许是你心爱的伴侣
是不是曾有一天最值得纪念

随后，第一位歌者继续清唱时，第二位加入，唱起完全不一样的歌——

你不曾像人类那样
习惯要解释自己在网上
讲出了，抵消一切哀伤
而我都无法对你讲出所想：
“我是这里的游客，家在异乡
你是唯一的猫，我想过养”

接着，第三首加入已然形成的南腔北调的合唱——

跨越时间

跨越空间

跨越寻常的遇见

没有自己

没有目的

没有预料的爱恋

就这样，一首歌叠加在另一首之上，每一位歌者都必须努力维持自己的曲调，才有可能不至于受他人干扰而走调——一个不可能的任务。在表演的某一时刻，他们的众声喧哗开始形成某种和声，而一个个和声的小圈又汇聚再汇聚，后来他们几乎用各自的歌词合唱起生日快乐歌，甚至最终连歌词都统一了起来——

（以生日快乐歌的曲调）

真是太当代了

真是太当代了

真是太当代了

真是太当代了

他们把这首《真是太当代了》一连唱了两遍之后，一切戛然而止。在突如其来的静默中，纪念日咖啡馆的灯光重新亮起，在长久的黑暗后显得过分炫目。表演者脱下面具，接受观众的热烈鼓掌、欢呼、致意。这时我们才发现，除了面具外，表演者并无特别的装束，他们在表演开始之前就已然隐于人群中，仅仅在表演终了才揭晓自己的真实身份。

我们究竟应该派谁去接待外星人

“现在，我们有请本次‘我们究竟应该派谁去接待外星人’活动的赞助商、德雅斯基·浦里雅斯基银行大中华区总裁石颇钦先生上台发言。”纪念日咖啡馆的咖啡师今晚变成了主持人。

一位戴着复古式单眼镜、大腹便便、穿着老派燕尾服的中年男人起身走向讲台，看起来简直像是从上一个世纪穿越而来的古人。在讲述活动的源起、历数该银行对当代艺术活动的持续关注及支持后，在俗常的客套及冗长的致谢名单后，他开始了一场并无严密逻辑，却也算得上天马行空的演讲，闪烁着与他19世纪风格的衣着及其所代表的银行形象迥异的灵感火花，并夹杂着一些即使不完全达意倒也不失真诚的冷笑话。在这段近乎自由爵士风格的词语之流末尾，他将视线投向我的方向：“今晚的表演相当精彩，祝贺古尔布先生！从‘我爱她她不爱我我却继续默默爱她卡拉OK大奖赛’‘7000片伊比利亚橡木果火腿’‘没人知道一堵墙对另一堵墙说了什么'到'我把一切留给你但我要走了'，我始终关注古先生策划的表演和展览，古先生的才华也一向令我颇为钦佩，就像我的名字叫石颇钦。"他又重复了一遍自我们项目初期遇见时就开始用的烂梗——每次表达钦佩时他都会这么说。

随后，主持人接过话筒："下面有请今晚表演的策展人古尔布先生上台，他演讲的题目是《另一种展览，另一种小说》。有请古先生。"于是我上台，一番致谢后，我拿出预先写好的发言稿朗读起来。沈大成露出一种兼有"原来如此"以及"到底在搞什么"的复杂表情。

《另一种展览，另一种小说》

作者：古尔布

1949年，意大利艺术家卢奇奥·封塔纳（Lucio Fontana）在米兰纳维里奥画廊（Galleria del Naviglio）展出了一件用紫外线光做成的临时装置《空间气氛》（*Ambiente Spaziale*），当时的观众将之视为一件"环境作品"，因为"装置"（installation）一词当时还不存在，直到20世纪60年代极简主义兴起，"装置"这一术语才被发明，并用来指认或者说追认先于这个词出现的作品——除了马塞尔·杜尚那些众所周知的"现成品"外，还有德国艺术家库尔特•施维特斯（Kurt Schwitters）的集合艺术，他将之统称为"默茨"（Merz）；或来自立陶宛中产犹太家庭的俄国艺术家利西茨基

（El Lissitzky）的 *Proun Room*，Proun 一词是"'对新事物的确认'项目"在俄语里的首字母缩写，照艺术家本人的解释，它意味着"从平面画作向建筑的转变状态"。如果我们将卢奇奥·封塔纳那一系列切割画布的作品一并纳入考量，这一切都昭示着现当代艺术"从平面到空间"的转向。

另一方面，随着观念艺术和表演艺术（Performance Art）的兴起，现当代艺术也呈现出"非物质性"的倾向。当我们说到艺术作品时，不再局限于传统的架上绘画或雕塑作品，那些无形的观念取得了在美术馆登堂入室的合法性，其中也包括对"究竟什么是艺术？"这一问题的思考。或者说对艺术的本体论式的质疑恰恰是当代艺术最重要的主题之一，当代艺术的边界也因此被拓宽、被再定义。

策划纪念日咖啡馆"我们究竟应该派谁去接待外星人"活动的初衷之一，便是突出"空间化"及"非物质性"这两个特质。巧合的是，在策划构思活动的那段时期，我听了一场小说家 btr 讲《纯真博物馆》的讲座。小说与现实里的博物馆虚实交织，让人既困惑又迷恋；但更重要的是，我意识到如果小说作为一种想象空间可以如博物馆一般，那么博物馆也可以成为具有虚构色彩的场所，如同发生在空间里的另一种小说。而两者的创造过程，如帕慕克先生所言，并无多大差异。他曾说："为一个博物馆收集物品与为一部小说收集故事和事实并没有多大不同。"

于是我想到了我非常喜欢的英裔德国艺术家提诺·赛格尔（Tino Sehgal）。他的展览虽然同样发生在美术馆、博物馆或画廊空间，但那些空间里通常都空无一物，因为他的作品是通过某种类似舞蹈、游戏或现场表演的方式实现的。具有舞蹈及经济学背景的提诺·赛格尔将自己的作品描述为“建构的情境”（constructed situations）：在展览开始前，他会选择并培训一些他称之为“诠释者”（interpreters）的表演者，而作品会根据他所建构的情境，发生在诠释者与观众之间。对提诺·赛格尔而言，他的作品所使用的材料不是通常的绘画或雕塑采用的材料，而是那些看不见的、非物质性的东西，即人声、语言、动作及交流。

提诺·赛格尔艺术创作的另一特色是拒绝任何形式的记录。在他看来，他的作品必须在现场、在记忆里以及通过口头描述来体验和理解，一切形式的记录——包括摄影、录像、录音、新闻稿都不被允许，甚至若有藏家要购买他的作品，也不能有纸质合同，一切必须如同古时候的君子协定般以口头的方式操作。在提诺·赛格尔看来，只有那些短命的艺术作品才需要被记录，“而我的艺术，正相反，可以一次次表演，甚至在30年或200年后。因此，记录的问题就不那么迫切了”。

在刚才大家看见并参与的“展览”中，我挪用并改编了提诺·赛格尔最著名的一些作品，包括《吻》（*Kiss*）、《这个进程》（*This Progress*）、《这种变奏》（*This Variation*）及《这真是太当代了》(*This is so Contemporary*)等——同时也做出了两处重要改动：首先，作为纪念日咖啡馆的展览，它发生在免费的公共空间里而不是博物馆或美术馆中，咖啡馆的顾客即使知道这是一个纪念日——万圣节之夜——也未必从一开始就能觉察出所谓“现实生活”与“艺术表演”的界限。所以一方面，这是对既定的当代艺术展览机制的反动，也撤销了展览所预设的界限声明，观众需要根据现场情境来判断这究竟是表演还是现实生活。第二，我邀请了小说家 btr 担任今晚活动的记录者，他会写一篇小说来记录今晚的提诺·赛格尔作品——无论你们称之为致敬版、山寨版、挪用版、改编版还是抄袭版。从技术上说，提诺·赛格尔会将未经购买授权而进行表演的作品视为赝品，而对于赝品，并无规定不可记录。

总之，如果大家能将刚才度过的几个小时视作读了一篇小说，或者能将 btr 先生将要写出的那篇小说视为一个纸上展览，那么我们的尝试就可以说接近成功了。这另一种展览和另一种小说，或许可以帮助我们更自由地出入于现实空间与想象空间，毕竟我们还说不准外星人究竟在巴塞罗那，还是作为一个念头藏在南瓜灯里。

今天早上我还看见这样一则新闻：一名男子在宜家家居的地板上用自己携带的胶带纸贴上了许多伪造的箭头，以至于许多顾客陷入迷宫而找不到出口。我想这就是在现实空间里构建情境而创作的又一篇小说，我也因此觉得我并不孤独。

祝大家万圣节快乐！谢谢大家！

尾声

（幕启。纪念日咖啡馆。客人散去，只有沈大成和古尔布仍坐在桌前。）

沈大成：（恍然大悟般，又带着一些迟疑）所以……

古尔布：（打断沈大成的话，但这打断又显出顺理成章的意思，仿佛她未说出口的话语已是不言自明的）对！

沈大成：那……

古尔布：还有问答环节嘛！

（幕落，全剧终）

注：本篇小说中抄袭、参考、引用、挪用、描述、改编的作品主要包括——

电影

格兰特·吉《纯真的记忆》

丹尼斯·维伦纽瓦《银翼杀手2049》

文学

恩里克·比拉-马塔斯《卡塞尔不欢迎逻辑》

莉迪亚·戴维斯《拆开来看》

莉迪亚·戴维斯《不能与不愿》

塞缪尔·泰勒·柯勒律治《手记》

沈大成《屡次想起的人》

奥尔罕·帕慕克《纯真博物馆》

奥尔罕·帕慕克《纯真物件》

奥尔罕·帕慕克《天真的和感伤的小说家》

奥尔罕·帕慕克《伊斯坦布尔》

夏宇《第一人称》

J. D. 塞林格《为埃斯米而作——既有爱也有污秽凄苦》

让·艾什诺兹《我走了》

爱德华多·门多萨《外星人在巴塞罗那》

艺术

提诺·赛格尔《吻》（*Kiss*, 2007）

古斯塔夫·库尔贝《睡眠者》（1866）

奥古斯特·罗丹《吻》（*The Kiss*, 1889）

康斯坦丁·布朗库西《吻》（*The Kiss*, 1908）

古斯塔夫·克里姆特《吻》（*The Kiss*, 1907—1908）

杰夫·昆斯《天堂制造》（*Made in Heaven*, 1990—1997）

提诺·赛格尔《这个进程》（*This Progress*, 2010）

提诺·赛格尔《这种变奏》（*This Variation*, 2012）

提诺·赛格尔《这是交流（换）》（*This is Exchange*, 2002）

提诺·赛格尔《这真是太当代了》（*This is So Contemporary*, 2005）

勒内·马格里特《戈尔孔达》（*Golconde*, 1953）

河原温《今天》系列（1966年起）

陆平原《河原温》（2016）

马修·戴·杰克逊《1945年8月6日》（2017）

马修·戴·杰克逊《生活，1971年10月15日》（2013）

约瑟夫·博伊斯《7000棵橡树》（1982）

卢奇奥·封塔纳《空间气氛》（1949）

库尔特·施维特斯《默茨》（1923—1932）

艾尔·利西茨基 *Proun Room*（20世纪20年代）

戏剧

安东·巴甫洛维奇·契诃夫《纪念日》

让·塔迪厄《请说完你的句子》(*Finissez vos phrases*)

音乐

齐秦《纪念日》

My Little Airport《冲绳流浪猫》

曾轶可《私奔》

Q&A

[Q]

再给我讲个关于纪念日的冷笑话吧！

[A]

“他们分手前，最后一次做爱。”

[Q]

再给我讲个博物馆的故事吧！

[A]

2005年某月某日，大英博物馆。一位好奇的观众凝视着展厅内一幅神奇的墙画：一位背部仿佛插满针灸针的原始人推着一辆超市手推车，手推车上方画着一头被箭射中的牛。展签上写着："墙艺术 Wall Art，东伦敦。这件保存完好的原始艺术作品可以追溯到后紧张症时代，它被认为描述了早期人类冒险出城狩猎的场景。这位在伦敦东南部化名班克斯墨斯·麦克西姆斯的艺术家据说创作了大量作品，但除此之外，人们对他一无所知。不幸的是，大部分这种类型的艺术都没能幸存。大多数都毁于热情的市政官员之手，他们无法欣赏这类墙上涂鸦的艺术性和历史价值。编号：17752，2-2，1。"事实上，这幅"洞穴绘画"出自涂鸦艺术家班克斯之手，他未经博物馆批准，私自在展厅内放置了这幅墙上涂鸦，直到三天后他在社交媒体上晒出恶作剧照片，博物馆工作人员才恍然大悟。

耐人寻味的是，13年后，同一件作品在大英博物馆正式登堂入室。由英国讽刺新闻杂志 *Private Eye* 编辑伊恩·希斯洛普策划的"我反对"展览9月在大英博物馆开幕，作为"大英博物馆100件文物中的世界史"的某个"变奏版"。

[Q]

再给我讲……

[A]

（打断问题）我来给你讲一个关于贪婪的故事吧。从前有一个编辑叫沈大成，虽然她工作细致认真，但她约的作者却常常不靠谱。有一次，杂志都快截稿了，小说却还差两篇。这时，博览群书的沈大成想到一个妙计。《伊索寓言》里《贪婪的人和嫉妒的人》那篇给了她灵感：她首先通过短租网站租下了嫉妒的人的屋子，和贪婪的人做起了邻居，她常常假装不经意向邻居炫耀自己的写作能力。一天，他们一起来到朱庇特面前，祈求能实现他们的心愿。“为了惩罚这两个人，朱庇特答应会实现他们的愿望，但在他们的愿望实现的同时，他的邻居会获得两倍于他所获得的。”贪婪的人祈求自己能写出一篇小说。很快，他的愿望就实现了。但是他的邻居沈大成写出了两篇小说。他的喜悦很快就变成了痛苦。现在该轮到假装充满嫉妒心的沈大成了。她祈求自己失去一半稿费。这样一来，他的邻居就白白写了一篇小说。就这样，机智的沈大成成功并免费利用了寓言故事里贪婪的人完成了她的约稿工作。对寓意有深刻理解的她也决定慷慨一下：她把其中一篇小说《用吻代表吻》的署名权送给了 btr。

展览出口 →

EXIT

图书在版编目(CIP)数据

上海胶囊 / btr 著 . -- 北京 : 北京日报出版社，
2022.1
ISBN 978-7-5477-4133-7

Ⅰ . ①上… Ⅱ . ① b… Ⅲ . ①短篇小说－小说集－中
国－当代 Ⅳ . ① I247.7

中国版本图书馆 CIP 数据核字 (2021) 第 228996 号

本书为上海市作家协会签约作品

责任编辑：许庆元
特约编辑：雷　韵
装帧设计：少　少
内文制作：少　少

出版发行：北京日报出版社
地　　址：北京市东城区东单三条8-16号东方广场东配楼四层
邮　　编：100005
电　　话：发行部：（010）65255876
　　　　　总编室：（010）65252135
印　　刷：山东临沂新华印刷物流集团有限责任公司
经　　销：各地新华书店
版　　次：2022年1月第1版
　　　　　2022年1月第1次印刷
开　　本：787毫米×1092毫米　1/32
印　　张：13.5
字　　数：285千字
定　　价：79.00元